UN

GRAN

FAVOR

UN
GRAN
FAVOR

JOYCE
MAYNARD

HarperCollins *Español*

Impreso en Estados Unidos de América
16 17 18 19 20 RRD 6 5 4 3 2 1

Para David Schiff, amigo de siempre, cuya integridad me sirvió de inspiración para crear al héroe tranquilo de esta novela.

1

Era finales de noviembre y hacía una semana que no paraba de llover. Mi hijo y yo habíamos dejado nuestro antiguo apartamento antes de que empezara el colegio, pero hasta ahora no me había puesto a sacar nuestras pertenencias del trastero que tenía alquilado. Faltaban solo dos días para que acabara el mes, y decidí no esperar a que escampara. Que se te empapen unas cuantas cajas no es lo peor que te puede ocurrir. Como muy bien sabía yo.

Era una buena noticia que al fin hubiéramos dejado aquel pueblo. Poco antes había saldado mi deuda con el abogado que me había representado en el juicio por la custodia, hacía más de doce años, y ahora Oliver y yo vivíamos en un piso más grande y más próximo a mi nuevo empleo en Oakland: una casa en la que mi hijo tendría por fin un poco de espacio, y yo un pequeño despacho en el que trabajar. Después de un periodo tan largo y duro, el futuro parecía prometedor.

El dinero escaseaba, como de costumbre, y, como Ollie estaba pasando el fin de semana en casa de su padre, hice un último viaje a una casa de beneficencia con un montón de cosas que ya no nos hacían falta. Estaba casi todo empapado, igual que yo. Me había parado en un *stop* y estaba esperando mi turno para cruzar. Lo único que quería en ese momento era salir de aquel pueblo sabiendo que nunca más tendría que volver.

Hacía casi diez años que no veía a Ava Havilland. Y de repente, aquel día, allí estaba.

Hay un fenómeno en el que he reparado otras veces: el hecho de que, en medio de un vasto paisaje repleto de información visual aparentemente insignificante, tus ojos se vean atraídos por una cosilla de nada entre miles de otros objetos y situaciones. Esa cosa parece llamarte y, de pronto, entre todo lo que tus ojos ven sin prestarle atención, te fijas en un lugar concreto en el que algo parece incongruente, o anuncia un peligro, o te recuerda, quizás, a un tiempo o un lugar diferentes. Y entonces ya no puedes apartar la mirada.

Es lo que no te esperas: ese fragmento de paisaje que difiere del resto y que quizá, para otros ojos, no tenga ninguna relevancia.

Recuerdo un día en que llevé a Oliver a un partido de béisbol: uno de mis innumerables intentos de edificar una vida normal y feliz con mi hijo dentro de los confines antinaturales de una visita de seis horas que, además, se daba tan raras veces. Sentado en medio de las filas de gradas, en una sección totalmente distinta del estadio, entre miles de aficionados, distinguí a un hombre que asistía, como yo, a la reunión de Alcohólicos Anónimos de los martes por la noche. Sostenía una cerveza y se reía de un modo que me hizo sospechar que no era la primera. Me embargó un sentimiento de tristeza (de terror, en realidad), porque justo la semana anterior habíamos celebrado sus tres años de sobriedad. Y si él podía recaer de esa manera, ¿qué me esperaba a mí?

Aquella vez desvié la mirada. Me volví hacia mi hijo y le hice un comentario sobre el lanzador: el tipo de observación que alguien que supiera más que yo de béisbol haría en un momento como aquel, un momento en el que una madre quería compartir la experiencia de ver un partido con su hijo y olvidarse de todo lo demás. Hablo de una madre cuyo hijo nunca hubiera tenido que verla escondiendo botellas de vino debajo de las cajas de cereales, al fondo del cubo de reciclaje, ni sentada en el asiento trasero de un coche patrulla, esposada. La clase de madre que podía ver a su hijo todas las noches y no solo durante seis horas, dos sábados al mes. Durante años, solo quise ser ese tipo de madre.

Pero de eso hacía mucho tiempo. En aquel entonces ni siquiera conocía aún a los Havilland. No conocía a Elliot (que después habría dado cualquier cosa por llevarnos a mi hijo y a mí a un partido de béisbol y formar parte de nuestra pequeña y apurada familia). Eran tiempos en los que aún no habían pasado un montón de cosas.

Y ahora allí estaba, al volante de mi viejo Honda Civic, parada en un cruce de aquel desangelado barrio de San Mateo en el que los aviones vuelan tan bajo al despegar del aeropuerto o aproximarse para tomar tierra, que a veces tienes la sensación de que van a pasar rozando el techo de tu coche.

Un automóvil negro paró al lado del mío. No era un coche de policía pero parecía un vehículo oficial, aunque no fuera una limusina. No fue, sin embargo, la cara del hombre sentado delante lo que llamó mi atención. Fue la pasajera del asiento de atrás. Miraba por la ventanilla a través de la lluvia, y nuestros ojos se encontraron un instante.

En los pocos segundos que transcurrieron antes de que el coche negro arrancara, reconocí a aquella mujer y, de esa manera tan extraña en la que funciona la mente cuando el instinto aún no ha aprendido de la experiencia, mi primer impulso fue gritar como si acabara de ver a una amiga a la que le había perdido la pista hacía mucho tiempo. Durante un segundo, me invadió una enorme oleada de pura y simple alegría. Era Ava.

Entonces me acordé de que ya no éramos amigas. Aun así, después de tanto tiempo, se me hizo raro verla y no llamarla. No levantar siquiera la mano para saludarla.

Dejé pasar aquel instante. Puse cara de póquer. Si me reconoció (y algo en sus ojos mientras miraba por el cristal, durante esos escasos segundos, sugería que, en efecto, me había visto; a fin de cuentas, ella también me estaba mirando), mostró tan poca inclinación como yo a darse por enterada.

Había cambiado mucho desde nuestro último encuentro. No solo porque era mayor. (Tenía sesenta y dos años, calculé. Pronto sería su cumpleaños). Siempre había sido delgada, pero la cara que miraba por la ventanilla era la de un esqueleto: piel tirante sobre hueso y nada más. Podría haber sido un cadáver aún sin enterrar. O un fantasma. Y en muchos sentidos eso era para mí ahora.

En los viejos tiempos, cuando solíamos hablar todos los días (más de una vez al día, por regla general), Ava siempre tenía un millón de cosas que contarme. Pero si me encantaban sus llamadas era también, en parte, por lo dispuesta que estaba siempre a prestarme atención. Por la intensidad con que me escuchaba.

Siempre tenía algún proyecto entre manos, y siempre se trataba de algo emocionante. Poseía, mucho más que nadie que yo haya conocido, un aire de determinación y de firmeza. Podía una estar segura de que, cuando Ava entraba en una habitación, iba a pasar algo. Algo maravilloso.

La Ava a la que vi sentada en la parte de atrás de aquel coche negro de aspecto oficial parecía una persona a la que nunca volvería a pasarle nada bueno. Una persona cuya vida estaba acabada, aunque su cuerpo todavía no se hubiera enterado.

Su pelo parecía haberse vuelto gris, aunque lo llevaba tapado casi por completo con un extraño gorro rojo que, a la Ava a la que yo conocía, le habría horrorizado: uno de esos gorros que pueden comprarse en un mercadillo de manualidades de personas mayores, tejido por una anciana con hilo de poliéster porque era más barato que la lana.

—Poliéster —me dijo una vez Ava—. ¿A que solo por el nombre se nota que es una porquería?

Pero era Ava, no había duda. No había nadie como ella. Solo que la Ava de aquel día ya no se sentaba al volante de una furgoneta Mercedes Sprinter plateada, ni presidía la enorme casona de Folger Lane, con su piscina de fondo negro y su exótica rosaleda de la que cuidaba un jardinero. No tenía una criada guatemalteca que fuera a recoger su ropa a la tintorería y la mantuviera perfectamente ordenada por colores en su inmenso vestidor, con todos sus fulares y sus preciosos zapatos guardados en sus cajas originales, y las joyas que le elegía Swift expuestas en bandejas de terciopelo. La mujer del asiento trasero del coche negro ya no regalaba chales y calcetines de cachemira a los afortunados que se contaban entre sus amigos, ni repartía pastel de carne a indigentes que habían luchado en Vietnam y golosinas a los perros callejeros. Costaba imaginar a Ava sin sus perros, y sin embargo allí estaba.

Pero lo más inimaginable de todo era verla sin Swift.

Había habido una época en la que no pasaba un solo día sin que yo oyera su voz. Casi todo lo que hacía estaba directamente inspirado por lo que me decía Ava. A veces ni siquiera hacía falta que me dijera nada, porque ya sabía lo que pensaría y, fuera lo que fuese, era lo mismo que pensaba yo. Después, cuando me expulsó de su vida, vino una época larga y oscura, y la cruda realidad de aquella traición pasó a ser el hecho definidor de mi vida, superado únicamente por la pérdida de la custodia de mi hijo. Cuando perdí la amistad de Ava, me sentí incapaz de recordar quién era sin ella. El influjo de su presencia era muy fuerte, pero el de su ausencia era aún mayor.

Así pues, al verla a través de la ventanilla de aquel coche parado, fue una sorpresa darme cuenta de que hacía ya varias semanas que no pensaba en ella. Sentí, con todo, una punzada de desesperanza triste y amarga. Y no porque quisiera volver a aquellos tiempos en la casa de Folger Lane, sino porque habría deseado no haber puesto jamás un pie en ella.

2

La casa. Empezaré por ahí. En la casa de los Havilland viven ahora otras personas: han quitado la rampa de acceso para discapacitados y cortado las camelias de Ava para que aparque un todoterreno híbrido gris metalizado del que hace poco vi salir a un par de niños rubios con una mujer que parecía ser su niñera. Y a pesar de la pena que siento las raras veces que paso por la casa, no puedo disociarla de esa otra sensación que me acometía cada vez que paraba mi coche en el camino de entrada: la sensación de que por fin había recalado en un lugar en el que me sentía como en casa. Allí podía respirar de nuevo y, cuando respiraba, el aire estaba cargado de olor a jazmines.

Yo no vivía en aquella casa. Pero mi corazón sí. Resulta irónico decir esto después de todo lo que pasó, pero en casa de los Havilland me sentía *segura*. Era un sentimiento que rara vez había conocido durante los treinta y ocho años anteriores a mi primera visita a Folger Lane y eso (esa parte de mi historia) explica por qué aquel lugar tenía tanta importancia para mí.

Cuando Ava y Swift vivían aún en aquella casa, los primeros en salir de la furgoneta eran siempre los perros: tres perros de raza indeterminada recogidos de la calle. («Eran perros callejeros», le decía a cualquiera que no lo supiera ya). La furgoneta estaba equipada con un elevador eléctrico que bajaba al suelo su sofisticada silla de ruedas. Con frecuencia, cuando paraba el coche, la veía venir hacia mí con el brazo extendido para saludarme mientras manejaba la silla con la otra mano.

—Te he comprado unos calentadores fabulosos —me decía.

O podía ser una taza, o un precioso diario encuadernado en piel, o miel de abejas que solo frecuentaban campos de lavanda. Siempre tenía algún regalito para mí: un jersey elegido por ella, de un color que yo nunca había llevado y que sin embargo resultaba ser perfecto para mi tono de piel; un libro que creía que me encantaría; o un jarrón con un ramo de guisantes de olor. Yo ni siquiera me había dado cuenta de que tenía desgastada la suela de las zapatillas, pero Ava sí se daba cuenta y, como conocía mi número y la marca que me gustaba (o una mejor todavía), me compraba unas zapatillas nuevas. ¿Qué otra persona le compraba a una amiga un par de zapatos? ¿Y unos calcetines a rayas que fueran a juego? Ava sabía que me encantarían, y siempre acertaba.

Sammy y Lillian (los dos chuchos más pequeños) me lamían los tobillos, y Rocco (el más problemático de los tres, el que siempre se quedaba al margen, excepto cuando decidía morderte) se ponía a correr en círculos como cuando estaba nervioso, que era casi siempre, meneando la cola como loco. Y Ava, en cuanto tenía la mano libre, tomaba la mía y entrábamos juntas en la casa mientras ella le gritaba a Swift, como si no lo supiera ya:

—¡Mira quién ha venido!

Siempre me daba de comer cuando iba a Folger Lane, y yo siempre devoraba lo que me ofrecía. En algún momento, en el transcurso de los años, sin darme cuenta siquiera, había perdido el gusto por la comida. El gusto por la vida, o casi. Eso fue lo que me devolvieron los Havilland. Lo sentía cada vez que subía por el liso camino de pizarra que llevaba a su puerta abierta, cuando una oleada de aromas deliciosos me daba la bienvenida. Sopa calentándose al fuego. Pollo asado en el horno. Gardenias flotando en cuencos en cada habitación. Y el humo de los puros habanos que fumaba Swift saliendo del interior de la casa.

Y luego las risas. La estruendosa carcajada de Swift, como el grito de un macaco en la selva anunciando que estaba listo para aparearse.

—Me apuesto algo a que es Helen —gritaba.

El solo hecho de oír a un hombre como Swift pronunciar mi nombre hacía que me sintiera importante. Por primera vez en mi vida, posiblemente.

3

Swift no iba a ninguna oficina. Desde hacía años. Había dirigido una serie de empresas emergentes en Silicon Valley (la última, dedicada a facilitar reservas de última hora en restaurantes a directivos en viaje de negocios) y ganado tanto dinero que había podido retirarse. Cuando los conocí, Ava y él estaban creando una organización sin ánimo de lucro llamada BARK, dedicada a buscar hogar a perros abandonados y a recaudar fondos para su esterilización. Swift dirigía su fundación desde la caseta de la piscina, desde donde también supervisaba sus inversiones. De pie ante un escritorio elevado, hablaba continuamente por teléfono con aquel vozarrón suyo, casi siempre con posibles donantes para la causa. Sin embargo cuando llegaba Ava lo dejaba todo, se apresuraba a entrar en casa, y ya no paraba de toquetearla.

—¿Sabes por qué Swift se identifica tanto con los animales? —me dijo ella una vez, muy al principio—. Porque él también es un animal. Ese hombre vive para el sexo. Es así de sencillo. No me quita las manos de encima.

Al hacer aquel comentario, su voz tenía un dejo de buen humor, más que de irritación. Solía adoptar ese tono cuando hablaba de Swift: como si su marido fuera una pulga que le había caído encima y de la que podía librarse fácilmente. Aun así, nunca dudé de que lo quería con locura.

En realidad, aunque Ava siguiera siendo el centro de su universo,

Swift tenía otras muchas obsesiones: su motocicleta Vincent Black Lightning de 1949 (comprada tras una larga búsqueda, porque le encantaba la canción de Richard Thompson y él también quería tener una), la escuela para niños de la calle que patrocinaba en Nicaragua, sus clases privadas de *chi kung* y esgrima, sus estudios de medicina tradicional china y tamtam africano, y sus sesiones con el sinfín de jóvenes profesores de yoga y expertos en reiki y energía espiritual que desfilaban por la casa a lo largo del día. Podía parecer que era Ava quien necesitaba más cuidados físicos, pero con frecuencia, cuando llamaba a la puerta alguna persona provista de una colchoneta, una mesa de masaje o algún otro utensilio inidentificable (normalmente una mujer, y casi siempre guapa), era a Swift a quien iba a atender.

La casa de Folger Lane era el lugar donde sucedía todo. Swift y Ava tenían otra casa a orillas del lago Tahoe que visitaban de tanto en tanto, pero aparte de eso y de algún viaje ocasional de Swift para promocionar su fundación, no viajaban. No les gustaba estar lejos el uno del otro, decía Swift. Ni de los perros, añadía Ava.

Él (no ella) tenía un hijo al que quería mucho, Cooper, pero estaba estudiando en una escuela de negocios de la Costa Este y cuando venía de visita solía alojarse en casa de su madre. Aun así, cualquiera que visitara la casa de Folger Lane se daba cuenta por el número de fotografías que adornaban las paredes de la biblioteca (fotos de Cooper con sus amigos haciendo heliesquí en la Columbia Británica, o montando a caballo por una playa de Hawái con su novia, Virginia, o sosteniendo una enorme jarra de cerveza junto a su padre en un partido de los Fortyniners) de que Swift adoraba a su hijo.

Los hijos de Ava, decía ella, eran sus perros. Y quizá, pensaba yo, la extraordinaria generosidad que demostraba mi amiga hacia las personas y los animales con los que se encariñaba se debiera precisamente al hecho de no tener hijos. Se daba por descontado que los perros ocupaban un lugar prioritario en sus afectos, pero Ava tenía además una intuición asombrosa para percibir cuándo una persona se encontraba en graves apuros.

Y no solo yo, aunque llegara a ocupar una posición única como amiga de Ava, sino también cualquier desconocido. Podíamos estar en cualquier parte, comiendo en un pequeño restaurante, por ejemplo (invitaba ella, claro), y Ava veía a un hombre en el aparcamiento, rebuscando en la basura. Un minuto después, hablaba con la camarera, le daba un billete de veinte dólares y le pedía que le llevara a aquel hombre una hamburguesa, unas patatas fritas y un refresco. Si había un indigente parado en la cuneta con un cartel, y esa persona tenía un perro, Ava siempre paraba para darle un buen puñado de las golosinas biológicas para perro que guardaba en un enorme recipiente en la parte de atrás de la furgoneta.

Se hizo amiga de un tal Bud que trabajaba en la floristería en la que parábamos a comprar rosas y gardenias a montones, porque a Ava le gustaba tenerlas en un cuenco junto a su cama. Después dejamos de ver a Bud una temporada y, al enterarse de que le habían diagnosticado un cáncer, se presentó esa misma tarde en el hospital con libros y flores y un iPod cargado con la banda sonora de *Guys and Dolls* y *Oklahoma*, porque sabía que le encantaban los musicales.

Y no fue esa la única visita que le hizo. Ava nunca se desentendía de los demás. Yo solía decir que era la amiga más leal que podía tener una persona porque, si te adoptaba como uno de sus proyectos, su amistad era para toda la vida.

—Nunca te librarás de mí —me dijo una vez.

Como si yo quisiera librarme de ella.

4

Conocí a los Havilland en torno al día de Acción de Gracias, en una galería de arte de San Francisco. Ese día se inauguraba una exposición de cuadros pintados por adultos con trastornos emocionales y yo, que por entonces compaginaba varios empleos para ganar algún dinero extra, trabajaba para la empresa encargada del *catering*. Había cumplido treinta y ocho años dos meses antes, llevaba cinco años divorciada y, si en aquel momento alguien me hubiera preguntado qué tenía de bueno mi vida, me habría costado mucho esfuerzo dar con una respuesta.

La inauguración fue algo extraña. Tenía como fin recaudar dinero para una fundación dedicada a la salud mental y la concurrencia estaba formada en su mayoría por los pintores aquejados de trastornos emocionales y por sus familias, que también parecían un tanto trastornadas. Había un hombre con mono naranja que no levantaba la vista del suelo y una mujer muy bajita, con coletas y un montón de horquillas en el flequillo, que hablaba continuamente consigo misma y de vez en cuando silbaba. Como es lógico, Ava y Swift destacaban entre la multitud. Pero ellos siempre destacaban.

Yo aún no conocía sus nombres, pero mi amiga Alice, que se ocupaba de atender la barra, sabía quiénes eran. Me fijé primero en Swift, no porque fuera guapo de una manera convencional, ni mucho menos. Algunas personas podrían haberlo descrito incluso como el hombre más feo que habían visto nunca, y sin embargo había algo de fascinador en su fealdad: algo salvaje y primitivo. Tenía un cuerpo compacto y musculoso, una alborotada mata de pelo castaño oscuro que apuntaba en varias direcciones, la tez oscura y las manos grandes. Vestía pantalones vaqueros de una marca con muy buen corte, no de Gap ni de Levi's, y apoyaba la mano sobre el cuello de Ava de un modo que sugería una intimidad mayor que si le hubiera tocado el pecho.

Se inclinaba hacia ella para decirle algo al oído. Como estaba sentada, tuvo que doblarse por la cintura, pero antes de hablar escondió la cara entre su pelo y se detuvo allí un instante como si aspirara su perfume. Aunque hubiera estado solo, yo enseguida me habría dado cuenta de que era el tipo de hombre que jamás se fijaría en mí ni me prestaría atención. Luego se echó a reír y oí aquella risotada suya, parecida a la de una hiena. Se oía desde el otro lado de la sala.

Al principio no reparé en la silla de ruedas. Pensé que estaba simplemente sentada. Pero entonces se abrió un hueco entre la gente y vi sus piernas inmóviles bajo los pantalones de seda gris y sus exquisitos zapatos, que jamás tocaban el suelo. Tampoco a ella se la podía considerar guapa a la manera corriente. Tenía, sin embargo, una de esas caras que llaman la atención, de ojos y boca grandes, y cuando hablaba movía los brazos como una bailarina. Los tenía largos y finos, con los músculos tan definidos que parecían gruesas sogas. Llevaba enormes anillos de plata en los dedos de ambas manos, y una pulsera ancha, también de plata, ceñía su muñeca como una esposa. Me fijé en que, de haber podido levantarse, habría sido muy alta: más alta que su marido, seguramente. Pero incluso sentada resultaba evidente que era una mujer poderosa. Aquella silla suya era más bien como un trono.

Mientras llevaba de acá para allá mi bandeja de canapés, me entretuve un momento pensando en cómo sería observar a aquel gentío desde la altura de Ava, cuya cara quedaba más o menos al nivel del pecho de la mayoría de las personas que la rodeaban. Si

21

ello le molestaba, no lo dejaba entrever. Permanecía muy erguida en su silla, con el porte de una reina.

Calculé que tenía cincuenta o cincuenta y pocos años, unos quince más que yo. Su marido, aunque estaba en buena forma y tenía la piel tersa y el pelo abundante, parecía rondar los sesenta, y así era, en efecto. Recuerdo que pensé que me gustaría parecerme a aquella mujer cuando fuera mayor, a pesar de saber que eso era imposible.

De día trabajaba como fotógrafa retratista, una manera elegante de decir que me pasaba horas y horas de pie detrás de una cámara (en escuelas, centros comerciales y salones de fiestas) intentando persuadir a niños recalcitrantes y oficinistas aburridos para que sonrieran. La jornada era larga y el sueldo bajo, de ahí que hiciera horas extra trabajando de camarera. Aun así, sabía valorar una cara por sus facciones, y no me engañaba respecto a los defectos de la mía. Tenía los ojos pequeños y una nariz ni larga ni corta y a la que le faltaba carácter. Mi cuerpo nunca había sido nada del otro mundo, aunque tuviera un peso normal. Y en cuanto a lo demás (mis manos, mis pies y mi pelo), debo decir que no hay nada de reseñable en mi apariencia. Quizá por eso incluso las personas que me han visto varias veces con frecuencia olvidan que me conocen. De ahí que fuera tan sorprendente que, entre todas las personas con las que podría haber hablado en la galería esa noche, Ava me eligiera a mí.

Yo iba deambulando por la sala con una bandeja de rollos de primavera y pinchos de pollo tailandés cuando levantó la mirada del lienzo que estaba observando.

—Si tuviera usted que comprar uno de estos cuadros sabiendo que iba a verlo en la pared de su casa días tras día, el resto de su vida —me dijo—, ¿cuál elegiría?

Me quedé allí parada, sujetando mi bandeja mientras un hombre de cara inexpresiva (autista, probablemente) tomaba su cuarto o quinto pincho. Lo mojó en la salsa de cacahuete, le dio un mordisco grande y desmañado y volvió a mojarlo. Aquello habría repugnado a algunas personas, pero Ava no era de esas. Mojó su rollito de primavera en el cuenco de salsa después que él y se lo comió de un solo bocado.

—Es una decisión difícil —contesté paseando la mirada por la galería.

Había un retrato de Lee Harvey Oswald hecho sobre un trozo de madera, con una larga retahíla de palabras escritas en la parte de abajo formando un galimatías absurdo, mezcla de lista de la compra y manual escolar de química. Había una escultura de un cerdo recubierta de un brillante esmalte rosa, y media docena de cochinillos, también rosas, dispuestos a su alrededor como si estuvieran mamando. Había una serie de autorretratos de una mujer grandullona, con gafas y pelo naranja, de factura tosca pero tan eficaces en su evocación de la modelo que la reconocí en cuanto entró en la sala. Pero la pieza que más me gustaba, le dije a Ava, era un cuadro de un niño empujando un carrito que a su vez contenía a otro niño que sostenía un carrito parecido pero más pequeño, con un perro dentro.

—Tiene buen ojo —me dijo—. Ese es el que voy a comprar.

Bajé la mirada, demasiado tímida para mirarla a los ojos. Pero a pesar de todo me había fijado en ella lo suficiente para saber que tenía un aspecto extraordinario, con su cuello de cisne y su piel lisa y trigueña. Me sentí como una niña a la que su maestra acabara de hacer un cumplido. Una niña que rara vez recibía alabanzas.

—No soy objetiva, claro —añadió—. Me gustan los perros. —Me tendió la mano—. Ava —dijo mirándome directamente a los ojos como hacían pocas personas.

Le dije mi nombre y, aunque ya rara vez lo mencionaba, le dije también que era fotógrafa. O que lo había sido. Los retratos eran mi especialidad. Lo que de verdad me gustaba, le dije, era contar historias a través de mis fotografías. Me encantaba contar historias, y punto.

—Cuando era joven, pensaba que algún día sería como Imogen Cunningham —le dije—. Pero se ve que tengo más talento

23

para esto —añadí con una risa remolona, señalando con la cabeza la bandeja de canapés vacía.

—No seas tan negativa —respondió Ava con voz amable pero firme—. No sabes lo que puede ocurrir dentro de un año, cómo pueden cambiar las cosas.

Yo sabía cómo podían cambiar las cosas. Claro que lo sabía. No para bien, en mi caso. En otro tiempo yo había vivido en una casa con un hombre al que creía querer y que me quería (o eso pensaba yo), y un niño de cuatro años para el que mi presencia cotidiana era tan necesaria que una vez intentó hacerme prometer que nunca me moriría. («Eso no pasará hasta dentro de muchísimo tiempo», le dije. «Y cuando me muera tú tendrás una pareja fantástica que te querrá tanto como yo, y puede que hasta tengas hijos. Y un perro». Ollie siempre quiso tener perro, pero Dwight no se lo permitió).

Dwight se enfadaba cuando Ollie se presentaba en nuestro dormitorio y pretendía meterse en la cama con nosotros, pero a mí nunca me importó. Ahora dormía sola y soñaba que sentía el aliento cálido de mi hijo en el cuello y su manita húmeda apoyada sobre mí mientras su padre rezongaba al otro lado de la cama: «Supongo que esta noche no va a haber sexo, ¿no?».

Dwight tenía mal genio, un mal genio que, en el transcurso de nuestra relación, dirigió cada vez más contra mí. Pero hubo un tiempo en que mi marido, al verme en una fiesta atestada de gente o en un pícnic en el colegio de nuestro hijo, habría sonreído como sonrió el marido de Ava esa noche al verla desde el otro lado de la sala. Sonreía y luego se acercaba y apoyaba su mano en mi espalda o me rodeaba con el brazo para susurrarme al oído que era hora de irse a casa, a la cama.

Esos tiempos habían pasado. Ahora nadie se fijaba en la mujer que sostenía la bandeja. O nadie se había fijado en ella desde hacía mucho tiempo, hasta que llegó Ava.

Ella estudiaba mi cara con tanta fijeza que sentí que me ardía la piel. Quería alejarme para ir a servir a otros invitados pero, cuando estás hablando con una persona en silla de ruedas, parece injusto hacerlo: tu interlocutor no puede marcharse con la misma facilidad que tú.

—¿Cuál es tu fotografía favorita de las que has hecho? —me preguntó. No necesariamente la mejor, sino la que me gustaba más.

—La serie que le hice a mi hijo durmiendo, cuando tenía tres años —contesté—. Me acercaba a su cama cuando estaba dormido y le hacía una foto, una cada noche durante un año. Estaba distinto en todas.

—¿Ya no se las haces? —dijo ella.

Yo no solía comportarme así (siempre me he callado mis problemas), pero algo en la forma de ser de Ava, esa sensación de que de verdad quería escucharte y de que le importaba lo que le contabas, me causó un efecto extraño.

No lloré, pero debí de poner cara de estar a punto de hacerlo.

—Ya no vive conmigo —le dije ocultando un poco la cara—. Ahora mismo no puedo hablar de eso.

—Lo siento —murmuró—. Y además te estoy impidiendo hacer tu trabajo.

Me indicó con un gesto que me inclinara y que acercara mi cara a la suya. Alargó la mano y me enjugó los ojos con una servilleta.

—Ya está —dijo, satisfecha—. Otra vez preciosa.

Me incorporé, sorprendida de que aquella mujer encantadora me hubiera llamado «preciosa».

Quiso que le contara más cosas sobre mis fotos. Le dije que hacía más de un año que no sacaba la cámara. Las fotos que hacía en el trabajo no contaban.

Quiso saber si tenía pareja y, cuando le dije que no, contestó que eso teníamos que arreglarlo. Dijo «tenemos», como si ya fuéramos un equipo de dos jugadoras. Ava y yo.

Lo otro (lo que concernía a Ollie) no era un tema en el que yo tuviera intención de adentrarme.

—No es que quiera decir que un hombre lo resuelva todo —comentó ella—. Pero los otros problemas que tiene una no parecen tan agobiantes cuando te vas a la cama por la noche en brazos de alguien que te adora.

Por su forma de hablar saltaba a la vista que eso era lo que ella tenía con su marido.

—Y luego está el sexo —añadió.

Yo veía, un poco apartado, a aquel hombre que, según me había dicho Alice, se llamaba Swift. Estaba conversando con una mujer de aspecto extraño (una de las artistas, sin duda), con el cuello envuelto en algo que parecía ser papel de aluminio. Por su forma de asentir con la cabeza, resultaba evidente que se estaba esforzando por entender lo que le decía su interlocutora. Justo en ese momento sorprendió la mirada de Ava y le sonrió. Tenía unos dientes blancos y perfectos.

—Nunca bajes el listón —me dijo ella—. Busca siempre lo auténtico. Si no estás completamente loca por él, olvídalo. Y si un día se acaba, das media vuelta y te marchas. Suponiendo que puedas caminar, claro —añadió con una risa exenta de amargura.

Su comentario daba a entender que yo me merecía algo asombroso y fantástico. Un carrera asombrosa y fantástica, un compañero asombroso y fantástico. Una vida maravillosa. Yo no alcanzaba a imaginar por qué habría de ser así.

—Tienes que venir a casa —me dijo—. Debes contármelo todo.

5

Al día siguiente, en el trayecto a Folger Lane (en Portola Valley, solo a dos salidas por la autovía de mi pequeño apartamento en Redwood City), pensaba en las instrucciones que me había dado Ava. «Debes contármelo todo». Siempre se me había dado bien relatar historias, con la condición de que no fueran mías. Al menos, mi historia real. Esa la mantenía en secreto, y la posibilidad de que aquella mujer que me había extendido una invitación tan estrafalaria pudiera intentar sonsacarme hizo que me replanteara si debía presentarme. Al enfilar Folger Lane con mi viejo Honda, pensé un momento en dar media vuelta y olvidarme de aquel asunto.

Nunca había estado en una casa como la de los Havilland. No es que fuera opulenta como esas casas que se ven en las revistas, o incluso en la misma calle en la que vivían ellos. Tenía un aire de alegre laxitud: los suaves sofás de piel blanca cubiertos con cojines bordados guatemaltecos, la colección de cristalería italiana, los grabados eróticos japoneses, los jarrones rebosantes de peonias y rosas, la pared llena de tocados africanos y la incongruente araña de luces que esparcía arcoíris por todas partes, los cuencos de piedras y conchas, un bongó, una colección de coches de carreras en miniatura, dados... Juguetes de perro por todas partes. Y luego los propios perros.

Había un sinfín de señales de vida en aquella casa. De vida y de calor. Y todo ello parecía emanar directamente de Ava, con tanta claridad como si la casa fuera un cuerpo y ella su corazón.

En el vestíbulo, sobre un aparador, había un objeto extraordinario: dos pequeñas figurillas labradas en hueso, de no más de cinco centímetros de alto pero perfectas en todos los sentidos, sobre una base ricamente tallada en forma de preciosa y minúscula cama. Eran un hombre y una mujer, desnudos y entrelazados en un abrazo. Toqué la pieza con el dedo índice siguiendo la suave curva de la espalda de la mujer. No me di cuenta, pero sin duda dejé escapar un largo suspiro al hacerlo. Ava lo notó, claro. Ava se fijaba en todo.

—Otra vez ese buen ojo tuyo, Helen —comentó—. Son chinas, del siglo XII. En la antigua China, estas figurillas se ofrecían como regalo a los miembros de la realeza con ocasión de una boda, como talismán para atraer la buena suerte.

Lillian y Sammy estaban sentados a los pies de su silla mientras hablábamos. Lillian le lamía los tobillos. Sammy tenía la cabeza apoyada en su regazo. Ava se la acariciaba. Había ordenado a Estela, su asistenta guatemalteca, que metiera a Rocco en el coche media hora.

—Se sobreexcita —me explicó.

Aquello le servía de tiempo muerto.

—Yo llamo a esas dos figuras los alegres fornicadores porque parecen tan felices juntos… —añadió—. Así que deberías tocar esa pieza cada vez que vengas.

«Cada vez», dijo. Es decir, que habría otras.

Aquel primer día, Estela («mi ayudante», la llamó Ava) sirvió la comida en el solario: una bandeja con queso cremoso, higos y pan francés tibio, y seguidamente una ensalada de pera y endivia y una crema de pimientos rojos asados.

—No podría pasar sin Estela —me dijo Ava cuando la asistenta se retiró a la cocina—. Es un miembro más de la familia. *Mi corazón*.

Sentada en su silla frente a mí, mirando hacia el jardín (el sonido del agua corriendo sobre las piedras, y los pájaros, y los perros alborozados, y a lo lejos Swift al teléfono, manteniendo una

28

conversación salpicada de risas espontáneas), Ava no preguntó por qué, si me consideraba fotógrafa, trabajaba pasando bandejas de rollitos de primavera en la inauguración de una exposición de pintura. Ni qué había sido del niño cuya cara dormida había fotografiado cada noche durante un año entero y cuya sola mención me había hecho llorar el día anterior. Cuando me ofreció una copa de chardonnay y le dije que no bebía, no hizo ningún comentario.

Yo había temido las preguntas que podía hacerme sobre mi vida, pero Ava no me interrogó sobre el pasado. Quería que le contara lo que me estaba pasando *ahora*. Quería saber qué teníamos que hacer para que fuera una persona feliz y satisfecha, porque evidentemente no lo era. Y dado que ella parecía tan maravillosamente feliz y realizada, decidí de inmediato seguir sus instrucciones. En todo.

—Tenemos que buscarte una vida —me dijo, como si me sugiriera que me comprara una blusa o algún utensilio de cocina de Williams-Sonoma.

Eso fue lo que me encantó: que parecía más interesada en mi vida en ese momento particular que en mi pasado y en las circunstancias que me habían puesto en mi situación actual. Y, de hecho, le pasaba lo mismo consigo misma. En algún momento, en el transcurso de nuestra relación, me enteré de que hacía mucho tiempo había vivido en Ohio, pero en todo el tiempo que nos frecuentamos jamás la oí hablar de sus padres. Si tenía hermanas o hermanos, habían dejado de ser relevantes. Tal vez, si no hubiera estado tan empeñada en mantener en secreto mi historia, habría prestado más atención a aquella faceta de mi nueva amiga. Pero lo cierto es que aquella era una de las muchas cosas que me encantaban de Ava: el hecho de no tener que darle explicaciones sobre el pasado. El poder inventarme una nueva historia.

Los Havilland coleccionaban toda clase de cosas. Arte, claro. Tenían un sam francis y un diebenkorn, un caballo de Rothenberg y un eric fischl (nombres desconocidos para mí hasta entonces y que después me enseñó Ava), además de un dibujo de Matisse que

Swift le había regalado un año por su aniversario y tres grabados eróticos de Picasso, hechos en sus últimos años de vida. («¿Te lo puedes creer?», me dijo Ava. «El hombre tenía noventa años cuando hizo este. Swift dice que así quiere ser él cuando tenga noventa. Un viejo cabrón salido»).

Pero no eran solo cosas caras las que poblaban las paredes de los Havilland. Ava sentía debilidad por el arte marginal (por el arte marginal y por los marginados), especialmente por la obra de personas como el hombre del aparcamiento del restaurante o como los indigentes con perros, o como yo, claro, que mostraba signos de haber pasado muchos apuros. En lugar destacado, justo debajo del diebenkorn, colgaba un cuadro de uno de los pintores autistas de la galería en la que nos habíamos conocido: una pecera con una mujer dentro, intentando salir.

Ava quiso mostrarme una colección de fotografías que habían comprado recientemente: una serie de retratos en blanco y negro de prostitutas parisinas, de la década de 1920. Había algo en la cara de una de las mujeres, me dijo, que le recordaba a mí.

—Es tan guapa —comentó mientras observaba la fotografía—. Pero ella no lo sabe. Está atrapada.

Miré la fotografía más atentamente, intentando encontrar el parecido.

—Algunas personas solo necesitan que una persona fuerte les dé un poco de ánimo y de consejo —añadió Ava—. Es demasiado duro hacerlo todo una sola.

No tuve que decir nada. Mi cara debió de decirlo todo.

—Para eso estoy yo —concluyó.

6

Ava tenía treinta y ocho años –la misma edad que yo en ese momento, lo cual era un presagio, aseguraba ella– cuando conoció a Swift. No estaba casada, y no estaba segura de que fuera a casarse alguna vez.

—En aquella época no estaba así —explicó, tocando el reposabrazos de su silla de ruedas—. El día antes de conocer a Swift, corrí una maratón.

Podría haberle preguntado qué le pasó, pero sabía que me lo contaría cuando estuviera lista para hacerlo.

—Tenía una vida fantástica —prosiguió—. Viajaba por todo el mundo. Tuve algunos amantes estupendos. Pero cuando conocí a Swift supe que aquello era algo completamente distinto. Tenía a su alrededor una especie de campo de fuerza. No es que lo sintiera cuando entraba en la habitación. Es que antes de oírlo llegar con el coche, ya sabía que venía.

Él ya había estado casado con la madre de su hijo y, cuando conoció a Ava, acababa de desprenderse de aquella penosa relación.

—Si te dijera el dinero que se llevó ella —dijo Ava—, no te lo creerías. Digamos que solo la casa estaba valorada en doce millones de dólares. Y luego estaba la pensión compensatoria y la manutención del niño.

Pero lo principal era que Swift había quedado libre. Y que ellos dos se habían encontrado. ¿Qué precio podía ponérsele a eso?

—Dos semanas después de conocernos, Swift vendió su empresa y dejó su oficina en Redwood City —me contó—. Durante los seis meses siguientes, apenas salimos de la cama. Fue tan intenso que pensé que iba a morirme.

Traté de imaginar cómo sería aquello, quedarse en la cama seis meses, o solo un día entero. ¿Qué se hacía en todo ese tiempo? ¿Qué había de la compra, y de la ropa sucia, y del pago de las facturas? Teniendo en cuenta todo aquello, me sentí vulgar e ignorante. Aburrida. Siempre me había dicho a mí misma que había estado enamorada de Dwight y, si hubiera querido, habría podido evocar el recuerdo de momentos en los que lo único que parecía importarme era estar con él. Pero la mujer en la que me había convertido durante los años transcurridos desde entonces creía que jamás volvería a conocer la pasión, y a veces se preguntaba si en realidad la había conocido alguna vez.

—Justo antes de cumplir los cuarenta, afrontamos el primer gran desafío para nuestro amor —me dijo Ava mientras se servía una segunda copa de Sonoma Cutrer y yo echaba mano de mi agua con gas—. La cuestión de los bebés.

Ella quería tener un hijo, o eso creía. Swift, por su parte, estaba seguro de no querer más.

—No tanto porque ya tuviera uno —me explicó—. Era solo que no quería compartirme. No quería que nada se interpusiera entre nosotros. Nada que pudiera diluirlo. Y al final comprendí que tenía razón.

Entonces sucedió el accidente. Un accidente de coche, deduje, aunque ni siquiera estoy segura de cómo llegué a esa conclusión. Oí las palabras «lesión medular», pronunciadas en un tono que bastó para que entendiera lo necesario. La posibilidad de volver a utilizar sus piernas parecía haber quedado descartada, igual que cualquier idea de tener hijos.

De eso hacía mucho tiempo, me dijo. Doce años. Se ajustó la pulsera de plata a su elegante y fina muñeca, como indicando que el tema estaba zanjado.

—Tenemos una vida fabulosa —prosiguió—. Y no por esta casa, ni por la del lago Tahoe, ni por el barco, ni por nada de eso. —Hizo un ademán con su brazo largo y esbelto, abarcando los jardines, la casa de invitados, la piscina—. Nada de eso importa, en realidad.

»Es curioso cómo funcionan las cosas —añadió—. Nunca habría imaginado lo que pueden experimentar juntas dos personas. El grado de intimidad.

Ahora vivía volcada en Swift, en quererlo y dejarse querer por él. Y luego estaban los perros.

¿Había un perro en mi vida?, me preguntó. (Ava nunca empleaba la expresión «tener perro». La relación con un perro tenía que ser mutua, sin que interviniera la propiedad. La mayoría de los seres humanos jamás experimentaban, ni siquiera con un amante, con un padre o un hijo, la clase de devoción y aceptación incondicionales que un perro dedicaba al humano con el que convivía. Aunque lo que ella había encontrado en Swift se le acercaba mucho).

Querer a un perro, entregarle tu corazón a un perro en vez de a un niño, solo tenía un problema, claro.

Que los perros se morían.

Incluso parecía costarle decirlo en voz alta.

«Prométeme que no te vas a morir», me había suplicado mi hijo una vez. Pero eso no podía prometérselo. Me gustaba inventar cuentos, pero no era una embustera.

Aquel día, en el patio de Ava, con su silla de ruedas virada hacia el sol como a ella le gustaba, no pareció importarle ser ella quien hablara.

—Sammy, por ejemplo —dijo.

Era el más viejo de los tres: tenía once años. Gracias al cuidado que Ava ponía en su dieta (y a la salud emocional que producía el sentirse tan querido, un factor que jamás había que pasar por alto), viviría muchos años más. Ava vaciló un momento. Bueno, por lo menos un par de años más.

33

Pero la mayoría de la gente no tenía que convivir con la certeza de que sobreviviría a sus hijos. Mientras que en el caso de un perro... Ava no acabó la frase.

—No es la primera vez que hemos pasado por eso, claro —dijo.

Fue entonces cuando me llevó al comedor para enseñarme el retrato, encargado por Swift, de los dos perros (un bóxer y un mestizo) que habían precedido a los actuales. El cuadro ocupaba casi toda una pared de la habitación, frente a la larga mesa de nogal.

—Alice y Atticus —dijo—. Dos de los mejores perros de la historia.

Me quedé allí, observando el cuadro, y asentí con la cabeza.

—Vuelve pronto a verme, ¿quieres? —me dijo—. Me gustaría ver tus fotografías. Y quizá puedas hacer algún retrato de los perros. Podrías cenar conmigo y con Swift.

Me encantó que se interesara por mis fotografías. Pero, sobre todo, lo que me entusiasmó fue saber que quería volver a verme. No me detuve a pensar por qué una persona tan extraordinaria como ella quería ser mi amiga. Decía que veía algo en mí: algo que veía también en la cara de aquella prostituta parisina que me había indicado. Tal vez fuera simplemente que necesitaba que me rescataran, y Ava tenía por costumbre adoptar a animales abandonados.

7

Cuando era muy pequeña y los niños de mi clase me preguntaban dónde estaba mi padre, me inventaba una historia. Era un espía, les decía. El presidente lo había mandado en misión a Sudamérica. Luego pasó a formar parte de un pequeño grupo de científicos elegidos para pasar los siguientes cinco años en una cápsula climatizada en el desierto, haciendo experimentos por el bien de la humanidad.

En otra ocasión (otro curso, otro colegio), dije que mi padre se había ahogado en un trágico accidente mientras rescataba a prisioneros de guerra americanos abandonados en una isla del Pacífico, después de la Guerra de Vietnam. Los había embarcado en una balsa de la que tiraba él solo, sosteniendo una soga entre los dientes y nadando por aguas infestadas de tiburones frente a las costas de Borneo.

Más adelante, en la universidad, era simplemente huérfana: me había quedado sin familia después de un accidente de avión al que solo sobreviví yo.

Si inventaba historias sobre mi familia era por una razón muy sencilla: aun cuando incluían una gran tragedia, eran preferibles (más grandiosas, más interesantes, más llenas de sentimientos profundos y poderosos, de amor espectacular y de sacrificios heroicos, de grandes expectativas futuras) que los detalles que rodeaban mis orígenes. Prefería la idea de una catástrofe o de una gran aflicción a la verdad desnuda, que no solo era muy aburrida, sino también tristísima: el sencillo hecho de que mis padres no se habían interesado nunca por mí. Quedó claro desde el principio que yo me interponía en sus planes. En caso de que tuvieran alguno.

Gus y Kay (me dirigía a ellos por su nombre de pila, porque así lo quería mi madre) eran muy jóvenes –diecisiete años– cuando se conocieron y ya se habían divorciado al cumplir ella los veintiuno, cuando yo tenía tres. No guardo prácticamente ningún recuerdo de aquella época, tan solo una vaga imagen de una caravana con un ventilador que estaba todo el día puesto y que sin embargo no conseguía refrescar el ambiente. Recuerdo también que Kay me dejaba en la guardería tantas horas seguidas que la directora guardaba una caja con ropa de repuesto para mí en un cuartito. (Del mismo modo que, años después, yo llevaba siempre un cepillo de dientes en el bolsillo con la esperanza de que alguna amiga del colegio me invitara a pasar la noche en su casa. Cualquier sitio era mejor que mi casa).

Recuerdo un montón de sándwiches de mortadela y de barritas de cereales. Una cadena de radio que ponía éxitos de los años setenta, y la televisión siempre encendida. Boletos de lotería viejos amontonados sobre la encimera, ni uno solo premiado. El olor a marihuana y a vino vertido. Y montones de libros de la biblioteca bajo las mantas de mi cama: eso fue lo que me salvó.

Conocía tan poco a Gus que no habría podido distinguirlo entre una fila de sospechosos si me hubieran llevado a la comisaría (donde él había estado varias veces) para que lo reconociera. Nos hizo dos visitas cuando yo era joven: una vez cuando tenía trece años y él acababa de salir en libertad condicional (por un asunto relacionado con cheques falsos) y otra vez doce años más tarde, cuando me llamó de repente para decirme que quería conocerme mejor. Yo me lo creí, y me llevé una enorme desilusión cuando no se presentó tres días después, como había prometido. Cometí el error de hacerme ilusiones y volví a llevarme un chasco otras dos veces, hasta que quedó claro que no iba a ir a verme. (Había otros hombres, en cambio, que sí iban por casa. Pero venían a ver a Kay, no a verme a mí. Y nunca se quedaban mucho tiempo).

Si de algo estaba segura de pequeña era de que no quería ser como las dos personas responsables de mi nacimiento. Quería ir a la universidad. Quería tener un buen trabajo, hacer algo que me apasionara. Pero, sobre todo, quería vivir en una casa de verdad, con una familia. Cuando tuviera un hijo (y sabía que lo tendría), sería una madre muy distinta de la mía. Le prestaría atención.

En cuanto tuve edad para montar en bici, me iba a sola a la biblioteca. Tenían unos cubículos en los que podías ponerte a ver una película con auriculares, así que, cuando no estaba leyendo, estaba viendo cine. Y en cuanto tuvimos un aparato de vídeo, empecé a sacar películas de la biblioteca. Cuando Kay estaba por ahí, bebiendo o con algún hombre (lo cual sucedía a menudo), yo veía aquellas cintas una y otra vez, primero en nuestra casa móvil y más tarde, cuando mejoró nuestra situación, en el apartamento que alquilamos junto a la carretera de San Leandro. Ahora me parece evidente que esa pasión mía por el cine tenía que ver con el consuelo que hallaba al zambullirme en un mundo cuyos escenarios y personajes estaban tan alejados de mi realidad cotidiana: cuanto más alejados, mejor. Unos días era Candice Bergen, y otros Cher. Me gustaban especialmente las historias sobre chicas solitarias, mujeres insignificantes y marginales en las que se fijaba algún hombre guapo, amable y maravilloso (y rico, claro está) que las alejaba de su lúgubre existencia. A veces, si había estado viendo películas antiguas hasta altas horas de la noche, era Shirley MacLaine o Audrey Hepburn. Nunca yo misma.

Después de ver *Sabrina*, me inventé que Audrey Hepburn era mi abuela. Dudo que mis compañeros de clase supieran quién era, pero sus madres sí lo sabían. Una vez le conté a la madre de uno, que se había ofrecido voluntaria para cuidar de la clase, que pasaba los veranos en su casa de Suiza y que de pequeña había ido con ella a África, en uno de sus viajes para UNICEF. (Un truco que aprendí muy pronto sobre la habilidad de mentir: si rellenas tu historia con todos los detalles que puedas, tu interlocutor creerá que es cierta.

La gente podía no saber si Audrey Hepburn tenía una nieta o no pero, si sabían que colaboraba con UNICEF, no les resultaba tan difícil tragarse el resto de la historia).

Teniendo en cuenta el tiempo que pasaba con Audrey, mi abuela imaginaria, no era de extrañar que hablara con un acento que recordaba vagamente al suyo en *Sabrina* (medio francés, medio británico) y que solo llevara manoletinas. Una vez me encontré con una compañera de clase y con su madre en la piscina municipal. (Aquello me hizo reflexionar, como siempre, sobre cómo sería tener una madre que te acompañaba a la piscina, te ponía loción solar en la espalda y te llevaba la merienda).

La madre expresó su sorpresa porque no estuviera en Suiza.

—Me voy la semana que viene —le dije, y desde entonces procuré no ir a la piscina.

Años después, cuando estaba en la universidad (gracias a una beca muy completa) y se hizo público que Audrey Hepburn había muerto de cáncer, aquella misma mujer me envió una nota de pésame. Le escribí dándole las gracias y le dije que mi abuela me había dejado un collar de perlas que le había regalado uno de los muchos hombres que habían sentido adoración por ella: Gregory Peck. Lo guardaría para siempre como un tesoro, añadí.

Habría sido más difícil mantener la ilusión de que mis historias eran ciertas si hubiera tenido buenos amigos, pero no los tenía, quizá precisamente porque necesitaba preservar mis secretos. En el campus la gente era bastante simpática, pero no llegué a intimar con nadie y, de todos modos, ¿cómo iba a hacerlo? Tenía que esforzarme mucho por mantener mi nota media: era fundamental si quería conservar mi beca. Estaba estudiando arte y, aunque me interesaba sobre todo la fotografía, también me había matriculado en un taller de guiones. Era lógico, teniendo en cuenta que llevaba toda la vida inventando historias.

El taller lo impartía un realizador y guionista que había hecho una película en los años setenta y que ahora daba seminarios de escritura cinematográfica en salones de actos de hoteles. Cuando acabó el taller me invitó a tomar un café, impresionado, dijo, por mi conocimiento de la historia del cine. El café acabó en cena, y la cena en un largo paseo en coche hasta el mar, donde me contó que estaba harto de las productoras cinematográficas, de cómo maltrataban su trabajo y de los idiotas a los que tenía que aguantar un artista si quería hacer una película. Su último proyecto era una mierda, me dijo. Su matrimonio era una mierda. Hollywood era una mierda. Era tan estimulante conocer a una chica como yo, que todavía poseía esa pasión que él había tenido antaño por el cine... Por los «filmes», como los llamaba yo.

Jake empezó a llamarme desde Los Ángeles y a escribirme cartas. Yo estaba tan asombrada porque se hubiera interesado por mí que ni siquiera me pregunté si me gustaba aquel hombre. Asombrada y halagada, claro. Una día me dijo: «Reúnete conmigo en Palm Springs» y, cuando me mandó el billete de avión, acudí. No se me había ocurrido que pudiera decidir por mí misma. Siempre esperaba a ver lo que la gente que me rodeaba quería de mí y, cuando alguien me ofrecía una sugerencia, la aceptaba.

Dijo que iba a dejar a su mujer. Que la había dejado. Que podíamos hacer cine juntos. Que él sería mi mentor. Que iría en coche a recogerme al campus. Podía ponerle una baca al coche para trasladar mis pertenencias, que eran muy escasas. Estaría allí al día siguiente por la mañana.

—Ahora yo soy tu familia —afirmó—. La única familia que vas a necesitar.

Una semana después yo había renunciado a mi beca y dejado el colegio mayor para irme a vivir con él. Seis meses más tarde, Jake volvió con su mujer. Así acabaron mis estudios. Habría sido lógico pensar que, dado que estaba tan acostumbrada a inventar historias, me daría cuenta enseguida cuando alguien mentía. Pero confíe en aquel hombre por completo, y durante un tiempo, después de que me dejara, iba por ahí en estado de *shock*, convencida de que no me merecía el amor de una persona tan brillante. El fracaso y la culpa recaían enteramente sobre mis hombros.

Cuando todavía estábamos juntos, Jake me había comprado una cámara Nikon y me había enseñado algunas nociones de iluminación, encuadre, lentes y velocidad de obturación. Después, para ganar algún dinero, acepté un trabajo haciendo fotos para un catálogo de equipamiento de *camping*. Era un trabajo de mala muerte pero temporal –pensaba yo–, y lo principal era no tener que volver nunca al apartamento de Kay.

Como no tenía dinero, ni formación, ni contacto con nadie, aparte de Jake, que ya no me devolvía las llamadas, la posibilidad de trabajar en la industria cinematográfica parecía inalcanzable. En cuanto tuve dinero ahorrado, compré un par de lentes de buena calidad y empecé a aprender a utilizarlas. Pensé que podía contar mis historias fotograma a fotograma. Resultó que aquello se me daba bien y empecé a tener trabajo. No eran encargos muy interesantes, pero al menos podía usar mi cámara y ganaba lo suficiente para alquilar un pequeño apartamento.

En aquellos tiempos me pasaba horas y horas paseando por las calles sin rumbo fijo, haciendo fotografías. Fue en uno de esos paseos cuando conocí a Dwight. Trabajaba de corredor hipotecario en una oficina que había en una zona comercial cerca de la autovía, junto a una tienda de colchones. Paré el coche porque me había fijado en una joven que estaba delante de la tienda. Era una de esas personas a las que las empresas contratan por una miseria para que se pongan un disfraz ridículo y bailoteen alrededor de un cartel, intentando atraer clientes.

Había algo en la bailarina de los colchones que me conmovió, que me recordó a mí misma. (Esa podría ser yo, me dije. Podría haber caído tan bajo. Intentando que alguien le prestara atención, sin conseguirlo nunca). Saqué mi cámara.

Estaba en ello cuando Dwight se me acercó por la acera.

—Bonita cámara —dijo.

No era una forma muy ingeniosa de iniciar una conversación, pero era guapo y tenía un aire campechano y simpático que le resultaba muy útil en su trabajo. Yo conocería más adelante la otra

40

cara de esa afabilidad: era así con todo el mundo, hasta que ya no podían oírle. Le pagaban para que fuera simpático y diera un sesgo positivo a la situación financiera de sus clientes, y había adoptado una forma de hablar que, más tarde, me haría preguntarme si había algo de real en todo aquello. Era como uno de esos locutores que se oyen en la radio. Siempre amable, siempre animado. Al menos en apariencia. Nadie sabía lo que se escondía debajo, y yo, cuando por fin lo descubrí, comprobé que no era nada bueno.

La primera vez que Dwight me llevó a cenar, me habló de su familia en Sacramento: otros cuatro hermanos McCabe y una hermana, todos ellos muy unidos. Sus padres no solo seguían casados, sino que se querían. Cada vez que se reunía la familia (que era muy a menudo), jugaban a las charadas y al fútbol, y en Nochebuena intercambiaban regalos bajo el árbol de Navidad. Seguían viviendo en la misma casa en la que había crecido Dwight, y en el marco de la puerta de la cocina aún podían verse las marcas de lápiz que atestiguaban el crecimiento paulatino de seis niños. Era mi familia soñada.

—Le he hablado mucho de ti a mi madre —me dijo Dwight un par de días después, cuando me llamó para invitarme de nuevo a salir—. Le he contado lo difícil que fue tu infancia. No tener a tu padre y todo eso, y que tu madre tampoco estuviera casi nunca. Me ha hecho prometerle que te llevaré el domingo a comer con toda la familia.

A sus padres iba a encantarles, me dijo. Lo bien que contaba historias, y lo graciosa que era... Eso por no hablar de lo guapa que era. Hasta entonces, nadie me había llamado guapa.

Ese fin de semana en Sacramento fui tan feliz que no pude probar bocado, aunque recuerdo que bebí más de lo que solía, solo para relajarme. La madre de Dwight asó un jamón con rodajas de piña por encima. No me atreví a decirle que era vegetariana. Esa misma noche decidí que ya no lo era.

—¿Te gusta cocinar? —me preguntó su madre. A partir de ese momento, la respuesta fue sí.

El fin de semana siguiente, Dwight me llevó a la cabaña que su familia tenía en las montañas. Encendió un fuego e hizo trucha a la parrilla, y esa noche no hubo duda de que compartiríamos la cama.

—Siempre he querido una chica exactamente como tú —me dijo.

Quise preguntarle qué clase de chica era esa. Fuera cual fuese el tipo del que hablaba, estaba dispuesta a serlo. Y quizá fuera mi propia predisposición a adaptarme a lo que exigieran de mí las circunstancias lo que me hacía parecer la pareja ideal para Dwight. Pero eso no lo entendí hasta después.

No tenía una mejor amiga, pero le conté a mi jefa de la empresa para la que hacía fotos de aparatos electrónicos que había conocido a un hombre y quería casarme.

—Entonces, ¿estás enamorada? —preguntó.

Le dije que sí, pero ni siquiera ahora estoy del todo segura de que fuera cierto. Había desarrollado desde muy niña el hábito de aspirar a muy poco y de permitir que mi vida la dirigiera cualquier persona que pareciera saber mejor que yo lo que convenía hacer en cada momento. El hecho de que un hombre simpático, guapo y aparentemente desenvuelto se interesara por mí era motivo suficiente para que correspondiera a su interés. Como nadie se había preocupado nunca especialmente por mí (ni mi madre, ni mi padre, ni Jake, el profesor de guion, cuyo interés había sido pasajero), el hecho de que Dwight me considerara digna de su atención e incluso de su amor ejercía sobre mí una atracción irresistible. Me sentía no solo afortunada, sino infinitamente agradecida, y no solo por el cariño de aquel hombre alegre y aparentemente normal (una persona tan acostumbrada a que la vida marchara sobre ruedas que su expresión favorita era «no pasa nada»), sino porque su familia al completo pareciera querer acogerme en su seno como una más.

Seis meses después de que empezáramos a salir descubrí que estaba embarazada. La idea de convertirme en madre, de tener a alguien que estuviera siempre ahí, un hijo propio al que llevar a aquellas cenas maravillosas en Sacramento con la gran familia

McCabe y cuyo crecimiento quedaría registrado en la moldura de la puerta de la cocina, era lo mejor que podía imaginar. No me detuve a pensar que, como había sucedido con tantos hechos importantes en mi vida, aquello no era resultado de una elección mía, sino algo que había dejado que ocurriera.

La primera vez que vi a mi marido perder los nervios estaba embarazada de ocho meses. Para entonces ya había dejado mi trabajo. Estábamos en la autopista, camino de la boda de un primo suyo en Los Ángeles, y el coche de detrás rozó nuestro paragolpes. A Dwight se le ensombreció el semblante. Se quedó un momento allí sentado, pero intuí que iba a pasar algo. Se bajó del coche y se puso a gritar a la conductora llamándola idiota y dando patadas a la puerta del coche. ¿Quién era aquel hombre con el que me había casado?

Empecé a ver una pauta en su comportamiento. Si estaba cansado o estresado (como ocurría con frecuencia), arremetía contra cualquiera que estuviera a mano. Normalmente, contra mí. El detonante podía ser tan poca cosa como que hubiera roto por accidente su jarra de cerveza de los Fortyniners o que no me hubiera acordado de comprar mantequilla de cacahuete. Cuando estallaba era como un borracho, solo que no le hacía falta beber alcohol.

Pero teníamos un bebé y yo decidí que me bastaba con eso. Cuando nació Ollie, cinco meses después de nuestra discreta boda en Sacramento, a la que asistieron casi exclusivamente familiares de Dwight, me convencí de que no podía pedirle nada más a la vida que ser la madre de aquel niño y formar parte de la familia McCabe. Mi suegra había apuntado mi fecha de nacimiento en un cuaderno que tenía («porque ahora eres una McCabe», me dijo). En la página había espacio para anotar cosas como la talla de ropa o el color favorito, para posibles regalos futuros. Yo me aseguré de anotar también su cumpleaños y la llamaba «mamá», lo que no me resultaba difícil dado que nunca antes había llamado así a nadie, ni siquiera a la mujer que me había dado a luz.

Cuando Ollie tenía seis meses, a Dwight lo ascendieron en su empresa y, como yo no tenía ninguna profesión concreta antes de ser madre, me conformé con quedarme en casa haciendo infinitas fotografías a nuestro hijo desde todos los enfoques posibles, absorta en nuestra pequeña rutina cotidiana: el paseo, el baño, el juego en el suelo, el cambio de pañal, otro paseo, otro cambio de pañal, otro rato de juego… La normalidad de mi vida me entusiasmaba. Seguramente para los demás carecía de interés, pero yo acababa de descubrir que había algo que se me daba de maravilla: ser la madre de mi hijo.

Para entonces había aprendido a quitarme de en medio cuando mi marido montaba en cólera, o a desconectar con una copa de vino. Y, por extraño que pareciera, los momentos en que Dwight estaba tranquilo resultaban aún más perturbadores que sus gritos, porque al menos cuando se enfadaba sus emociones parecían auténticas. Eran sus maneras de vendedor campechano lo que hacía que me sintiera más sola. Le oía hablar por teléfono con alguno de sus clientes, o incluso con uno de sus hermanos de Sacramento, y me daba cuenta con un escalofrío de que su tono de voz no variaba nunca. Incluso cuando llamaba para informar a una pareja de que su solicitud de préstamo había sido denegada, adoptaba aquel mismo tono jovial («Os encontraremos otro producto», decía. «No pasa nada»). Conmigo era igual. Y con sus padres. Incluso con nuestro hijo.

Estaba imprimiendo unas fotografías que había hecho en una reunión familiar cuando caí en la cuenta de que mi marido tenía la misma expresión en todas. Cuando Dwight volvía a casa del trabajo, todo lo que decía me sonaba a algo que hubiera oído en la televisión. Mi matrimonio empezaba a parecerme una farsa. En realidad no conocía al hombre con el que me había casado. Y él, desde luego, tampoco me conocía a mí. Dudo que quisiera conocerme.

Pero me había enamorado de nuestro hijo y no concebía la idea de estar lejos de él.

Es posible que tener a Ollie me revelara (por primera vez, creo) lo que era el verdadero amor. Comprendí que en realidad no me había enamorado de aquel hombre, sino de la vida ideal que podía proporcionarme el hecho de estar con él, lo que me convertía en responsable del fracaso de nuestro matrimonio en la misma medida que lo era Dwight. Seguramente, pensándolo bien, no teníamos mucho en común, si es que teníamos algo. A mí solo se me daba bien hacer fotografías. Dentro del encuadre de mi visor. Y en la vida en general.

Tenía treinta y cuatro años, y nuestro hijo dos, cuando un día Dwight volvió a casa del trabajo y me dijo que tenía que decirme algo importante. Se había enamorado de una mujer a la que había conocido en su empresa. Se sentía muy culpable, dijo, pero Cheri y él eran almas gemelas. Sin embargo, mientras me daba la noticia, había en sus palabras una especie de insulsa previsibilidad semejante a la de un presentador de televisión informando de un terremoto sucedido en alguna parte, o a la del hombre del tiempo prediciendo lluvia para el próximo fin de semana.

—Ojalá hubiera sido distinto —me dijo—, pero así son las cosas. Es lo que tiene la vida.

Salió de mi vida con la misma rapidez con que había entrado en ella. Debía de llevar algún tiempo preparando su marcha (cuyos signos premonitorios yo había sido incapaz de ver), porque ese mismo fin de semana se fue de casa.

Cuando se marchó, no obstante, hacía tiempo que yo ya no me hacía ilusiones respecto a nuestro matrimonio. Lo más traumático fue posiblemente el descubrir el efecto que surtió el cambio de parecer de Dwight en mi relación con su familia. O con *mi* familia, porque así la consideraba yo. Solo que resultó que no lo era en absoluto. Lo peor de todo fue, sin embargo, darme cuenta de lo fácilmente que me dejaba engañar, de la poca intuición que tenía para detectar el fraude.

Cuando me enteré de la noticia, llamé a la madre de Dwight pensando que podría convencerlo para que le diera otra oportunidad a nuestro matrimonio. Por el bien de Ollie, al menos. Y, en todo caso, pensé que me consolaría.

—Odio decir esto, Helen —me dijo mi suegra—, pero todos

lo veíamos venir desde hace tiempo. No puedes hacer que tu marido se sienta como si fuera uno del montón y esperar que no se fije si se presenta otra mujer y empieza a tratarlo como si fuera especial. No me extraña que estuviera de tan mal humor.

No hubo más invitaciones a cenas familiares. Ollie visitaba a sus parientes, pero solo con su padre, nunca conmigo.

Mi madre, Kay, había vuelto a casarse. Vivía en Florida con un tal Freddie, que solía servirse la primera copa en torno a las once de la mañana y ya no paraba, lo que probablemente la hacía sentirse mejor respecto a su propia debilidad por el *gin-tonic*. Durante los primeros años de la vida de Ollie, yo había preferido pasar la Navidad con la familia de mi marido para no tener que soportar las inevitables noches de borrachera y las resacas del día siguiente, pero después de que me dejara Dwight viajé a Daytona Beach para pasar las fiestas con mi madre, con la tenue esperanza de que pudiéramos estrechar unos lazos familiares que nunca habíamos tenido. Incluso le llevé un montón de fotografías mías confiando en que se interesara por ellas. Las hojeó como si estuviera en la peluquería leyendo un ejemplar de *People*. Con menos interés, seguramente. Mi hijo, que siempre me había suplicado que le dejara tener un perro, se pasó la mayor parte del tiempo jugando con el *shih tzu* de mi madre.

Dos días después de nuestra llegada volví de hacer la compra y me encontré a Kay (que parecía haberse bebido tres o cuatro copas) viendo una película de Quentin Tarantino con mi hijo sentado en el sofá, a su lado, aferrado a su manta.

Cuando le dije que no quería que Ollie viera esas cosas, contestó:

—Ya sabes dónde está la puerta.

8

Puede que fuera una herencia familiar. Si es así, no era beneficiosa.

Yo sabía desde hacía tiempo que el alcohol me ayudaba a relajarme y me brindaba cierta efímera sensación de consuelo en momentos en los que no había consuelo posible, pero no empecé a beber más de firme hasta aquel largo y gélido invierno, después de que mi marido me dijera lo de Cheri y se marchara de casa.

Esperaba siempre a que Ollie estuviera en la cama, y al principio solo me permitía una copa. No me emborrachaba, pero me gustaba que el vino diluyera los sinsabores del día y que las cosas parecieran emborronarse ligeramente cuando bebía un poquito de cabernet. Me sentía más suelta, menos ansiosa y, aunque el alcohol no se llevara la tristeza, al menos sí la difuminaba de modo que el dolor se volvía más sordo, menos agudo. Esto me llevó a beber una segunda copa y después una tercera. Algunas noches me acababa la botella entera.

A menudo me quedaba dormida en el sofá con la copa en el suelo, a mi lado. Cuando me levantaba me dolía la cabeza, pero aprendí a evitar las jaquecas tomándome un Tylenol por las noches.

Durante el día no bebía. Nunca probaba el alcohol cuando Ollie estaba despierto. Yo, a diferencia de mi madre, iba a asegurarme de que a mi hijo no le cupiera ninguna duda de que era lo más importante para mí, y quería, ante todo, que se sintiera seguro a mi lado.

Como estábamos los dos solos, nos gustaba cenar en una bandeja viendo películas (no solo de Disney y de dibujos animados, sino también de Charlie Chaplin y de Laurel y Hardy, que a Ollie le encantaban), o en el suelo en una manta de pícnic. La mesa del comedor estaba llena de material para manualidades y experimentos científicos, y había montones de libros de la biblioteca por el suelo, y disfraces que hacíamos con cosas que encontrábamos en tiendas de saldo. A veces salíamos a hacer fotografías, y no solo a los sitios habituales como el zoo o la playa, sino a un desguace, a un parque de *skate,* a un vivero o a la tienda de mascotas (la favorita de Ollie), a ver a los cachorros y a pensar en cuál elegiríamos si nos permitieran tener perros en nuestro edificio. Los fines de semana cocinábamos juntos: pasta, tacos o *pizza* casera. Pero, si nos apetecía, preparábamos un gran bol de palomitas con mantequilla y no cenábamos otra cosa. Nos acurrucábamos en mi cama tapados con las mantas mientras yo le leía (libros de fantasía, sobre todo, o nuestro libro de poemas de Shel Silverstein) y, si Ollie se quedaba dormido, le dejaba pasar la noche allí.

Al principio solo bebía cuando tenía una noche mala: si había llamado Kay desde Florida para preguntar qué tal estábamos (cosa que rara vez sucedía), o si se me había averiado el coche y había tenido que vaciar mi cuenta de ahorros para pagar la factura. La noche en que supe por mi hijo que Cheri, la mujer de su papá, iba a tener un bebé (y más tarde, cuando dio a luz), sentí claramente la llamada de la botella.

Esperaba hasta haberle leído su cuento a Ollie y haber apagado la luz. Luego bajaba la botella del estante de arriba del armario de la cocina. Con solo quitar el papel de aluminio dorado y girar el corcho, sentía ya esa neblina cálida y reconfortante que me traería la primera copa. A falta de un hombre, el vino me servía casi de compañero.

Faltaban pocos meses para que Ollie cumpliera cinco años

cuando empezaron los problemas serios. Fue una de esas noches, cada vez más frecuentes, en que me pulía una botella entera. Estaba medio dormida en el sofá, pero aun así oí la voz de mi hijo (era el único sonido que nunca me pasaba desapercibido). Ollie me estaba llamando.

Estaba tumbado en la cama, gemía y se apretaba con la mano el costado derecho. Con vino o sin él, reconocí los síntomas de una apendicitis. Tendrían que operarle. Lo llevé al coche en brazos y lo tumbé en el asiento, a mi lado, tapado con una manta. Le abroché el cinturón.

Estábamos a escasos minutos del hospital cuando vi un destello azul intermitente. Lo primero que pensé fue: «Voy demasiado deprisa». En cuanto el policía viera a Ollie y supiera adónde nos dirigíamos, lo entendería.

Pero el policía me pidió que saliera del coche.

—Permítame verla caminando en línea recta —dijo.

—Tengo que llevar a mi hijo al hospital —contesté—. Tiene apendicitis.

—Usted no va a llevar a este niño a ninguna parte. Si está enfermo, voy a llamar a una ambulancia.

Me hizo contar hacia atrás desde cien. Me puso un dedo delante de la cara y me pidió que siguiera su movimiento solo con los ojos. Yo oía a Ollie llamándome y gimiendo en el asiento delantero.

La ambulancia llegó unos minutos después. Para entonces el agente de policía ya me había puesto las esposas. Me sentía fatal, pero lo peor de todo era saber que mi hijo estaba sufriendo y que no podría estar con él. Por dolorido que estuviera, Ollie había visto al policía ponerme las esposas.

Sabía de la policía por las películas, sobre todo, y en las películas la gente a la que detenían solía haber hecho algo terrible.

—Mi madre no es mala —dijo.

Se encontraba mal, seguía sujetándose la tripa con el brazo y ahora lloraba más fuerte, y no solo por el dolor. Lo último que vi cuando me metieron a empujones en el asiento trasero del coche patrulla fue a Ollie tendido en la camilla mientras lo introducían en la ambulancia y cerraban las puertas. Camino de la comisaría, el policía me pidió el número de teléfono del padre de mi hijo.

Así pues, fue Dwight quien estuvo en el hospital durante la operación y más tarde, cuando despertó nuestro hijo. Su madre, mi exsuegra, me llamó después.

—Gracias a Dios que estaba Dwight para cuidar de Oliver, Helen —dijo—. Porque está claro que tú no estabas en condiciones de hacerlo.

Cuatro días más tarde, con Ollie ya en casa, mientras esperaba que se oficializara la suspensión de mi permiso de conducir, recibí una carta de un abogado informándome de que mi exmarido tenía intención de pedir la custodia de nuestro hijo. *Pruebas de negligencia materna,* decía la carta.

El juzgado nombró una tutora *ad litem* para que investigara el caso, lo que significaba que Ollie fue sometido a múltiples interrogatorios. Aunque apenas podía permitírmelo, contraté a un abogado al que acabé debiendo más de treinta mil dólares. Me compré un traje para el día del juicio: el más recatado que pude encontrar en la tienda de segunda mano. Dwight se presentó con mis exsuegros y con media docena de familiares con los que yo había jugado a las charadas, además de Cheri, que tenía ya mucha tripa. Al saludarme a la entrada de la sala, mi abogado me dijo que era optimista. Dado que era mi primera denuncia, el juez permitiría que Ollie siguiera viviendo conmigo y que viera a su padre los fines de semana.

Hacía calor en la sala del juzgado aquel día. Sentía cómo se me acumulaba el sudor bajo la chaqueta del traje y cómo se me clavaba la goma de las medias en la cintura. Había elegido una talla pequeña porque hacía años que no me compraba unas medias. Hablaron los dos abogados, pero a mí me costó trabajo concentrarme. Intenté imaginar que era fotógrafa judicial y que mi cometido consistía en retratar a los implicados en el caso, como si estuviera allí solo por trabajo y mi vida entera como madre no pendiera de un hilo.

La tutora nombrada por el juzgado fue la primera en hablar. En el informe que presentó ante el tribunal, afirmó que, aunque mi exmarido había expresado su deseo de educar a Ollie, tenía la clara impresión de que eran en realidad sus padres y no él quienes estaban empeñados en conseguir la custodia. Según contaba Oliver, su padre le gritaba mucho y su madrastra dejaba que pasara todo el día jugando a los videojuegos mientras Dwight se iba a jugar al golf. Era indudable que su principal figura de apego era yo, afirmó la tutora. A continuación declaró que, si me comprometía a asistir regularmente a las reuniones de Alcohólicos Anónimos y a recibir ayuda psicológica, no le cabía ninguna duda de que podía ser una madre responsable. Recomendaba que se me permitiera conservar la custodia de nuestro hijo y que Oliver hiciera visitas regulares a su padre.

Entonces le llegó el turno al juez, y desde el momento en que empezó a hablar comprendí que estaba con el agua al cuello.

—Puede que sea cierto que la madre tiene buenas intenciones y que quiere lo mejor para su hijo —dijo—. Eso espero. Pero su forma de conducirse hasta la fecha ha dejado meridianamente claro que su adicción al alcohol le impide llevar a efecto sus buenas intenciones. Puso la vida de su hijo en peligro. Y no solo la vida de su hijo, sino la de cualquier ciudadano que circulara por la carretera.

Se lanzó luego a hacer un discurso sobre los conductores borrachos, apoyándose en datos estadísticos. Aunque estaba completamente sobria, como es lógico (no había probado una gota de alcohol desde la noche de mi detención), la cabeza me daba vueltas.

—En este caso voy a hacer una excepción y a abandonar por un momento mi papel como juez —dijo mirándome fijamente— para contar una historia personal. Hace cuatro años, un conductor borracho mató a mi mujer, con la que llevaba casado treinta y cuatro años.

Miré a mi abogado. ¿No se suponía que en un momento como aquel debía levantarse y protestar? Evidentemente, no.

—He reflexionado mucho —prosiguió el juez— acerca de si mi tragedia personal me obligaba a retirarme de este caso, pero finalmente he llegado a la conclusión contraria. El haber experimentado de primera mano las consecuencias de un homicidio imprudente, y el hecho de que la mujer que se enfrenta hoy al tribunal pudiera fácilmente haber segado una vida, o varias, la noche en que se sentó detrás del volante bajo los efectos del alcohol, me confieren la autoridad necesaria para juzgar este caso con prudencia y ecuanimidad.

Dijo algo más, pero a mí me costaba seguirle. Solo entendí con claridad sus últimas palabras:

—No puedo permitir que una madre que pone en peligro la vida de su hijo conserve su custodia. Concedo por tanto la custodia plena al padre y a su segunda esposa, que han demostrado su capacidad de procurar al menor lo que su madre no puede darle: un hogar seguro y estable.

Sentí que las paredes del juzgado se cerraban a mi alrededor y que mis pulmones se esforzaban por tomar aire. Mi abogado me tocó el hombro. En algún lugar al otro lado de la sala oí una voz conocida que exclamaba «Alabado sea Dios» y comprendí que era mi exsuegra. Ni ella ni ningún otro de los familiares de Dwight presentes aquel día se dirigieron a mí cuando salimos del juzgado. Ni aquel día, ni ningún otro desde entonces.

Me concedieron visitas de fin de semana sujetas a la aprobación de mi exmarido. Nada de conducir, ni de pasar la noche con mi hijo. Tendría que ir a una escuela de padres. Y a terapia. Y no solo yo, sino también mi hijo, que había experimentado el trauma de vivir con una madre alcohólica.

Cuando el juez dejó de hablar y concluyó el procedimiento, apoyé la cabeza sobre la mesa. No quería levantar la vista, ver la tensa sonrisita de Cheri, la mujer de mi exmarido, sentada allí como una madona con los brazos alrededor del vientre, ni el semblante pesaroso de mi abogado, al que posiblemente le preocupaba más cuánto iba a tardar en cobrar su minuta que la suerte que corriera yo.

Ya había perdido mi permiso de conducir, suspendido durante un año y medio. Eso supuso que también perdiera mi trabajo. Para ir a Walnut Creek a ver a Ollie tenía que tomar el autobús y el tren, además de un taxi, o pedirle a alguien que me llevara.

En Alcohólicos Anónimos (a cuyas reuniones asistía con regularidad gracias a la amabilidad de algunos otros compañeros, que me recogían para llevarme hasta allí), aprendí mucho acerca de la lucha de quienes habían dependido del alcohol para pasar sus noches o sus días. En mi caso, la decisión de dejarlo, y la capacidad de mantener mi decisión, se dieron con asombrosa rapidez. Dejar el vino no era nada comparado con la otra pérdida, la verdadera. La pérdida de mi hijo.

9

Fuera de Alcohólicos Anónimos, procuraba no hablar de lo ocurrido. Esa tarde, sin embargo, en el solario de los Havilland en Folger Lane, mientras Ava permanecía sentada ante mí en su silla de ruedas y uno de los perros me lamía el tobillo, con el olor de las gardenias del cuenco de cristal tallado que había sobre la mesa y el delicioso queso, dejé que saliera todo. No tenía intención de hablar de nada de aquello, pero cuando me marché esa tarde (el sol ya bajo en el horizonte, Ava poniéndome en las manos un tarro de sopa casera y un jersey que según decía nunca se ponía y que era justo del color que mejor me sentaba, y recordándome que habíamos quedado para cenar ese viernes en cierto restaurante italiano que a Swift y a ella les encantaba), se lo había contado todo. Mi infancia. Mi matrimonio. La pérdida de mi hijo. Mis breves e incómodas visitas a casa de su padre para verlo, y el hecho de que paulatinamente, en cada una de mis visitas, Ollie pareciera más distante y retraído.

—Ahora mismo ni siquiera puedo pensar en tener pareja —le dije—. Lo único que me importa en este momento es recuperar a Ollie. Sé que tengo que contratar a un abogado, pero todavía no he acabado de pagar al anterior.

—Las cosas van a mejorar —me aseguró—. A mí no hay quien me pare cuando me pongo a resolver un problema.

Aquel día se abrieron las compuertas. Ava sabía escuchar mejor que nadie.

Le describí el día en que mi hijo se marchó de nuestro apartamento. No quería que Ollie me viera llorar cuando recogimos las cosas de su cuarto, pero cuando vino Dwight a llevárselo (saludando a nuestro hijo como solía, con la jovialidad de un presentador de programa concurso), comprendí que iba a ser imposible ocultarle lo hundida que estaba.

—Nos veremos antes de lo que crees —le dije en la acera, junto al coche de mi exmarido, como si no fuera tan importante que la ropa de mi hijo, junto a sus Legos, su colección de minerales y su cerdito de peluche, estuvieran embalados en cajas y metidos en el maletero.

Ollie permanecía sentado, muy tieso, en el asiento trasero del coche, con la jaula de su hámster sobre el regazo (era la única concesión que había hecho su padre: podía llevar a Buddy a Walnut Creek) y la cabeza vuelta hacia un lado de un modo que me hizo comprender que se estaba chupando el pulgar.

El juez había dictaminado que podía ver a mi hijo durante seis horas en sábados alternos, siempre y cuando su padre diera permiso y yo mantuviera mi compromiso de mantenerme sobria. Pero aunque hubiera tenido el permiso de conducir, no podía traer a Ollie a mi piso durante esas horas escasas y llevarlo a Walnut Creek para que estuviera de vuelta a hora de la cena, y no se me permitía pasar la noche con él. Ollie, el niño que solía dormir pegado a mí, con las piernas apoyadas sobre las mías y un mechón de mi pelo enrollado en el dedo, había pasado a ser una persona a la que veía de vez en cuando, cuando su padre lo permitía.

Al principio, después de que Dwight se lo llevara a vivir a Walnut Creek, Ollie se aferraba a mí cuando iba a verlo y me suplicaba que lo llevara a casa, pero últimamente, cuando llegaba a casa de su padre, casi no me dirigía la palabra.

Apenas recuerdo aquellos primeros días sin Ollie. Me mudé a un piso más pequeño en Redwood City. Era oscuro y estaba en un barrio de mala muerte, pero el alquiler era barato y la zona estaba mejor comunicada. Iba todas las noches a las reuniones de Alcohólicos

Anónimos, a las que me llevaba un compañero. Tejía jerséis para mi hijo que seguramente nunca se pondría. Hacía retratos de los hijos de otras personas cuando iba a trabajar en el autobús, o en taxi a veces, cuando iba muy apurada. Veía estúpidos programas de televisión. *American Idol, Supervivientes, Los Osbourne*. Iba mucho al cine.

Tenía una amiga. Había conocido a Alice en una fiesta privada en la que trabajé como camarera. Era un trabajo que hacía de vez en cuando desde que me había divorciado, cuando Ollie todavía vivía conmigo. Los fines de semana, cuando él estaba con su padre, trabajaba como camarera en servicios de *catering* para ganar algún dinero extra con el que pagar las vacaciones que tenía planeadas: habíamos visto fotos de la ruta de los dinosaurios de Montana en *National Geographic* y quería llevar allí a Ollie.

Alice era un par de años mayor que yo y también estaba divorciada (hacía tanto tiempo, decía, que había olvidado qué aspecto tenía su marido; tanto tiempo que posiblemente le habían crecido musgo o percebes en la vagina. Así hablaba Alice).

Tenía una hija, Becca, que estaba en la universidad y que ya casi nunca volvía a casa. Su presencia en la vida de Alice parecía adoptar la forma de abultados recibos de tarjeta de crédito que aparecían mensualmente en el buzón de su madre: recibos de manicuras, de zapatos y de viajes de fin de semana con sus amigos. Alice, entre tanto, alquilaba una habitación de su casa a un maestro jubilado (sin perspectiva romántica alguna) y economizaba cocinando un estofado que le duraba casi toda la semana si lo acompañaba con arroz.

En los viejos tiempos, antes de que perdiera la custodia de mi hijo, mi amiga solía venir a casa las noches que cenábamos *pizza* y los tres (Ollie, Alice y yo) jugábamos al Monopoly o al *memory*, o amontonábamos cojines en el sofá y veíamos viejas películas, o intentábamos imitar los pasos de baile de Michael Jackson en el vídeo de *Thriller*. Después de que se marchara Ollie, Alice y yo solíamos ir juntas al cine al menos una vez por semana, las noches que no teníamos que trabajar en algún *catering* y yo había podido ir a mi reunión de AA durante el día. Comprábamos un recipiente grande de palomitas (con mantequilla) y una bolsa de pasas recubiertas de chocolate para ella. Alice había renunciado a los hombres hacía mucho tiempo y ya no se esforzaba por mantenerse en forma. Siempre había sido una persona ancha, alta y a la que nunca le había interesado ni remotamente hacer ejercicio o salir a caminar por el monte, pero en los seis años que hacía que nos conocíamos había pasado posiblemente de la talla cuarenta a la cuarenta y seis.

—¿Voy a matarme de hambre solo para conseguir que algún idiota medio calvo me meta mano? —decía—. Prefiero quedarme con la mantequilla.

Era una de esas amigas con las que nunca sucede nada emocionante. Era dura y cortante, pero también divertida, y yo sabía que tenía buen corazón. Podía confiar en ella. Después de ver una película, íbamos a tomar algo a un bar que había cerca del cine (vino para ella, una tónica para mí) y así, alargando la copa, pasábamos un par de horas. Una vez, dos hombres se pararon junto a nuestra mesa y preguntaron si podían sentarse. No tenían nada de especial pero tampoco parecían dos perfectos perdedores. Si hubiera sido por mí habría dicho que sí, pero Alice meneó la cabeza.

—Bueno, chicas —dijo uno de ellos mientras hacía ademán de sentarse—, ¿qué os parece si os invitamos a una copa?

Yo le habría seguido la corriente, pero Alice no.

—¿Por qué no te ahorras el dinero —replicó— y vas a comprarte Listerine?

Aquello bastó para ahuyentar a nuestros pretendientes, como es lógico. Seguramente no se esperaban que dos mujeres como nosotras (que tampoco éramos la bomba) fueran tan quisquillosas. Pero a mí me encantaba eso de Alice: que, a diferencia de muchas mujeres solteras que conocía, nunca estuviera dispuesta a dejar plantada a una amiga si se presentaba un plan más prometedor. No es que a nosotras se nos presentara ningún plan, pero yo estaba segura de que esa sería la actitud de Alice.

Antes de conocer a Ava, Alice y yo solíamos tomarnos el café mientras hablábamos por teléfono, casi todas las mañanas. Rara vez teníamos novedades que contar dado que hablábamos todos los días, pero nos sentíamos menos solas oyendo nuestras voces al otro lado del teléfono.

—Estoy pensando en poner persianas nuevas —me decía ella. ¿Las venecianas me parecían muy horteras?

Yo en aquella época hablaba mucho del asunto de la custodia: rememoraba continuamente la escena en la sala del juzgado, aquel día, y me lamentaba de no haber contado con un abogado mejor y de no tener otra oportunidad. Había preguntado en una asociación de servicios sociales para mujeres de San Mateo si podían facilitarme un abogado, pero no habían podido ayudarme y el único abogado al que había consultado me había pedido un adelanto de diez mil dólares.

Ahora, cada vez con más frecuencia, cuando iba a ver a Ollie lo encontraba en su cuarto o absorto en el ordenador. Dwight solía estar fuera jugando al golf, o visitando casas en venta los días de puertas abiertas para entregar su tarjeta a posibles clientes. Yo me conocía el percal. Cuando su padre volvía a casa –me contaba Ollie–, se quejaba si había juguetes por el suelo. A Dwight le gustaban las cosas en orden. Eso también me lo conocía. Y los estallidos de ira que venían después si las cosas no se hacían a su modo.

—Cabrón —decía Alice refiriéndose a Dwight.

Hablar así no conducía a nada, pero era agradable tener a alguien de mi parte.

Yo hacía un esfuerzo por hablarle a Alice de otras cosas, aparte de la pérdida de mi hijo, pero me costaba encontrar otros temas de conversación. Le contaba que tenía cita con el dentista, y ella me decía que Becca pensaba irse a México a pasar las vacaciones de primavera.

Era la clase de cosas que una persona le contaba a su pareja si estaba casada. Cosas del día a día. (Aunque más tarde, cuando conocí a los Havilland, no podía imaginarme a Ava hablando así con

58

Swift, ni a Swift hablando así con Ava, y ello me hizo cobrar conciencia de lo vulgar e insulsa que era, o que había sido hasta entonces, mi vida). Pero por aburridas que fueran nuestras conversaciones, Alice era una constante invariable en aquellos tiempos tan lúgubres. La única, seguramente, y era leal como nadie, tan leal como un perro, solía decir ella. Los días en que me daba por pensar en Ollie (en cómo a veces tenía la sensación de que mi hijo ya ni siquiera me conocía), el único número que marcaba era el de Alice.

10

Después de que Ollie se fuera a vivir a Walnut Creek guardé en un armario todas las cosas que me recordaban lo que antes solíamos hacer juntos: el taburete al que se subía para poder trabajar a mi lado en la encimera de la cocina, su pizarra de caballete, el material de manualidades que tenía siempre desplegado sobre la mesa, su capa de Spiderman… Sin mi hijo en casa, no tenía sentido mantener el acuario ni escribir cosas divertidas en la nevera con letras magnéticas, ni poner la música retro que a él le encantaba y que solíamos bailar en la cocina. Cuando se rompió el reproductor de CD, no lo sustituí por otro nuevo.

Tenía una vieja cámara digital que dejaba usar a Ollie. Un día cometí el error de echar un vistazo a las fotografías que habíamos hecho juntos: las que él había hecho de su hámster, y de su antiguo cuarto, y de una tarta que habíamos hecho y que yo había dejado que cubriera con churretes de glaseado de todos los colores. Nunca volví a usar esa cámara.

Sabiendo lo que opinaba su padre sobre tener animales en casa (que lo ensuciaban todo y que costaban una fortuna en veterinarios), Ollie había dejado de pedir un perro. Había podido conservar a Buddy, su hámster, pero no era lo mismo. Como tampoco era lo mismo el perro mecánico que le regaló su madrastra, que según decía ella tenía todas las virtudes de un perro sin sus inconvenientes. Lo único que había que hacer era comprar pilas nuevas de vez en cuando.

La vida de mi hijo estaba ahora llena de tecnología. Cada vez que llamaba a casa de su padre para hablar con él, parecía estar absorto en algún videojuego. La escasa vida que tenía fuera del ordenador (eventos escolares, principalmente), tenía como escenario su nuevo barrio. Y a mí me preocupaba que, aparte de las actividades escolares y de alguna que otra fiesta de cumpleaños, Ollie no tuviera amigos.

—A Cheri no le gusta que vengan niños a casa —me dijo una vez—. Dice que hacemos mucho ruido y que despertamos al bebé.

El bebé era Jared, su hermano de padre, nacido poco después de que Dwight consiguiera la custodia de nuestro hijo. A pesar de lo pequeño que era, Ollie había notado desde el principio la predilección de su madrastra por el bebé.

—A mí me habla con esa vocecita, como la de la bruja buena de *El mago de Oz* —me había dicho una vez, y había dejado escapar un ruido que parecía una risa pero no lo era.

Y luego estaba la familia de Sacramento: los abuelos y todos sus tíos, su tía y sus primos, que siempre parecían tener un cumpleaños, una graduación o un nacimiento que celebrar, invariablemente en sábado. ¿Cómo iba a decirle a mi hijo que no podía ir a las fiestas familiares? ¿Qué tenía yo que ofrecerle que pudiera competir con eso?

Hacía el viaje a Walnut Creek siempre que podía. Un sábado sí y otro no, si Ollie estaba libre, Alice me llevaba en coche hasta allí para que pudiera sacar a mi hijo a dar una vuelta. Íbamos al parque y después a comer *pizza* o comida mexicana. Alice nos acompañaba a veces, y otras veces se quedaba esperándome en el coche, leyendo un libro.

La verdad es que Ollie nunca quería quedarse mucho tiempo en el parque. Estaba haciéndose demasiado mayor para jugar en los columpios. A veces íbamos a la bolera, pero se frustraba porque sus bolas se iban casi siempre por la ranura de banda.

—Me gusta más la PlayStation —decía. Acababan de regalarle un juego de coches de carreras.

Lo que yo anhelaba más que cualquier otra cosa era pasar tiempo con mi hijo, un tiempo no medido ni acotado: comer con él pero no en un restaurante, pasar ratos juntos sin necesidad de que hubiera una actividad organizada. Echaba de menos nuestra vida cotidiana: holgazanear en el sofá, sentarnos en el umbral a leer juntos; a veces ni siquiera hablar, tan solo ir en coche con él al supermercado, salir a hacer fotos, comprarle unas zapatillas, mirar por el retrovisor y entrever su cara. Me había convertido en una mamá de bolera, en una mujer que se sabía de memoria la carta del TGI Fridays. Ya no lavaba la ropa de mi hijo, ni lo secaba cuando salía de la bañera. Un día que lo llevé a nadar (utilizando un pase para la piscina de un Holiday Inn que había recortado del periódico) e hice intento de ayudarlo a ponerse el bañador, caí en la cuenta de que hacía más de un año que no veía su cuerpecillo desnudo. Pero Ollie me apartó de un empujón.

—Esto es privado —me dijo.

Yo sabía que su padre le gritaba mucho, pero Ollie nunca hablaba de ello. Ni de su vida en general. De la falta de amigos. O del bebé que parecía acaparar por completo la atención de su madrastra. Cuando tenía cinco años (después del divorcio pero antes de perder su custodia), solíamos pasar las mañanas de los domingos haciendo fotografías, pero después de que se fuera a vivir con su padre no quiso volver a hacerlas. Ni eso ni ninguna otra cosa. Con el paso de los meses (y luego de un año, y de otro), era como si Ollie fuera montado en un barquito y yo estuviera en la orilla, viéndolo alejarse mar adentro. Cada vez más lejos de mí.

Un día, no mucho después de que recuperara el permiso de conducir, fui a verlo y ni siquiera lo reconocí hasta que se acercó al coche. Su cara tenía esa expresión triste y nerviosa que había adoptado de manera permanente, y no cambió al verme. Su padre y su madrastra le habían comprado ropa nueva, de un estilo que yo jamás habría elegido para él: camisetas con leyendas como *diablillo* y *mi abuela fue a las vegas y solo me trajo esta estúpida camiseta* (esta regalo de mi exsuegra, evidentemente), y otra por la que deduje que en algún momento lo habían apuntado a un campamento cristiano. Le habían cortado el pelo: un corte a tazón, con una franja ancha afeitada alrededor de las orejas. Por algún motivo fue eso (la piel tierna y rosada que hacía que sus orejas parecieran aún más grandes y salientes de lo normal) lo que más me afectó. Aquel corte de pelo hacía que Ollie pareciera pequeño y vulnerable. Desvalido.

—¿Te gusta? —preguntó.

Para entonces ya nunca me contaba sus cosas, pero su forma de hablar me hizo comprender que se sentía muy desgraciado por su aspecto, y tenía razón en sentirse así.

—Ya te crecerá —le dije.

Aunque me habían devuelto el carné de conducir, Ollie nunca venía a mi casa, a aquel nuevo y oscuro apartamento de Redwood City. Disponíamos de muy poco tiempo en cada visita y, aunque hubiéramos podido solucionar ese detalle, Ollie ya no quería venir. Yo sabía que estaba enfadado conmigo por haber permitido que ocurriera todo aquello y por no haber sido capaz de arreglarlo.

Pero, además, Ollie había cambiado. A veces lo miraba desde el otro lado de la mesa del restaurante donde estuviésemos comiendo ese día y pensaba que, por cómo hablaba, por su mirada desconfiada y su costumbre recién adquirida de evitar mi mirada (esa forma de observarme de reojo por debajo de sus pestañas largas y femeninas), tenía una expresión parecida a la que se le ponía durante aquellas horribles visitas a Florida para ver a mi madre y a su marido. Hasta ese punto me consideraba una desconocida. O peor aún: un objeto de sospecha.

Para entonces yo había conseguido trabajo como fotógrafa en una empresa que se dedicaba a hacer esos retratos escolares que los padres compran por *packs* para la familia (una foto de veinte por veinticinco, con brillo; dos de doce por diecisiete, y una docena de tamaño carné). Sabía, porque ya llevaba algún tiempo dedicándome a aquello, que los padres solían comprar aquellos paquetes de fotografías movidos por una extraña mezcla de mala conciencia y superstición, creyendo que su hijo se sentiría poco querido si los padres de todos sus compañeros de clase rellenaban el impreso y mandaban el dinero y los suyos no, y porque casi parecía que traía mala suerte no enviar el cheque. Mi empresa borraba los archivos. ¿Y quién quería que una foto de su hijo sonriente (flequillo recién cortado, pelo bien peinado, mellas en los dientes) acabara en la papelera de algún ordenador?

Retratar a trescientos niños en un día para Happy Days Portraits (eso, cuando tenía la suerte de que me encargaran a mí el trabajo), no era mi objetivo cuando empecé a estudiar fotografía, pero debía treinta y cuatro mil dólares a mi abogado, además de varios miles de dólares de una tarjeta de crédito, y las primas del seguro de mi coche se habían disparado. Me hacía mucha falta el dinero, aunque a veces, si trabajaba tanto, era por otros motivos más profundos. No había nada más duro ni más amargo que estar sola y tener tiempo de sobra para pensar en cómo se había embarullado mi vida y hasta qué punto me había alejado de los sueños de mi juventud. Aceptaba cualquier trabajo que pudiera encontrar.

Mis vecinos en el edificio de apartamentos eran una pareja joven con un niño de tres años y dos bebés gemelos a un lado y, al otro, un señor mayor llamado Gerry que tenía la tele puesta todo el día y buena parte de la noche. A Gerry le gustaba especialmente Fox News y con frecuencia le daba por hablar con el televisor, de modo que en ocasiones, cuando estaba leyendo o intentando mantener una conversación con mi hijo por teléfono, le oía gritar:

—¡Malditos liberales! ¡Lo que yo te diga: habría que fusilarlos a todos!

Entonces los gemelos se ponían a gritar, o su madre, Carol, empezaba a llorar, y un minuto después yo oía cerrarse su puerta de golpe porque el marido, Victor, se había hartado. Luego Carol seguía llorando. Y volvía a oírse a Gerry gritar:

—¡Así se habla!

De todos modos no servía de gran cosa intentar mantener una conversación con Ollie por teléfono. Cuando intentaba que me contara qué tal le había ido el día, qué había pasado en el cole, o que me hablara de algún amigo o de su proyecto de ciencias, contestaba con apatía. Sus respuestas, cuando le hacía una pregunta, eran monosilábicas, y yo percibía su nerviosismo mientras sostenía el teléfono. Oía de fondo la tele, o al bebé de Dwight y Cheri. Algunas veces notaba que Ollie estaba sentado delante del ordenador mientras hablábamos: el sonido de los superhéroes y los monstruos lo delataba. *Bip, bip, bip. Crunch.*

—¿A qué estás jugando?

—A nada.

—¿Qué os está enseñando el señor Rettstadt últimamente?

—Cosas.

—Te echo muchísimo de menos, Ollie.

Silencio. No sé qué sentía él, pero estaba claro que no había palabras en su vocabulario para expresarlo.

Entonces se volvía a oír a los gemelos de mis vecinos, o a Glenn Beck o Rush Limbaugh soltando una perorata.

En los viejos tiempos, antes del lío de la custodia, a Ollie podría haberle hecho gracia aquel alboroto. Nos habríamos acurrucado en el sofá a ver nuestras películas de Oliver y Hardy, y si Gerry hubiera gritado algo en respuesta a una noticia que estuviera viendo en la tele, nos habríamos reído los dos. Luego Ollie habría fingido que era Gerry y se habría encarado con la tele agitando el puño y gritando:

—¡Muy bien dicho, Rush!

Ahora, las noches en que estaba sola en casa, cuando las voces de los vecinos llenaban mi pequeño y oscuro cuarto de estar (los bebés llorando, el marido enfadado, el olor a pollo frito filtrándose por el tabique), me quedaba allí sentada, absorbiéndolo todo. Iba a un montón de reuniones de Alcohólicos Anónimos, pero nunca me quedaba a la hora del café. La mayoría de las noches llamaba a Alice, aunque no tuviera gran cosa que contarle. Editaba las fotografías que había hecho ese día y me iba a la cama temprano.

11

Teniendo en cuenta lo mal que me iba la vida, era lógico que no me entusiasmara la idea de encontrar pareja. Lo único que me importaba de verdad era permanecer sobria y recuperar a mi hijo. Mi vida social consistía básicamente en asistir a las reuniones de Alcohólicos Anónimos. Así que, cuando me apunté a Match.com, fue sobre todo para distraerme.

Te pedían que colgaras tu perfil, claro está. Tras inventar un par de glamurosas versiones de mi pasado para la página web (lo que se me daba muy bien), finalmente opté por contar la verdad, omitiendo mi detención y el juicio por la custodia de mi hijo. En el apartado «aficiones» mencioné la fotografía y el ciclismo, aunque hacía más de un año que solo fotografiaba a los hijos de otras personas y mi bici seguía acumulando polvo. Puse mi verdadera edad y añadí que tenía un hijo, aunque quien leyera mi perfil hasta el final (si el hecho de que fuera madre no lo asustaba de antemano), llegaría a la conclusión de que no vivía con Ollie. Para mi foto de perfil no elegí, como parecía hacer mucha gente, una de cuando tenía veintitantos años, ni un retrato favorecedor en el que llevara un vestido de fiesta o unos vaqueros ceñidos y un *look* provocativo. Me hice una foto usando un temporizador, con la cámara montada sobre el trípode, en la cocinita de mi apartamento, bajo el fluorescente.

Tras colgar aquel feo autorretrato, decidí incluir un par de imágenes más: no de mí, sino fotos que había hecho hacía mucho tiempo, en mis excursiones fotográficas con Ollie por los sitios que más me gustaban de la zona de la Bahía: el río Russian, Marin Headlands, Half Moon Bay. También incluí una fotografía hecha por mi exmarido, en la que mi hijo y yo aparecíamos sentados a la mesa de una cafetería de Point Reyes tras una larga caminata por la reserva de alces. La incluí porque en las fotos solía salir muy seria, y en aquella me estaba riendo.

Mi perfil *online* (con el sobrenombre de *La chica del obturador*) sonaba tan aburrido que no creía que pudiera interesarle a nadie. Lo publiqué de todos modos, y sorprendentemente todo aquello despertó mi interés. Ahora, por las noches, cuando no estaba en el cine con Alice o en una reunión, o trabajando de camarera, me conectaba a Internet para mirar mis mensajes en Match.com.

Los resultados rara vez eran prometedores. Aun así, echaba un vistazo a los perfiles y al goteo de respuestas que recibía diariamente.

Huesodejamón: *He visto tu foto y pareces una persona agradable. Estoy buscando una mujer simpática y de buen corazón a la que le guste pescar y la música góspel. Tengo una complexión de osito de peluche, podría decirse, pero si tengo a una chica que me sirva de aliciente, pienso apuntarme a Los Vigilantes del Peso.*

Tantra4U: *Mi filosofía es que la gente no debería limitar sus experiencias ni atarse a una sola persona. Busco una relación abierta, sin las restricciones que nos impone la sociedad y que solo limitan nuestra capacidad para expresar plenamente nuestra identidad sexual. ¿Qué me dices de ti?*

AbueleteDinámico: *Que mi edad no te desanime a escribirme.* (El autor de este mensaje reconocía tener setenta y cuatro años). *Tengo mucha marcha, y un cajón lleno de fármacos.*

No contestaba a la inmensa mayoría de los mensajes, pero de cuando en cuando (para consternación de mi amiga Alice) respondía a alguno de los hombres que me habían escrito, en cuyo caso el paso siguiente solía ser una conversación telefónica. La mayoría de las veces notaba en los primeros sesenta segundos de conversación que la persona que estaba al otro lado de la línea no era para mí, pero no siempre era fácil colgar. A veces lo decía sin más:

—Me parece que no congeniamos.

Una vez, después de hacer algo así, recibí un *e-mail* de tres páginas. Los insultos que me dedicaba su autor no deberían haberme molestado dado que no nos conocíamos, pero hasta las palabras de un extraño tenían el desconcertante poder de alterarme.

Calientapollas, me llamaba. (Él se hacía llamar *BuscadordelAr-coíris*). *Conozco a las de tu clase. Para vosotras nadie es lo bastante bueno. No iba a decírtelo, pero salta a la vista que te vendría bien perder unos cuantos kilos, bonita. Eso por no hablar de que no eres precisamente un pimpollo. Y, además, ¿qué pasa con tu hijo? ¿Qué clase de madre no vive con su hijo?*

A veces, los hombres que me escribían invadían mis sueños. Pero lo más desconcertante era que también los invadieran las mujeres: la exesposas de las que tanto hablaban, años después del divorcio. Cuando me sucedía esto, me hacía la reflexión de que seguramente me caerían mejor sus exmujeres que ellos. Me imaginaba lo que mi exmarido, que vivía en Walnut Creek con su nueva esposa y su bebé, diría de mí si se apuntaba a una página de contactos. O lo que le diría de mí a Cheri. Tal vez incluso a Ollie.

«Tiene un problema con la bebida. Es muy triste que una adicción pueda destrozarle así la vida a una persona. Venía de una familia con problemas, claro. Si hubieras conocido a su madre, entenderías por qué es tan calamidad».

Y tenía razón, hasta cierto punto. Con excepción de Ollie, no tenía ni un solo familiar al que quisiera de verdad. Durante mi breve matrimonio había creído que formaba parte de un gran familia feliz. Después desaparecieron de mi vida, y con ellos se fue mi hijo. Aparte de mi única amiga, estaba sola en el mundo.

Así era como me sentía cuando conocí a los Havilland.

12

Un par de días después de conocer a Ava en la galería de arte, me llamó Alice.

—¿Quién era esa mujer con la que estuviste hablando, la de la silla de ruedas? —preguntó.

—Ava es coleccionista de arte —le dije—. Me invitó a ver su colección.

—¿Y vas a ir?

No le dije que ya había ido.

—Tiene unos originales de un fotógrafo famoso que hacía retratos de prostitutas —le dije—. Dijo que yo le recordaba a una de ellas.

—Ah, genial.

—Quería que le hablara de mis fotos.

—¿También invitó a alguno de esos retrasados? —preguntó Alice con aquel dejo de amargura rancia en la voz. Antes nunca me había molestado, pero ahora sí. Parecía casi celosa.

—Discapacitados psíquicos, no retrasados —contesté—. Pero no.

—Bueno, entonces es toda una invitación.

—Seguramente solo le doy pena —dije—. Es muy probable que no vuelva a tener noticias suyas.

Solo que yo sabía que sí las tendría. Había anotado la fecha de nuestra cita en mi calendario nada más llegar a casa, aunque era imposible que se me olvidara: cena en Vinny's con Swift y Ava, ese viernes por la noche. Y ahora allí estaba, mintiendo.

—Pensaba que íbamos a vernos ayer —dijo Alice.

No dijo nada más, pero entonces caí en la cuenta de que lo había olvidado: teníamos previsto ir a ver la nueva película de los hermanos Coen.

—Ah, no —dije—. Tuve muchísimo lío en el trabajo. Te llamaré para quedar en cuanto se calmen las cosas un poco.

—Claro —repuso Alice, pero comprendí por su tono que no se había tragado mi excusa. Mi trabajo podía ser aburrido, pero nunca tenía «mucho lío»—. Avísame cuando te venga bien.

Pero no la llamé. Y la siguiente vez que me pidió que fuéramos al cine, le dije que estaba ocupada. Ava y Swift me habían invitado a cenar con ellos en otro restaurante. Mediterráneo, esta vez. La vez siguiente, cuando Alice me llamó para proponerme que viéramos una película juntas, le dije que no. Los Havilland no me habían invitado a ningún sitio, pero confiaba en que lo hicieran. Y bastaba con eso.

—Supongo que ahora te llueven las invitaciones —respondió Alice.

13

—Convendría hacer algo con tu ropa —dijo Ava.

Era un sábado por la mañana y yo acababa de presentarme en Folger Lane para trabajar en el proyecto fotográfico. Estela ya me había servido un batido y me había puesto en un plato una magdalena de zanahoria recién salida del horno. Swift se iba a su clase de *chi kung.*

—No dejes que te dé la lata —me gritó—. Da la casualidad de que a mí me gustan los pantalones de chándal.

Incluso cuando no pensaba salir a ninguna parte, Ava siempre vestía con estilo. Ese día llevaba una blusa de seda pintada a mano, unos pantalones de lino y un collar de plata que yo no le había visto nunca, con los pendientes a juego.

—Solo me he puesto esto porque era lo que tenía más a mano —le dije.

Llevaba una camiseta descolorida y unos pantalones dados de sí.

—Da igual que estés pasando bandejas de canapés o limpiando aseos —repuso Ava, aunque ella jamás hacía ninguna de esas cosas—. Una siempre se siente mejor cuando va bien vestida.

—Supongo que ya nunca pienso en la ropa —le dije.

No era del todo cierto. Me encantaban las prendas bonitas. Pero no tenía ninguna.

—Es una cuestión de valorarse a una misma, Helen. Y de hacer saber al mundo la clase de personas que eres.

A pesar de la cantidad de veces que había estado en su casa, nunca había subido al piso de arriba. Ese día, Ava me llevó allí en su ascensor especial.

—Es hora de que hagas una visita a mi vestidor —dijo.

El vestidor de Ava era más o menos del tamaño de mi apartamento. Los zapatos ocupaban toda una pared. Daba igual que nunca se desgastaran. Parecía tener cien pares, ordenados (gracias, sin duda, a Estela) por colores, más un montón de botas camperas hechas a mano puestas en fila a lo largo de la pared. Luego estaba la pared de los pañuelos y los sombreros, y la de los bolsos. Un estante contenía únicamente jerséis de cachemira de todos los colores, excepto amarillo. Ava odiaba el amarillo. Después estaban las blusas de seda y las túnicas indias, y los vaporosos pantalones de seda que tanto le gustaban porque ocultaban sus delgadísimas piernas, y los vestidos largos. Tenía también prendas más básicas, aunque solo de la mejor calidad. Aquella fue la sección que inspeccionó para mí.

—Tenemos que encontrarte unos buenos pantalones negros —dijo—. Son imprescindibles. Los pantalones negros son el cimiento de todo. A partir de ahí puedes construir, pero los pantalones son el punto de partida. Es como la atracción sexual en una relación de pareja. Si eso no existe, da igual lo que le pongas encima.

Sacó unos pantalones de lino negros de una percha y me los tendió.

—Tenemos más o menos la misma talla —dijo.

Luego sacó un jersey de cachemira del estante, de un tono intermedio entre el azul cielo y el azul verdoso, y un pañuelo malva y verde surcado por hilos de un azul brillante. Yo nunca había tenido nada parecido, ni había soñado con llevar algo así. Ava lo escogió todo, incluso las medias. Luego sacó también una falda de cuero negro y un par de botas, también negras, para que me las pusiera con la falda.

—No puedo aceptarlo —le dije al ver la etiqueta y tocar el suavísimo cuero de cabritilla.

—Claro que puedes —contestó casi con impaciencia—. Todas esas cosas están ahí colgadas sin que nadie se las ponga. Me encantaría que les dieras un uso.

Hubo más cosas: un vestido camisero («un poco serio, pero puede que algún día salgas con un banquero») y otro vestido completamente opuesto: muy ceñido, corto y con un escote vertiginoso.

—Este tiene una pega —me dijo—. No puedes llevar nada debajo. Se notan las líneas de las bragas.

Pensé que seguramente se marcharía para que me probara la ropa, pero se quedó allí, esperando.

—Vamos a ver —dijo.

Me sentí un poco extraña, pero aun así me quité la camiseta.

—Ay, Dios mío, el sujetador —dijo—. Tienes mucho más pecho que yo, así que con eso no puedo ayudarte. Pero está claro que tenemos que hacer una visita a Miss Elaine.

Miss Elaine resultó ser la asesora de Ava en cuestión de lencería. Un sujetador bien ajustado a tus medidas marcaba la diferencia, me aseguró.

Me quité mis pantalones de yoga.

—Tienes un culo estupendo —me dijo—. Pero eso ya lo sabía. Fue lo primero que me dijo Swift de ti.

Me puse los pantalones y me abroché la cinturilla. Como había previsto Ava, me quedaban un poco largos, pero por lo demás me sentaban como un guante. Y lo mismo el jersey de cachemira. Pasé las manos por las mangas, palpando la suavidad de la lana.

—No hay nada como el tacto de la cachemira sobre la piel —comentó Ava—. Bueno, casi nada.

Me puse delante del espejo mientras me colocaba el pañuelo.

—Pruébate esto —dijo, abriendo un cajón que contenía pendientes. Sacó un par de aros de plata y una pulsera a juego—. Es asombroso —dijo al ponerme la pulsera—. Casi podrías ser yo.

Yo nunca había visto ningún parecido entre nosotras, pero sabía lo que quería decir.

—Si yo tuviera quince años menos y unas tetas fabulosas, claro —dijo, y se rio. Un trino largo y suave, como el tintineo del agua sobre las rocas—. Y si pudiera andar —añadió.

14

Cuando conocí a Ava, llevaba algún tiempo, no mucho, viéndome con un hombre llamado Jeff, un director de oficina bancaria al que había conocido a través de Match.com (su apodo era *EZDuzIt*). Todavía no se había divorciado de su mujer, así que yo sabía que lo nuestro no iba a ninguna parte, pero, aparte de eso, Jeff parecía muy poco entusiasmado conmigo, y la verdad es que yo tampoco lo estaba mucho con él.

Me decía a mí misma que era agradable tener compañía y que al menos cuando estaba con Jeff corría menos peligro de hacer cosas como escribirle largas cartas a mi exmarido que sabía que no debía mandar, o llamar a Alice y echarme a llorar porque había perdido a mi hijo, o por la escuela de padres a la que todavía tenía que asistir dos veces por semana, por orden del juez, y en la que nos daban listas de actividades interesantes que podíamos hacer con nuestros hijos. (*Hacer manualidades. Leer en voz alta antes de dormir. Acudir a las sesiones de cuentacuentos de la biblioteca*). Un día nos repartieron recetas para hacer meriendas sanas y divertidas: huevos cocidos convertidos en payasos, trozos de zanahoria y apio dispuestos en un plato formando monigotes, con tomates cherry por cabeza. («¡Ollie y yo hicimos una vez patatas *chips* caseras!», me dieron ganas de gritarle a la profesora, que parecía tener unos veintiún años. «Y todas las Navidades hacíamos una casita de pan de jengibre»). Como si mi hijo estuviera alguna vez conmigo el tiempo suficiente para que le hiciera la merienda.

—Siempre fuiste una madre fantástica —me había dicho Alice—. Es solo que estabas deprimida, lo cual es comprensible. Y una noche te pasaste con la bebida. No es tan raro que eso pase.

—No fue solo eso.

—Seguramente ese policía no te habría parado si no hubieras tenido la luz trasera fundida. Ni siquiera superaste el límite de velocidad.

Buscar excusas, nos decía nuestra terapeuta, era un actitud negativa. El primer paso para dejar de beber era reconocer lo que habíamos hecho.

«Me llamo Helen. Soy alcohólica».

Jeff solía venir a mi apartamento los martes por la noche. La primera vez no nos acostamos, pero más adelante se convirtió en nuestra rutina de los martes. Comida tailandesa o *pizza,* seguida por un partido de béisbol en la tele, y luego a la cama.

El martes posterior a mi primer encuentro con Ava llamé a Jeff al trabajo.

—No podemos quedar esta noche —le dije.

—¿Qué ha pasado? —preguntó—. ¿Estás enferma?

No quería verlo, le dije. Ni esa noche, ni ninguna. El hecho de que aceptara la noticia con el mismo despliegue de emoción o curiosidad que había demostrado durante el resto de nuestra breve relación me confirmó lo que ya sabía sobre él. Parecía no tener ningún interés en conocer los motivos de mi decisión o en rebatirla. Tardé menos de un minuto en zanjar la conversación, y sentí una extraña mezcla de ira dirigida contra mí misma por haber pasado tiempo con semejante persona y de alivio por no tener que volver a hacerlo. No iba a perder más tiempo con personas que no me interesaban. Si quería recuperar a mi hijo, tenía que labrarme una vida mejor.

Atribuí mi decisión a la influencia de Ava. Aunque solo la había visto un par de veces, sentía que me había revelado otra forma de vivir. Por improbable que pareciera que yo también pudiera vivir así, la idea de tener por pareja a una persona cuya presencia en una habitación lo transmutara todo (y que sintiera lo mismo por mí) me parecía lo único a lo que debía aspirar. Si no podía tener eso, era preferible estar sola.

Antes de conocer a Ava había llegado a la conclusión de que mi situación no tenía remedio y me había convencido de que, hiciera lo que hiciese, nada cambiaría. Ava, sin embargo, me brindaba una imagen de mi futuro llena de promesas, y parecía no haber prueba más convincente de que así era que el hecho de que Swift y ella quisieran formar parte de mi vida.

Conocí a Ava a principios de diciembre, cuando la Navidad estaba a la vuelta de la esquina. Asistí al concierto navideño del colegio de Ollie y distinguí a mi hijo entre la fila de alumnos de segundo curso que cantaban un villancico adornados con gorros de Papá Noel, pero después había una fiesta en casa de un niño de su clase y yo no quería impedir que Ollie se divirtiera con sus amigos, así que solo pude verlo el tiempo justo para darle un abrazo. Prefería esperar y celebrar las fiestas con él algún día que de verdad pudiéramos pasar tiempo juntos.

Sabía lo que Ollie quería de verdad, claro. Lo mismo que había querido siempre: un perrito. Pero en eso Dwight no estaba dispuesto a ceder. Yo había visto a un hombre haciendo una exhibición con un yoyó en una calle de San Francisco. Hacía unos trucos increíbles y en aquel momento me atrajo la idea de regalarle a mi hijo (que tenía ya varias decenas de videojuegos) algo que no fuera un juguete electrónico. Pero cuando llegué a casa no conseguí hacer con el yoyó ninguno de los trucos que había visto en al calle. Aún no se lo había dado a Ollie y sin embargo sabía ya que acabaría debajo de su cama, sin usar.

Busqué en Internet y escogí una cámara digital sencilla, más pequeña y bonita que la que solía dejarle a Ollie en los viejos tiempos. Nos imaginé a los dos explorando lugares pintorescos y tomando fotografías, como hacíamos antes. Más adelante podría enseñarle algunas nociones de iluminación y Photoshop. La idea de compartir esas cosas con él me llenaba de emoción.

La siguiente vez que visité Folger Lane, Ava me dijo que tenía un nuevo proyecto con el que quería que la ayudara. Consistía en fotografiar su colección de arte, que incluía no solo los cuadros que colgaban de las paredes de su casa sino varias habitaciones llenas de dibujos, pinturas y esculturas que Ava había adquirido a lo largo de los años: algunas, como la pieza que había comprado aquella primera noche en la galería, sin ningún valor comercial. Otras, en cambio, valían decenas de miles de dólares. Había una talla hecha por un viejo leñador cuya obra Ava había conocido por casualidad durante un viaje por Mendocino, y apoyada contra la pared, a su lado, una fotografía original de Lee Friedlander cuyos documentos de autentificación afirmaban que valía veinte mil dólares. Cosas preciosas acumuladas en montones que se desparramaban por el suelo, incluyendo numerosas cajas todavía sin abrir que parecían haber llegado meses antes. Y, naturalmente, también había que catalogar las piezas que ya estaban expuestas en la casa. Los picassos. Los eva hesse, los diebenkorn. Cuando fotografié aquellas figurillas chinas talladas en hueso que tanto me gustaban (los alegres fornicadores), las coloqué sobre un lienzo de terciopelo negro para mostrarlas en toda su belleza.

Le dije a Ava que quería hacer aquel trabajo estrictamente como amiga suya. Me gustaba la idea de poder ofrecerle algo de valor a una mujer cuya generosidad era tan vasta que casi no conocía límites. El trabajo exigía muchas horas de dedicación, pero no era inconveniente. En aquel momento me sobraba tiempo, y ya me había dado cuenta de que no había ningún sitio donde me sintiera más a gusto que en Folger Lane. Ava, sin embargo, insistió en pagarme cuarenta dólares por hora, mucho más de lo que ganaba trabajando como camarera o haciendo retratos a colegiales.

—Me estás haciendo un favor inmenso —me dijo—. Hace siglos que quiero catalogar todo esto, pero Swift es tan quisquilloso respecto a quién viene a casa que no he podido encontrar a nadie que le pareciera bien, hasta ahora. Tú le gustas mucho.

Me sentí halagada, claro. Me parecía sorprendente que un hombre como Swift se hubiera fijado en mí. Pero la persona cuyo interés y cuyas atenciones más me importaban era siempre Ava.

15

Pasaron las semanas. Dwight y Cheri llevaron a Ollie y a su hijo Jared a Disneylandia y luego a Sacramento, y después a casa de los padres de Cheri en algún lugar del Sur de California, y cuando pedí ver a mi hijo Dwight me recordó que Ollie necesitaba pasar tiempo con sus abuelos, que se estaban haciendo mayores.

—Lamento decirte esto, Helen —añadió—, pero Ollie no se siente muy a gusto contigo en estos momentos. Creemos que lo mejor para él es un ambiente familiar estable.

En otro momento, un comentario como aquel me habría hecho correr al armario para abrir una botella de vino. Pero no lo hice. Ahora, me limitaba a levantar el teléfono y a hablar con Ava. O simplemente me acercaba a Folger Lane.

Aunque apenas pasaba un día sin que viera a Ava, probé a salir con Alice una vez, cuando se estrenó una película basada en una novela de Jane Austen. Le dije que solo me apetecía verla con ella, lo cual no era del todo cierto. Pero Ava no era del tipo Jane Austen.

Lo pasamos bastante bien, pero al llegar a casa me di cuenta de que me había pasado toda la noche hablando de los Havilland. Alice dejó de llamarme y yo dejé de llamarla a ella. Desde que había aceptado la oferta de Ava ya no trabajaba de camarera, así que tampoco nos veíamos en el trabajo. Las Navidades, que siempre pasábamos juntas, haciéndonos regalos que comprábamos en bazares económicos y vistiéndonos con jerséis navideños horteras, llegaron y se fueron.

Ahora, cuando pensaba en Alice, me sentía como si estuviera engañando a un amante. Evitaba los sitios donde podía encontrarme con ella. Una vez, su nombre apareció en mi teléfono. No contesté.

16

Era mediados de enero cuando por fin pude ver a mi hijo. Como siempre cuando llegaba a casa de su padre un sábado por la mañana, la televisión estaba encendida. Ollie estaba sentado en el suelo con un bol de cereales, los ojos fijos en la pantalla.

—Hace un día precioso —le dije—. He pensado que podíamos salir temprano.

No se movió ni me miró. Allí estaba, aquella persona que antes se fundía entre mis brazos cuando lo aupaba, el niño que todas las mañanas entraba volando en mi cuarto como un superhéroe, con una funda de almohada prendida a los hombros a modo de capa, gritando «¡Déjame sitio, que voy a aterrizar!».

Ahora, cuando lo rodeaba con mis brazos, su cuerpecillo se tensaba. Su semblante permanecía inexpresivo y sus ojos tenían una mirada de dureza. Yo había sido la persona a la que más había querido en el mundo, pero también era la culpable de que hubiera perdido ese amor.

—¿Adónde vamos esta vez? —preguntó en tono cansino.

¿Dónde sería: la bolera, el museo para niños, el cine, el campo de béisbol?

—Te he traído un regalo —le dije, y hasta a mí me sonó a falso mi tono alegre—. He pensado que podíamos probarla.

Dejé la caja de la cámara a su lado. No apartó la mirada de la tele.

—Monté en la Space Mountain —dijo—. Antes no era lo bastante alto, pero ahora sí.

—Es una cámara —le dije, señalando la caja que había dejado delante de él y que aún no había tocado.

—Ya tengo una.

—No como esta —insistí mientras la sacaba de la caja—. Esta tiene unas funciones muy molonas.

—El tío Pete me llevó a un laberinto de esos en los que disparas con pistolas láser —dijo él—. Me dieron una pistola como de robot. Había luces brillando por todas partes. Y cada vez que dabas a alguien, se te recargaba la batería.

—Hasta puedes hacer vídeos con ella —le dije.

Ollie agarró la caja con el mismo entusiasmo que si contuviera una medicina o unos calcetines.

—Podrías llevarme a Laser World —contestó en tono desafiante. Si lo quería, lo llevaría a Laser World.

—Podría. Pero había pensado que podíamos pasar un día tranquilo.

—¿Para qué?

—Hace bastante tiempo que no nos vemos —respondí. No quería parecer ansiosa, ni desesperada—. Te echo de menos, y en esos sitios hay tanto ruido que no te oiría hablar.

Silencio. En todo aquel rato, Ollie no había apartado los ojos de la pantalla del televisor.

—Podríamos hacer como que somos fotógrafos del *National Geographic* y subir a Mount Diablo a hacer fotografías.

Se volvió hacia mí y una expresión triste y desvalida cubrió su cara. Por un instante fue como si empezara a resquebrajarse un dique y se sintiera la presión que el agua ejercía sobre él, intentando verterse e inundarlo todo. En aquel momento, mi hijo podría haber caído en mis brazos y haberme dicho que él también me echaba de menos. Podría haberme dicho que quería volver a casa. Es decir, conmigo. Podría haber apoyado la cabeza sobre mi hombro por una vez, en lugar de estirar el cuello y tensar los músculos.

Podría haber dejado que le acariciara el pelo. Pero cuando acerqué la mano se apartó y sus ojos volvieron a adoptar aquella mirada dura y airada.

—Hacer fotos es aburrido —dijo—. Nunca me llevas a sitios divertidos.

Entonces le di el yoyó. Y también una camiseta con una foto de unas nutrias en la parte delantera, porque siempre le habían encantado las nutrias, y un libro de poemas de Shel Silverstein.

—¿Te acuerdas de ellos? —pregunté.

Antes, tiempo atrás, solíamos leer un poema de aquel libro cada noche. Hasta nos habíamos aprendido de memoria un par de ellos.

Negó con la cabeza.

—Shel Silverstein. Antes era tu favorito.

Si guardaba algún recuerdo de nosotros dos recitando *El país de la felicidad* en voz alta, tumbados juntos en la hamaca las noches de verano o, después, cuando lo arropaba en la cama, no dio muestras de ello. Aquel debía de ser otro niño, otra madre, algún otro planeta del que su nave espacial había partido tiempo atrás.

En algún lugar dentro del cuerpo del niño que tenía sentado ante mí, con los ojos fijos en la pantalla (los hombros tensos, la espalda arqueada, la mirada pétrea, la boca fuertemente cerrada), había otro niño que era mi hijo. Sentí el impulso de agarrarlo por los hombros y clavarle las uñas. «Sal de ahí, sal de ahí».

—Vamos a jugar al láser, entonces —le dije.

17

Era marzo. Aunque Swift y Ava estuvieran en su casa del lago
Tahoe o en alguno de los muchos actos benéficos a los que asistían,
yo me pasaba por Folger Lane varias veces por semana, tan a menudo que hasta Rocco, que no me tenía simpatía, rara vez ladraba
cuando me veía entrar: se limitaba a proferir un gruñido bajo y
hostil. No necesitaba que nadie me abriera: tenía una llave, sujeta
a un llavero tallado a mano que me había dado Ava, adornado con
un retrato de Frida Kahlo. Me sentía muy orgullosa de que Swift y
ella confiaran en mí hasta ese punto.

Los Havilland, sin embargo, estaban casi siempre en casa cuan-
do·llegaba. Habíamos establecido una rutina: primero nos saludába-
mos efusivamente; luego, Ava me enseñaba lo que hubiera decidido
regalarme ese día porque le parecía perfecto para mí; después, Swift
hacía una breve y explosiva aparición y enseguida volvía a desapare-
cer, de regreso a la caseta de la piscina o a sus sesiones de gimnasia.
Todos sabíamos que, por encima de todo, yo era amiga de Ava.

Entonces nos acomodábamos en el solario, o en el jardín si hacía buen tiempo. Aparecían manjares en una bandeja. Estela sabía
ya que, cuando servía las bebidas, a mí debía prepararme solamen-
te un agua mineral con una rodajita de lima.

Para entonces, el trabajo que hacía para Ava se había ampliado
e incluía diversas ocupaciones aparte de catalogar sus obras de arte:
imprimir invitaciones para la fiesta de alguna institución de cuyo

patronato formaban parte, organizar la donación de gran cantidad de cajas de ropa desechada por Ava a una casa de acogida para mujeres maltratadas, hablar con Rodrigo, el jardinero, sobre dónde plantar los 150 bulbos de tulipán que Ava había encargado a Holanda…

A veces, cuando llegaba a la casa, el coche de Ava no estaba y yo daba por sentado que había salido con los perros o que había ido a su clase de pilates con un entrenador personal que había adaptado los ejercicios a las necesidades de personas con lesiones medulares. Después de la clase de pilates, Ava solía pasarse por la protectora de animales para echar un vistazo a los perros. Y luego estaba la familia que había adoptado en Hollister: una madre con cuatro hijos sobre la que había leído en el periódico unos meses antes y cuyo marido había muerto luchando contra los incendios forestales del Sur de California. Iba a verlos una vez por semana para llevarles la compra.

Un día me quedé más tiempo del que solía en el cuarto de atrás, trabajando en el catálogo de arte: casi ocho horas. En algún momento durante aquella larga tarde, oí ruidos procedentes del piso de arriba, del otro ala de la casa. Al principio pensé que eran los perros, pero entonces me di cuenta de que se trataba de dos voces humanas. Eran Swift y Ava, en su dormitorio del piso de arriba. Al parecer no sabían que podía oírlos. O tal vez les diera igual que los oyera.

Podrían haber estado gritando, o llorando, o ambas cosas. Pero, conociéndolos, lo más probable era que estuvieran haciendo el amor.

Aquella era la única faceta de su vida que me estaba vedada y, aunque me resistía a ello, lo cierto es que estaba obsesionada con su vida sexual. Era tan misteriosa y, al parecer, tan alejada de todo cuanto yo había experimentado o incluso imaginado… A pesar de lo unida que me sentía a Ava, no conocía con detalle las lesiones físicas que la habían confinado en su silla de ruedas. No sabía qué vértebra tenía rota o hasta qué punto conservaba la sensibilidad, y nunca se lo preguntaba, por la misma razón que no le preguntaba cómo había sucedido o si alguna vez se había desesperado por su situación (pero ¿acaso era posible que no se hubiera desesperado alguna vez?). Ahora, sin embargo, su dependencia de la silla de ruedas no parecía frenarla ni suponer un obstáculo para ella. Por el contrario, parecía aún más impulsiva y decidida debido a ese hándicap, aunque yo no la hubiera conocido antes del accidente. Hacía más cosas en un día de las que solía hacer la mayoría de la gente que podía caminar.

Tenía ayudantes, claro. No solo el jardinero, sino también el hombre que se encargaba de la piscina y el servicio de *catering* al que recurría de vez en cuando. Y ahora estaba también yo. Pero la persona que hacía que todo funcionara como la seda en aquella casa era Estela.

Debía de tener más o menos mi edad, pero parecía mayor. Nunca supe cuánto tiempo llevaba trabajando para Swift y Ava, pero era evidente que había cuidado de Cooper de pequeño, así que también debía de haber trabajado para la primera esposa de Swift. Había llegado de Guatemala siendo una adolescente, embarazada de su hija, según me contó Ava una vez. Había atravesado México montada en el techo de un tren y a continuación había cruzado el desierto de Arizona guiada por un *coyote* que le cobró tres mil dólares, una deuda que tardó seis años en saldar. Todo ello para que su bebé naciera en Estados Unidos. Su hija se llamaba Carmen, y Estela sentía por ella lo mismo que Swift por su hijo Cooper.

Solía trabajar en la casa de Folger Lane los siete días de la semana. Se movía por las habitaciones con una bayeta atrapapolvo, hacía la colada, planchaba las sábanas, ordenaba el vestidor de Ava, guardaba la compra o paseaba a los perros. Su inglés era limitado, así que, aparte de desearnos mutuamente los buenos días, apenas hablábamos. La primera vez que nos vimos, sin embargo, me enseñó una fotografía de Carmen tomada en su fiesta de quinceañera.

—Esta niña es ciudadana estadounidense —me dijo con orgullo—. Y no solo es guapa. También es muy lista.

Observé la fotografía. Mostraba a una niña encantadora, de piel morena, ojos negros y expresión inteligente y vivaz.

—Ahora está estudiando —añadió Estela—. ¿Usted tiene hijos?

A veces era más fácil contestar que no que dar explicaciones, pero tratándose de Estela, una mujer guatemalteca que había entrado ilegalmente en Estados Unidos y que posiblemente conocía a muchas mujeres que vivían apartadas de sus hijos… Asentí con la cabeza.

—Vive con su padre.

Su inglés era limitado, pero meneó la cabeza al oír mi respuesta y se llevó la mano al pecho.

—Qué duro es —dijo—. Mi Carmen, ella es mi corazón.

Años antes, cuando era más joven, Carmen iba a Folger Lane a ayudar a su madre a limpiar, pero Ava me había explicado que resultaba violento que fuera a limpiar para ellos cuando Cooper estaba en casa. Carmen y Cooper eran exactamente de la misma edad (se llevaban un mes) y de pequeños habían jugado juntos en la piscina o en el cuarto de juegos. Durante su adolescencia, Cooper se sentía incómodo si veía a Carmen planchándole la ropa o pasando la aspiradora en su habitación, y Ava había creído preferible que Carmen dejara de venir.

—Para serte sincera, creo que estaba un poco enamorada de Cooper —me contó Ava—. Siempre era encantadora con él, pero ¿qué podía hacer Cooper? No quería herir sus sentimientos. Y después… Digamos que empezamos a tener problemas con ella.

Ahora Cooper ya casi nunca estaba en casa, claro. Había vuelto al este para seguir con sus estudios y, gracias a Ava, Carmen trabajaba como niñera para otra familia del vecindario. Hacía poco que había empezado a asistir a las clases de bachillerato para adultos y le iba muy bien, por lo que pude deducir. Al año siguiente podría matricularse en la universidad. Esa era la idea, al menos.

Un día que la familia para la que trabajaba estaba de viaje, Carmen llevó a su madre a Folger Lane en su desvencijado Toyota y se instaló en el cuarto de la lavadora con sus libros.

—*Mija* va a tener una buena educación —me dijo Estela—. Algún día será doctora. Ya lo verá.

Miré a Carmen. Reconocí la camisa que llevaba: era una de las que Ava había desechado la semana anterior, y le quedaba un poco estrecha de pecho. Tenía un cuerpo rotundo y voluptuoso. Era una chica preciosa.

Yo nunca había hablado con ella, aunque la había visto una o dos veces cuando iba a recoger a su madre. Levantó la vista del libro de texto: un grueso y denso manual de química orgánica.

—Mi madre cree que voy a descubrir la cura para el cáncer o algo así —me dijo—. O que van a darme una beca en Stanford, por lo menos. Así son las madres, ¿no? Todas creen que sus hijos son brillantes y perfectos.

No necesariamente, podría haber contestado yo pensando en mi propia madre. Pero, en su caso, las alabanzas de Estela no parecían tan extravagantes. Yo había oído hablar a su madre de lo mucho que estudiaba: ocho horas seguidas algunas noches, contaba Estela, cuando llegaba a casa después de trabajar. Y los fines de semana asistía a clase.

Era una joven guapísima, pero su belleza no radicaba únicamente en su cabello largo, negro y lustroso ni en su piel morena. Cuando se inclinaba sobre los libros, su mirada tenía una vivacidad y una concentración, una expresión de feroz intensidad que no se veía a menudo entre los niños que se habían criado en Folger Lane, cuya educación universitaria se daba por sentada.

—Un día, mi hija tendrá una casa —dijo Estela—. No tan grande como esta, pero bonita.

—Con una habitación para ti, mamá —añadió Carmen—. Y ni siquiera tendrás que planchar.

—Le encontraremos un buen chico —dijo Estela—. Trabajador. Buen marido. Buen hombre.

—¿Y si yo no quiero un buen hombre? —preguntó Carmen—. ¿Y si yo quiero uno malo?

Se rio. Pero Estela no.

18

Llamé a mi exmarido.

—Estaba pensando que quizá podría traer a Ollie a casa cuando vaya a verlo este fin de semana —le dije como si no fuera nada importante, algo que se me acababa de ocurrir—. Si pasa aquí la noche, puedo llevarlo de vuelta el domingo por la mañana.

No quería parecer demasiado ansiosa. Hacía ya tres años que no podía acostar a mi hijo, ni estar presente cuando se levantaba. Sentía su ausencia cada hora del día. A veces, como una punzada de dolor. Otras, como un dolor sordo y palpitante. En todo caso, siempre estaba ahí.

—O quizá podría ir el viernes por la tarde, en vez del sábado por la mañana —añadí—. Y llevarlo el domingo.

Al otro lado de la línea, Dwight se quedó callado como si buscara la línea del guion que le tocaba decir. En las raras ocasiones en las que hablaba con él, yo tenía la impresión de que nada de lo que decía era natural o espontáneo.

—Puede que a Cheri y a ti os venga bien —dije—. Podríais buscar una canguro para Jared. Y salir a cenar los dos solos.

—No creo que sea posible, Helen —contestó.

—O podría ir a buscarlo el sábado. Y que duerma conmigo solo esta vez.

¿Había subido el tono una octava o solo me lo parecía? Tal vez pudiera probar suerte más adelante, por si me permitía pasar con

Ollie todo un fin de semana. No debía ser avariciosa. De momento, me conformaba con una noche.

Noté que respiraba hondo como solía hacer cuando estábamos juntos. Respiraba así cuando tenía que dar una noticia difícil: que había que cambiarle el pañal al bebé; que quería ir a jugar al golf el sábado; o que se había enamorado de alguien del trabajo.

—Cheri y yo no creemos que sea buena idea —dijo—. Cada vez que te ve, Ollie pasa varios días muy inquieto. Creemos que no se siente seguro contigo.

—Es solo que necesitamos pasar más tiempo juntos —repuse yo, intentando no levantar la voz ni evidenciar mi desesperación.

Dwight había adoptado el tono de lo que era: un agente hipotecario. Estaba claro que mi informe crediticio había arrojado un resultado negativo.

—Afrontémoslo —añadió—. La última vez que pasaste la noche con nuestro hijo, tuvo que ver cómo se te llevaban esposada.

—Eso fue hace más de tres años, Dwight.

—Puede que más adelante las cosas cambien —dijo—. Pero ahora mismo eso es lo que pensamos.

Me quedé allí, sujetando el teléfono. Temía lo que podía llegar a decir.

Luego, de pronto, Dwight volvió a adoptar su tono de locutor radiofónico. Como si yo fuera una vieja amiga o una clienta, y no hubiera diferencia entre ambas cosas.

—¿Sabes qué te digo? —dijo—. Si Oliver me dice que de verdad quiere ir a pasar el fin de semana contigo, le dejaremos. De momento no es esa la impresión que me da, pero quién sabe qué puede ocurrir más adelante. No pasa nada —concluyó, echando mano de su expresión favorita.

19

Ava y Swift estaban comiendo en el jardín cuando llegué a Folger Lane.

—Ayer Carmen me dio una noticia estupenda —dijo Estela mientras ponía otro plato sobre la mesa—. Lo primero que le dije cuando me lo contó fue que teníamos que decírselo a los Havilland.

Carmen había ganado un premio por un trabajo que había presentado a un concurso de ciencias para estudiantes: un informe basado en un experimento que ella misma había diseñado demostrando que las moscas de la fruta que se alimentaban con productos orgánicos vivían más que las que consumían frutas de cultivo convencional. Había sido elegida, junto con otros cuatro estudiantes (todos ellos universitarios, a diferencia de Carmen) para viajar a Boston y visitar el campus de la Universidad de Harvard, donde leería su trabajo en un congreso nacional de ciencias.

—Cuando vean lo lista que es —dijo Estela—, seguro que le dan una beca.

Le dijimos que era una noticia maravillosa, por supuesto.

—En cuanto te descuides, tu hija se casará con uno de esos señoritingos de Boston que hablan con voz nasal y pasan los fines de semana en Nantucket jugando al polo —comentó Swift.

Estela pareció desconcertada. No sabía cómo eran los señoritingos de Boston, y seguramente no tenía ni idea de qué era Nantucket.

—Te equivocas, cariño —repuso Ava—. Carmen no va a abrirse camino en la vida casándose con algún ricachón, como hice yo. Se labrará un futuro gracias a su esfuerzo y a su cerebro privilegiado.

—No tiene que pagar el avión —informó Estela—. Ni el avión, ni la comida, ni el hotel. Es todo gratis. Le han mandado una camiseta con el nombre de la universidad delante para que se la ponga en el viaje.

—Eso es fantástico —dijo Ava.

A Estela le brillaba el semblante. Nunca la había visto tan feliz.

—Me ha preguntado si Boston está cerca de la universidad de Cooper. A lo mejor él puede enseñarle la ciudad.

Solo una persona que la conociera bien lo habría notado, pero vi que las facciones de Ava se crispaban ligeramente. Swift volvió a leer su ejemplar del *Wall Street Journal*.

—Cooper está en New Hampshire, en realidad —contestó ella—. En Dartmouth. En otra ocasión, quizá.

Yo todavía no conocía a Cooper, que estaba estudiando fuera, en una escuela de negocios, pero no podía pasar uno diez minutos en compañía de Swift sin que saliera a relucir su nombre.

—Mi chico —lo llamó Swift después de que Estela regresara a la cocina—. Mi chico tiene el mundo a sus pies. Puede hacer todo lo que quiera en la vida. Tiene ese toque mágico.

Justo el fin de semana anterior, Cooper había ido a Las Vegas con sus antiguos compañeros de estudios de California a pasar un par de días. Ahora estaban planeando otro viaje: a hacer heliesquí a la Columbia Británica.

Aunque no conociera en persona al hijo de Swift, yo había visto fotos suyas por toda la casa e intuía que era una de esas personas (como el propio Swift, solo que en mayor medida, probablemente) en las que todo el mundo se fijaba cuando entraban en una habitación. Era mucho más alto que su padre, con la complexión de un jugador de rugby (deporte al que, casualmente, jugaba) y parecía estar riéndose en todas las fotografías.

Yo sabía por Swift que en aquel momento Cooper estaba intentando decidirse entre trabajar en el sector inmobiliario o en la industria del entretenimiento, consiguiendo financiación para películas, licencias y esa clase de cosas. También le iría genial en el negocio de la música, afirmaba Swift. Una noche que había salido por San Francisco, un periodista deportivo de la filial local de la NBC le dio su tarjeta. «Te estaba observando durante la cena», le dijo. «Podrías hacer carrera en televisión».

—Le dije que la gente que trabaja en televisión consigue unas entradas estupendas para ver a los Giants —comentó Swift—. Pero el dinero de verdad está en los negocios. Si consigues triunfar en ese terreno, puedes comprarte abonos para toda la temporada.

—Cooper es una de esas personas a las que todo el mundo quiere nada más conocerlo —dijo Ava—. Sobre todo las mujeres, claro. De tal palo, tal astilla.

—Ese chico va a ser millonario antes de los treinta —agregó Swift—. Tiene ese ímpetu. Salta a la vista que está hecho para triunfar.

—Como otra persona que yo me sé —comentó Ava.

Cooper tenía una novia preciosa, claro. Virginia. Podría ser modelo, pero estudiaba Medicina.

—Si yo estuviera en coma y esa chica se inclinara sobre la cama, me despertaría *ipso facto* —dijo Swift—. Tiene unas tetas…

—Para, cariño. Eres terrible —le reprendió Ava. Siempre le estaba diciendo cosas así, pero se notaba que era parte del juego.

—Solo estoy siendo sincero —repuso él.

—Estás hablando de nuestra futura nuera, cariño —le recordó Ava—. La madre de nuestros nietos.

Todo el mundo sabía (desde hacía años, evidentemente) que Cooper y Virginia acabarían casándose. Estaban juntos desde los dieciséis, siete años ya, y eran tal para cual. Iban a tener una vida maravillosa.

Pregunté cuándo vendría Cooper de visita.

—Es difícil saberlo —respondió Ava—. Está siempre tan liado…

—Le han contratado como becario en una empresa de inversiones de Nueva York —agregó Swift—. Y ya se sabe lo que pasa con esos ejecutivos recién salidos del cascarón. No paran ni un segundo hasta que ganan sus primeros diez millones.

No dije nada. Solía quedarme callada cuando se hablaba de cosas de las que no sabía nada, y eran muchas.

—Un día de estos —prosiguió Swift—, cuando menos lo esperemos, estaremos sentados en el patio con los perros y de repente oiremos un alboroto y Cooper entrará en el jardín y se lanzará de cabeza a la piscina o algo así. O llegará montado en un Maserati que habrá conseguido que alguien le preste alegando que va a hacerle un test de conducción. Así es Cooper. Ese chico va como un cohete. Con o sin deportivo.

—Algunas veces me gustaría que echara un poco el freno —comentó Ava.

Advertí una nota de preocupación en su voz, pero entonces volvió Estela con un plato de *brownies* calientes y más vino, y la conversación sobre su hija y Cooper pareció quedar zanjada de repente.

—Acuérdate de decirle a Carmen lo orgullosos que estamos de ella —le dijo Ava.

—Y ese sitio, Harvard, ¿es una buena universidad? —preguntó Estela.

20

Todas las noches (antes de ir a mi reunión de Alcohólicos Anónimos o, si había podido ir durante el día, cuando volvía), llamaba a la casa de Walnut Creek para hablar con Ollie. Y cada vez que lo llamaba casi podía ver la mano de mi hijo sobre la alfombrilla del ratón de su PlayStation mientras yo intentaba trabar conversación con él.

—*Sí.*

—*No.*

—*No.*

—*Puede.*

—*No sé.*

—*Da igual.*

—¿Te ha dado tiempo a probar la cámara nueva? —le pregunté una noche—. Estaba pensando que quizá, si pudiéramos pasar un poco más de tiempo juntos, podríamos hacer una de esas expediciones fotográficas que hacíamos antes. Si te quedaras a dormir en mi casa, quizá.

—No sé.

—Después podríamos hacer palomitas y ver películas sentados en el sofá.

Silencio al otro lado de la línea. Luego la voz de Cheri anunciando que era hora de irse a la cama. Eran solo las siete de la tarde, pero a Dwight y Cheri les gustaba que los niños se acostaran temprano.

Cuando colgaba, solía echarme a llorar. Era en esos momentos cuando más deseaba una copa. Pero, en lugar de servirme una, me preparaba una taza de té. Cuando me daban tentaciones, solo tenía que pensar en lo que más me importaba: recuperar a Ollie. No solo que estuviéramos de nuevo bajo el mismo techo, aunque eso era un gran reto. Lo más difícil era conseguir que mi hijo volviera a confiar en mí. O me conociera. O me permitiera conocerlo. Era una sensación de soledad inmensa.

Y luego estaban los Havilland. A veces decía que Ava y Swift eran como mi familia. Pero no se parecían a mi familia (a la de verdad, a la auténtica) en lo más mínimo, y eso era lo que más me gustaba de ellos. Aparte del tiempo que había pasado con Ollie, yo había vivido siempre (con la breve excepción de aquellos pocos años en los que la familia de Dwight pareció acogerme en su seno) como un perro callejero o una huérfana y, después de la marcha de mi hijo, eso era otra vez, más o menos.

—Me estaba preguntando qué nombre llevas en la cartera —me dijo Ava una vez.

Al principio no la entendí.

—En esa tarjeta que se supone que tiene que llevar una junto con el permiso de conducir —explicó—. En la que dice: «En caso de emergencia llamar a…». ¿Qué nombre llevas?

No tenía ninguna tarjeta así, le dije. O, mejor dicho, nunca había llegado a rellenar la tarjeta que venía con mi cartera cuando la compré, años atrás. Ni siquiera cuando había estado casada.

Tiempo atrás había tenido a Alice, claro. Pero incluso antes de que desapareciera de mi vida, no era el tipo de persona de cuya amistad pudieran esperarse grandes cosas. Sencillamente, estaba ahí.

—Ahora puedes poner nuestro número —me dijo Ava.

Agarró mi bolso, sacó mi cartera y, con su letra elegante, empleando su bolígrafo preferido, escribió su nombre al dorso de la tarjeta, junto a su número de móvil y el teléfono de su casa.

—Quizá deberíamos adoptarte —comentó—. Como a Lillian, Sammy y Rocco.

Algunas personas podrían haberse ofendido por aquel comentario, pero se trataba de Ava, y el mayor cumplido que podía hacerte era compararte con uno de sus perros.

21

Después de conocer a Ava y Swift y de deshacerme de Jeff el director de banco, dejé de mirar los *e-mails* de Match.com en los que se me recomendaba visitar ciertos perfiles compatibles con el mío. Rara vez abría los mensajes que de cuando en cuando me enviaba algún hombre que había visto mi perfil y quería invitarme a tomar una copa.

En otro tiempo había anhelado las atenciones de un hombre, pero el ansia que sentía antaño por encontrar a alguien con el que compartir mis penas y mis alegrías más profundas se había diluido al conocer a mis nuevos amigos. Estaba tan ocupada con los asuntos de Folger Lane que, aunque hubiera conocido a un hombre, difícilmente habría encontrado tiempo para verlo. Y, además, ¿dónde iba a conocer a alguien cuya compañía pudiera compararse con la de los Havilland? Había, sin embargo, otro motivo de mayor peso: si alguna vez conseguía recuperar a mi hijo, tendría muy poco tiempo que dedicar a un hombre.

Pese a todo, a las pocas semanas de conocernos Ava decidió que yo necesitaba un novio y se propuso encontrarme uno. Me hizo mejorar mi perfil en la página de contactos con una foto más favorecedora (aunque tampoco estaba del todo satisfecha con la nueva) y borrar todo lo relativo a mi hijo. («Lo de Oliver puedes explicárselo cuando te inviten a cenar en un sitio bonito», dijo. «Cada cosa a su tiempo»). Yo accedí no porque me hiciera ilusiones de encontrar a alguien, sino por Ava. Si ella quería que saliera con hombres, lo haría.

Mi enfoque había cambiado. Mis peripecias *online* incluían ahora un nuevo factor, aunque no creo que en aquel momento fuera consciente de ello: me refiero al deseo de mantener entretenidos a Ava y a Swift. Mis historias acerca de los hombres que me escribían, y de las que siempre les hacía partícipes, conseguían ese propósito. Les encantaban mis relatos, cuanto más deprimentes, mejor.

La mayoría de las respuestas que cosechaba mi nuevo perfil *online* procedían del tipo de hombres del que cabía tener noticia si tu fotografía mostraba a una mujer pálida y ligeramente pasmada con el pelo recogido hacia atrás, sin maquillar y de pie delante una nevera, abstemia y entre cuyas aficiones favoritas (que rara vez podía cultivar) se contaban la fotografía y el cine antiguo.

Los hombres que me escribían solían tener cincuenta y tantos años, o estar en paro, o ser exalcohólicos recién rehabilitados, o estar casados aunque tuvieran intención de separarse de un momento a otro.

Hubo un viudo reciente que dedicó varias páginas (enviadas, como pude comprobar, pasadas las tres de la madrugada) a los pormenores de la lucha de su difunta esposa con el cáncer de ovarios. En torno a la página cuatro mencionaba el detalle de que su esposa lo había dejado solo con cuatro hijos menores de trece años y sin dinero suficiente para contratar a alguien que le echara una mano. Como amo de casa era un desastre. ¿Sabía yo cocinar?

Hubo también un ukelelista con un tic en el ojo (cosa que descubrí cuando quedé con él para tomar un café. O un té, mejor dicho) al que le preocupaban tanto los gérmenes que prefirió no estrecharme la mano. Y un tío que, mientras dábamos un paseo (el recorrido de un kilómetro que yo solía proponer para conocernos y saludarnos), se dedicó a describirme con pelos y señales sus problemas con el eccema. Hubo otro (un hombre sorprendentemente atractivo, según su fotografía) que durante las dos horas que estuvimos hablando por teléfono antes de conocernos en persona, olvidó mencionar que era enano. Y finalmente hubo otro que, en nuestro primer y único encuentro, se interesó por conocer mi opinión sobre el sexo en grupo.

—Empiezo a dudar de mí misma —le dije a Ava cuando se interesó, como yo esperaba, por conocer mi opinión preliminar sobre mi último pretendiente—. Si todos los hombres que conozco resultan ser una calamidad, ¿qué dice eso de mí? Porque soy yo quien los escoge. Hablo con ellos por teléfono antes de aceptar que nos veamos. Al principio todos me parecen personas sensatas. ¿Qué es lo que me pasa?

—Que eres humana —repuso Ava—. Y optimista. Siempre estás dispuesta a ver lo mejor de la gente. Es un rasgo agradable de tu carácter.

A partir de entonces, mi actitud fue cada vez más la siguiente: daba igual cómo fueran aquellos hombres, que resultaran ser un fiasco o que la cita fuera un desastre; lo importante era que me brindaran material para contarles una historia fantástica a Ava y Swift.

Incluso cuando estaba en medio de una cena con un hombre al que había conocido a través de Match.com me descubría imaginando lo bien que lo pasaríamos Ava, Swift y yo más adelante, cuando recreara la escena para ellos en uno de sus restaurantes preferidos. ¿Y en realidad qué más daba? Lo único que me importaba era mi hijo. Y, en ese aspecto, un hombre interesante podía ser un estorbo.

Ava no opinaba lo mismo, desde luego.

—El enano podía haber sido interesante —comentó—. Seguramente ha desarrollado todo tipo de habilidades sexuales asombrosas para compensar su corta estatura. Puede que sea un amante increíble.

—Ten cuidado con los que llevan el pelo muy corto por detrás —decía Swift señalando al hombre que cuidaba de la piscina, que rondaba por allí mientras estábamos hablando de una de mis citas recientes—. Es el distintivo de los hombres formales. Cero diversión en la cama.

No dije nada, pero tomaba nota de cada palabra que decían.

Fuera, en el jardín de los Havilland, con una botella de zinfandel y mi eterna botella de agua mineral sobre la mesa, les hablé de un promotor inmobiliario que me había agarrado muy fuerte en el aparcamiento tras nuestra primera (y única) cena. Tuve la sensación de que, si intentaba desasirme, me rompería el brazo, les dije a mis amigos. El tipo resultó ser un veterano de Vietnam. La guerra, para él, no había terminado.

(«Nunca duermo más de una hora seguida», me dijo. «Tengo esos sueños... Creo que, si tuviera a una mujer como tú a mi lado, dejaría de tener pesadillas». Me agarraba el brazo tan fuerte que no pude contestar. «Quiero casarme contigo», añadió. «Te compraré todo lo que quieras»).

Estábamos comiendo pasta con gambas hecha por Ava la noche en que les conté la historia del veterano de Vietnam que me había pedido matrimonio. Esa mañana, Estela había vuelto del mercado con las gambas más grandes que yo había visto en mi vida. Ahora se amontonaban sobre mi plato, cubiertas de ajo y mantequilla, sobre un lecho de pasta fresca y guisantes, acompañadas por una ensalada de brotes verdes con queso de cabra Humboldt Fog. Nunca me había gustado el vino rosado, pero en ese momento, al contemplar el vino de las copas de Ava y Swift, sentí el extraño impulso de probarlo. Tenía un color tan hermoso... No rosa, como el vino barato que había visto servir a Alice en los *caterings* de bajo presupuesto, sino un tono arrebolado y suave como el de un melocotón.

—No vas a morirte por probarlo —me dijo Swift señalando la botella.

Negué con la cabeza.

—Ese tipo —dijo Ava—, el veterano. ¿Qué le dijiste cuando se declaró?

—Le dije que tenía que soltarme el brazo —contesté—. Pero que, si quería hablar un rato, le escucharía. Le dije que no podía casarme con él porque no lo conocía, ni él a mí. Acabamos sentados delante del restaurante otras tres horas mientras me contaba la historia de una ofensiva en la que había participado en una jungla remota, en la que su pelotón y él tuvieron que recuperar los cuerpos de unos marines americanos muertos y transportarlos a cuestas quince kilómetros.

—Tienes un corazón tan grande y tan abierto, Helen… —comentó Ava—. Hay algo en ti que hace que la gente se sienta a gusto contigo. Puede que ese tipo esté un poco trastornado, pero no iba del todo descaminado: se dio cuenta de que tenías algo especial. Y tú también confiaste en él. Muchas habrían pensado que iba a sacar un machete y a rebanarles el pescuezo. Pero a ti no se te ocurrió ponerte en guardia. Swift y yo tenemos que inculcarte cierta saludable desconfianza hacia el género humano. No es que no nos encantes tal como eres, ojo. Pero no queremos que se aprovechen de ti.

—El mundo está lleno de tiburones, Helen —añadió Swift—. Creo que nos hemos conocido justo a tiempo.

Los miré desde el otro lado de la mesa, sentados el uno junto al otro en el banco. Eran demasiado jóvenes para serlo, claro, pero por un momento me permití el lujo de imaginar que eran mis padres. No mis padres de verdad, sino los que hubiera querido tener.

—Entonces, ese tipo, el del síndrome de estrés postraumático —dijo Swift en ese tono protector que nadie me había dedicado hasta que los conocí a ambos—, ¿qué coche tenía?

Un BMW, le dije. Nuevecito, con las pegatinas del concesionario todavía en la ventanilla.

—No está mal —dijo—. Quizá deberías pensártelo.

—Para, cariño —repuso Ava—. Eres terrible. Tenemos que ofrecerle ánimo y apoyo emocional a Helen, no decirle que se enrolle con un veterano chiflado solo porque tiene un buen coche.

—Por supuesto —dijo él, volviendo a enseñar sus dientes—. Por un momento, se me ha olvidado.

Aquella vez, con el veterano de Vietnam, la verdad de lo sucedido bastó para divertir a mis amigos. Pero en algún momento, después de que empezara a narrarles mis peripecias en Match.com, me di cuenta de que las historias reales solían ser aburridas. Fue entonces cuando recurrí a mi antigua costumbre de añadir detalles interesantes o, si era necesario, a cambiar por completo lo sucedido para brindarles un buen entretenimiento. Consideraba que era mi forma de contribuir a todas aquellas cenas en restaurantes caros. Aunque, en realidad, la comida me importaba muy poco. Eran los Havilland, y el hecho asombroso de que me hubieran escogido por amiga, lo que me importaba. Ava y Swift eran mejor compañía que cualquier hombre que pudiera conocer a través de Internet.

22

Hubo una historia que no les conté del todo a los Havilland. La historia de mi hijo.

Les había hablado de Ollie, claro. Sabían lo de mi detención por conducir bebida y lo del juicio por la custodia: la tutora designada por el juzgado, aquel juez espantoso, y el hecho de que fuera a Walnut Creek un sábado sí y otro no para ver a mi hijo unas horas cuando no tenía otras actividades, lo cual sucedía con suma frecuencia. Sabían que todavía le debía un montón de dinero a mi abogado y que mi ex-marido gritaba mucho a nuestro hijo (aunque en opinión de Ava lo peor de Dwight era su negativa a permitir que Ollie tuviera un perro).

No sabían, en cambio, que a veces (no los días de visita, sino algún que otro día de entresemana) hacía el trayecto de hora y media en coche para ver a Ollie a la salida del colegio. Contenía la respiración cuando lo veía salir del edificio con su enorme mochila y acercarse afanosamente al todoterreno de su madrastra con la cara oculta bajo la capucha de la chaqueta, como un testigo protegido.

De pequeño, había sido uno de esos niños que saludan a los desconocidos en el supermercado y se acercan corriendo a otros niños en los columpios o en el parque para preguntarles si pueden jugar con ellos. Ahora, cuando salía del colegio, iba casi siempre solo. Aunque la escalera de entrada estuviera llena de niños, nadie parecía dirigirse a él.

Avanzaba tercamente por el patio hacia el coche de Cheri sin dar muestras de querer llegar a él o de que algo fuera a mejorar una vez estuviera dentro. Iba encorvado, con la cabeza gacha y los puños cerrados, como si caminara por un túnel de viento o de cara a un vendaval. Como si pudiera surgir algún problema en cualquier momento y no pudiera bajar la guardia.

Si en esas ocasiones yo conseguía entrever su cara, veía una mirada tensa y airada, tan impenetrable como una puerta atrancada. Cuando se acercaba al coche, su expresión no variaba ni siquiera si, como solía suceder, su hermano Jared estaba en la parte de atrás, sentado en su silla de seguridad.

Desde mi puesto de observación al otro lado de la calle, yo solo veía la parte de atrás de la cabeza de Cheri, pero tenía la impresión de que una madre que recogía a un niño de ocho años a la salida del colegio debía al menos volverse, sonreírle cuando subiera al coche y preguntarle qué tal le había ido el día o echar un vistazo al trabajo de manualidades que llevara ese día (hecho seguramente con rollos de papel higiénico, cartones de huevos o palos de piruleta).

Cheri nunca hacía ninguna de esas cosas. Se quedaba allí sentada, en la fila de coches, con la mirada fija en la calle y las manos en el volante. Yo, entretanto, no quitaba ojo a Ollie mientras se deslizaba envaradamente en el asiento trasero, como un anciano agotado subiendo a un taxi al final de un vuelo muy largo. Me quedaba allí, sin moverme, mientras veía alejarse el coche. Y ya está: no volvía a ver a mi hijo hasta el sábado siguiente.

Me daban ganas de correr hacia él. Quería oír cada detalle de lo que le hubiera pasado ese día. Quería rodearlo con mis brazos y llevarlo a casa conmigo, que fuéramos a tomar un refresco y pedirle que me explicara cómo había hecho aquella construcción de cartón, y reírme cuando me contara un chiste absurdo de segundo curso. Pero legalmente no tenía derecho a verlo y, de todos modos (eso era lo más triste), sabía que Ollie mostraría seguramente tan poco entusiasmo al verme como al ver a su madrastra. Parecía una persona que creía estar sola en el mundo, y esa era una sensación que yo conocía muy bien.

23

Una vez a la semana como mínimo, si por la tarde estaba en la casa de Folger Lane y eran las cinco y media o las seis, uno de los Havilland (una veces Ava y otras Swift) proponía que me quedara a cenar.

—Te quedas a cenar con nosotros, ¿verdad? —preguntó Ava la primera vez que me invitó.

Yo nunca tenía planes. Y, en caso de haber tenido alguno, lo habría cancelado.

Me invitaban a cenar en casa o en un restaurante, pero siempre temprano.

Se iban a la cama sobre las ocho y media. No a dormir, solo a la cama, aclaraba Ava. Swift siempre le daba un masaje antes de dormir.

—No permitimos que nada se interponga en nuestro tiempo a solas —me dijo Ava—. Ni siquiera los perros.

Yo trataba de imaginar cómo sería acabar cada día de ese modo: con un hombre que me adorara untándome de aceite todo el cuerpo. Y no solo eso, sin duda. Pensarlo me hacía cobrar conciencia, tristemente, de que, por unidos que estuviéramos, entre los Havilland y yo había un muro que siempre estaría ahí. ¿Cómo podía ser de otra manera? Yo era la pequeña cerillera con la cara pegada al cristal de la ventana, contemplando la hermosa mesa repleta de manjares y el resplandor del fuego en el hogar. No del todo así, en realidad, porque los Havilland me ofrecían comida y un lugar junto al fuego. Era lo otro, aquella intimidad inimaginable que compartían entre sí, lo que se me escapaba.

Aun así, no me parecía poca cosa que me incluyeran en sus cenas con tanta frecuencia. Y, naturalmente, la comida siempre era fantástica.

Estela no era la única que cocinaba en Folger Lane. Ava también era una cocinera maravillosa, de las que prefieren olvidarse de recetas, abrir la nevera y mezclar lo que haya, casi sin esfuerzo y siempre con resultados exquisitos. Su frigorífico y su despensa estaban llenos de cosas deliciosas: verduras y hortalizas de todo tipo compradas en el mercado de agricultores, pan fresco de la panadería, queso cremoso y el mejor aceite de oliva, vinagre balsámico envejecido y helados italianos de cinco sabores.

Las noches en que a Ava no le apetecía cocinar, Swift proponía que saliéramos a cenar por ahí. No les gustaba ir a restaurantes de moda en la ciudad, pero tenían sus sitios favoritos a un corto trayecto en coche de Folger Lane: un restaurante birmano cuyo dueño siempre nos daba su mesa especial, en la que la silla de Ava cabía sin dificultad, y nos hacía probar platos interesantes que ni siquiera estaban en la carta, y el Vinny's, otro restaurante al que íbamos con frecuencia. En cuanto les servían el vino (y a mí mi agua mineral), Swift levantaba su copa y sonreía. Yo ya sabía lo que vendría a continuación. Más preguntas acerca de mi vida amorosa. O de mi vida sexual, si era posible. Mis experiencias con los hombres a los que conocía a través de Internet se habían convertido en el tema favorito de conversación de Swift y, por tanto, también de Ava.

No estaba segura de cuál era el motivo, pero aquello había empezado a inquietarme. Intuía que, de un modo que no alcanzaba a entender, sentían placer o quizás incluso excitación sexual al oírme hablar de mis deprimentes encuentros. Por lamentable que fuera mi vida amorosa (todas esas citas en Starbucks, en Peet's o en algún otro bar, en las que lo primero que tenías que hacer era tratar de deducir si la persona que tenías delante era de verdad quien se suponía que era, aunque pareciera pesar veinte kilos más y ser diez años más vieja), las historias que les relataba después nunca dejaban de divertirles.

Surgió un problema: no sabía cómo mantener aquello. Llevaba algún tiempo pensando en darme de baja en la página de contactos, pero me preocupaba no tener nada que contarles a los Havilland en noches como aquella.

—Bueno, cuéntanos algo de ese tipo con el que quedaste anoche —dijo Swift un sábado cuando nos acomodamos en nuestro sitio de costumbre, en el restaurante birmano.

Había pedido una botella de cabernet para Ava y para él, y mi botella de Pellegrino. Cuando se llevó la copa a los labios, supe que tenía que inventarme una historia. Sin duda la realidad habría sido deprimente, pero yo la haría divertida para los Havilland.

Para entonces llevaba más de un año apuntada a Match.com, y la perspectiva de conocer a un buen hombre a través de una página de contactos parecía ridícula, incluso si de verdad hubiera tenido interés en encontrar pareja. No quería, sin embargo, decepcionar a mis amigos.

Esa noche, cuando Swift dio comienzo a su interrogatorio, un extraño impulso se apoderó de mí. Un impulso no del todo desconocido, pero que hasta entonces había permanecido latente, quizás. Recuperé de pronto aquel viejo hábito, esa tendencia mía a inventar historias. La necesidad de crear una imagen de mi vida mucho más fascinante que la real.

—No sé si debería contaros esto —dije bajando un poco la voz y observando la esquina de mi servilleta—. No quiero que penséis mal de mí. Es un poco… retorcido.

Un destello de emoción cruzó el semblante de ambos. Ava echó mano de su copa. Swift dejó sus palillos.

—¿Retorcido?

Me acordé de las historias que había contado a lo largo de los años para ocultar la vergonzosa verdad de mi vida. Había inventado tragedias para explicar la ausencia de mis padres y provocar empatía y admiración, y para crear una alternativa a la triste realidad.

(Mi abuela, Audrey Hepburn. La enfermedad fatal que iba a acabar con mi vida antes de que cumpliera los veintisiete. El hermano que me rescató cuando volcó la canoa en la que íbamos, durante una acampada y al que se llevó la corriente. Una vez, en una cita con un hombre al que ya sabía que no quería volver a ver, había descrito un raro síndrome que sufría: cada vez que practicaba el sexo, me salían llagas supurantes por todo el cuerpo).

Aquella noche en el restaurante, sentí de nuevo aquel estremecimiento de emoción, el deseo de desgranar para Swift y Ava una historia maravillosa sin más propósito que aparentar que era más interesante de lo que era. Pensé en *Las mil y una noches* (un libro que le había leído a Ollie hacía mucho tiempo, acurrucados ambos en el sofá), y se me vino a la mente la imagen de Sherezade devanando cuentos fascinadores a sabiendas de que, si paraba, el sultán la haría decapitar.

—La verdad es que no debería contároslo —dije en un susurro para que la gente de la mesa de al lado no me oyera. Para que no me oyera nadie, salvo Ava y Swift, que se inclinaron hacia mí—. Nunca había hecho nada parecido. Vais a pensar que soy una persona horrible.

Pero ellos nunca pensarían eso de mí. Eran mis amigos de por vida. Las únicas dos personas que –estaba segura– me aceptarían y se preocuparían por mí pasara lo que pasase.

—Está tan… mal —añadí.

Una expresión extraña cubrió el semblante de Swift: como un perro que saboreara un pedazo de carne o que olfateara sangre.

—Venga, Helen —dijo desenfadadamente, pero bajo su tono juguetón se ocultaba otra cosa: una especie de *urgencia*.

—Bueno, está bien —repuse yo, pero vacilé—. Pero es que es tan difícil…

—Cariño —dijo Ava—, que estás hablando con *nosotros*…

Otra larga pausa. Respiré hondo una vez, y luego otra.

—Estábamos volviendo del cine —dije—. Él iba a llevarme a casa, pero dijo que quería parar en un Safeway antes de que cerraran porque tenía que comprar algo. Unas bombillas. No me preguntéis por qué.

Mientras daba comienzo a mi historia miraba fijamente el mantel como si la vergüenza me impidiera mirarlos a los ojos. Luego, sin embargo, levanté la vista y advertí en sus rostros una especie de avidez y de embelesamiento de los que nunca me había sentido merecedora. Era una de las cosas que más me gustaban de Ava: el interés que ponía en todo lo que le contaba. Aquello, sin embargo, no tenía precedentes: aquella sensación, desconocida para mí hasta entonces, de ser el centro absoluto de atención. Y lo cierto era que *me gustaba*.

—La tienda estaba desierta. Solo había un par de cajeros —proseguí, casi susurrando—. Cuando llegamos, ya habían empezado a apagar las luces.

Una larga pausa. Sentí la respiración de Swift. Había captado por completo su atención.

—Me llevó a la parte de atrás de la tienda, a esa sección donde venden alargadores y cosas así. Y bombillas, claro.

Otra pausa. Ahora fui yo la que respiraba trabajosamente, como si me costara un enorme esfuerzo seguir con mi relato.

—Me metió las manos por debajo de la falda —dije—. Sacó un alargador del estante y me ató las muñecas con él. Me dijo que me inclinara.

—¿En un Safeway? —preguntó Ava—. ¿Allí mismo, en el pasillo? —Su voz sonaba susurrante y excitada.

A su lado, en el asiento corrido, Swift le puso la manaza en el cuello y comenzó a acariciárselo.

—No había nadie por allí. Faltaban pocos minutos para que cerraran. Estaba bastante oscuro.

—Aun así.

—¿Te gustaba mucho ese tipo? —preguntó Swift—. ¿Os habíais enrollado un poco en el coche, quizá, para calentar motores?

Negué con la cabeza.

—Hasta ese momento ni siquiera me había tocado. Era bastante frío, en realidad. Distante. Pero de repente algo cambió. Incluso su voz. Se volvió baja y un poco ronca. Agarró algo más del expositor. Una espumadera.

—Será una broma —dijo Ava.

—No.

—Y entonces, ¿te lo hizo? ¿Llegó hasta el final? —preguntó Swift.

Ahogué un gemido y me llevé la mano a la boca, como si lo reviviera todo de nuevo.

—Fue increíble —le dije—. Nunca he sentido nada igual.

Entonces lo miré a los ojos. Me sentía como una persona completamente distinta. Una persona fascinante.

—Tengo que conocer a ese tipo —dijo él—. Parece que promete.

Hasta ese momento había conseguido mantener la expresión que quería: muy seria, incluso circunspecta, y un poco angustiada. Como si estuviera alterada. Pero entonces perdí el control, rompí a reír y durante una fracción de segundo me pregunté si no me habría pasado de la raya. Tal vez Swift se enfadara conmigo por haberle tomado el pelo. Pero no.

—Me lo había tragado, en serio —dijo sacudiendo la cabeza. Luego él también se echó a reír, con esa risa suya tan estruendosa que yo había oído desde el otro lado de la galería de arte aquella primera noche—. Tengo que reconocerlo, Helen.

Ava respiró por fin, por primera vez desde hacía un par de minutos, o eso parecía.

—Eres una caja de sorpresas, Helen —comentó—. No me esperaba algo así de ti.

—Ganarías una fortuna jugando al póquer —añadió Swift—. O en Wall Street. Eres de esas personas con las que sueñan los abogados defensores. Podrían llamarte al estrado de los testigos y hacerte decir todo lo que quisieran, que convencerías a cualquiera de que lo que dices es la verdad y nada más que la verdad.

Y siguió acariciando con su manaza, suavemente, el delicado cuello de Ava.

24

Durante toda esa primavera, cada dos semanas, los Havilland celebraban una fiesta a la que, con escasas excepciones, acudían siempre los mismos invitados. Entre ellos, yo.

Lo curioso del caso es que, si bien los miembros de ese grupo de personas no tenían casi nada en común aparte de su amistad con Ava y Swift, las fiestas siempre resultaban espléndidas. Una vez, Ava contrató a una vidente que se paseaba por el salón haciendo predicciones sobre los invitados, particularmente sobre su vida sexual. En otra ocasión, un helicóptero aterrizó junto a la piscina y de él se bajaron cuatro músicos de *reggae* que empezaron a tocar usando los tambores y las guitarras que previamente se habían sacado para ellos. Hubo también un tragafuego y un par de bailarines de *break dance* a los que Ava había visto en la calle, en San Francisco, y contratado en el acto. Una vez, Swift y ella nos pegaron a la espalda nombres de personajes famosos y tuvimos que pasearnos por la habitación interrogando a los demás invitados hasta que cada cual descubría el nombre de su personaje. Yo era Monica Lewinsky. Swift era Ted Bundy, el asesino en serie. En otra ocasión contrataron a un mago que acabó con el sujetador de Ava dentro de su chistera, y más tarde a una banda de *rock* capaz de tocar cualquier éxito musical de los últimos cuarenta años que se le pidiera. Se suponía que todos teníamos que empuñar el micrófono y cantar la canción que eligiéramos. Yo pedí *Time after time*, de Cindy Lauper.

De no ser por los Havilland, no habría conocido a todas aquellas personas de su círculo íntimo, pero, ahora que las conocía, compartíamos un extraño vínculo. No era amistad exactamente, sino una especie de conciencia común de nuestra extraordinaria fortuna por contar con la amistad de una pareja como los Havilland.

Alguien que siempre estaba presente en las fiestas era el masajista de Ava, Ernesto, un hombre moreno y muy corpulento que vestía de negro y tenía unas manos del tamaño de jamones de cinco kilos. Ling, una mujer delgada y pálida que surtía a Swift de plantas medicinales chinas, acudía siempre acompañada por su marido, Ping. No llegué a saber si él hablaba inglés, porque nunca hablaba. Había también una pareja de lesbianas, Renata y Jo, que trabajaban como contratistas de obras y habían conocido a los Havilland cuando reformaron su casa para hacerla accesible a la silla de ruedas. Otro invitado fijo era Bobby, un amigo de la infancia de Swift que se hacía acompañar por la mujer con la que estuviera saliendo en ese momento. No faltaba nunca, a pesar de que vivía a dos horas de camino, en Vallejo. (Así era Swift, me decía yo: un hombre que jamás daba la espalda a sus amigos. Daba igual que Bobby trabajara en una cantera manejando una carretilla elevadora y viviera en un apartamento de una sola habitación. Era el mejor amigo de Swift y siempre lo sería).

Marty Matthias, el abogado de Swift, se sentaba siempre cerca de la cabecera de la mesa. Era de algún lugar del este (de Pittsburgh, quizá) y a pesar de que llevaba veinticinco años en California seguía teniendo cierto aire de minero. No jugaba al tenis, y habría preferido que lo torturaran a hacer senderismo. Una vez, cuando le pregunté a qué rama del Derecho se dedicaba, contestó:

—A la que haga falta para sacar de apuros aquí a mi amigo.

Sentía por Swift una devoción casi canina, a la que Swift correspondía.

—Este hombre —dijo Swift una vez en una fiesta, brindando por Marty, que acababa de llevar a cabo una brillante maniobra jurídica en su beneficio—, sería capaz de arrancarle una oreja a alguien y de tragársela antes que dejarme pagar un solo centavo de más a Hacienda. ¿Verdad que sí, Marty?

Y luego estaban los amigos de Ava, Jasper y Suzanne, marchantes de arte de la ciudad, guapos y elegantes, y una mujer de setenta y tantos años llamada Evelyn Couture, una viuda amante de los perros con la que los Havilland habían trabado amistad hacía poco tiempo (pero antes, en todo caso, de acogerme a mí bajo su ala). Era dueña de una enorme mansión en Pacific Heights y, las noches de fiesta, su chófer la llevaba a Folger Lane. A primera vista estaba un tanto fuera de lugar en aquellas reuniones pero parecía sentir adoración por Swift, que siempre la hacía sentarse a su lado en la larga mesa cubierta con un mantel de hilo. La noche que contrataron a la banda de karaoke, Evelyn se levantó y cantó *How much is that doggy in the window?*

Además de los invitados habituales, siempre se podía contar con que hubiera alguien nuevo: una persona a la que Ava había conocido en uno de sus paseos con los perros o en la cola de Starbucks y que, por el motivo que fuese, le había caído bien. Yo misma podría haber sido una de esas personas de no ser porque, casi de inmediato y como por arte de magia, me había visto elevada al nivel siguiente, a la categoría de quienes, lejos de aparecer una sola noche, eran asiduos de las fiestas de los Havilland. Me preocupaba no tener nada que decir, pero eso no era problema. A la mayoría de los invitados les gustaba tanto hablar de sí mismos que se contentaban con tener a alguien que los escuchara.

Aunque tanto Estela como ella eran excelentes cocineras, las noches de fiesta Ava prefería ahorrarse el estrés de tener que preparar la cena y contrataba un servicio de *catering*. Lo único que tenía que hacer Estela era preparar y pasar entre los invitados los platos de aceitunas, salami, queso, alcachofas asadas de North Beach y caviar untado en deliciosas rebanadas de pan. Solía traer a su hija para que la ayudara a recoger la cocina, y Carmen llegaba cargada con sus libros de texto por si podía dedicar un rato a estudiar, y escuchaba audiolibros con los auriculares puestos incluso cuando estaba lavando los platos o fregando el suelo. Intentaba mejorar su inglés, me dijo. No quería tener acento, y no lo tenía.

La primera vez que asistí a una de las fiestas de Ava y Swift, llevé un ramo de gerberas sin caer en la cuenta de que Ava habría encargado opulentos arreglos florales para cada habitación de la casa. La vez siguiente, cuando pregunté cómo podía ayudar, Ava me sugirió que llevara mi cámara.

—Siempre he querido dejar constancia gráfica de nuestras reuniones —me dijo—. Nada preparado. Más bien estilo documental. En blanco y negro. Como esa fotógrafa, Sally Mann, que hacía esos retratos de sus hijos desnudos, tan descarnados y maravillosos.

Le hice caso, desde luego. Apenas me senté a la mesa aquel día, a pesar de que tenía un sitio reservado. Ni aquel día, ni ningún otro después. Siempre estaba haciendo fotos, intentando captar la espontaneidad del momento: entraba en la cocina cuando Estela y Carmen estaban guardando los platos, o salía a la piscina, donde los invitados se entretenían a veces, o en la biblioteca, donde Ava solía sentarse junto al fuego a charlar con algún invitado que quisiera contarle algo en privado. A diferencia de Swift, al que le encantaba la dinámica de grupo de las fiestas, a ella le interesaba más mantener largas y profundas conversaciones de tú a tú.

Y como sabía lo que sentía Ava por sus perros, también seguía a Sammy, Lillian y Rocco por la casa. Aunque había cientos de fotografías de ellos, yo intentaba retratarlos de manera distinta. Como Ava señaló una vez, se me daba muy bien volverme casi invisible, una habilidad que poseía incluso cuando no estaba haciendo fotos. A excepción de Rocco, que seguía gruñendo cuando me veía, nadie parecía notar que le estaba haciendo una foto, o que estaba siquiera allí.

Para la fiesta del Cinco de Mayo, Ava encargó un vestido ceremonial mexicano para que Estela se lo pusiera cuando sirviera el guacamole. (Ella era guatemalteca, claro. «Pero le anda cerca», dijo Ava). Jasper y Suzanne trajeron a una pintora que solía exponer en su galería: una joven muy bella llamada Squrl. En algún momento después de la cena, me dirigí a la caseta de la piscina con idea de fotografiar la fiesta desde lejos. Mientras estaba preparando el encuadre, a una veintena de metros del resto de los invitados, oí un sonido detrás de mí, en el interior de la caseta. Me giré y miré por la puerta cristalera, cuya cortina solo cubría en parte el cristal.

Un momento antes había estado en la casa, haciendo fotos a Jasper, el marido de Suzanne, que charlaba acerca de su inminente visita a Art Basel. Ahora, a través de la cortina, entreví a Suzanne y Squrl tumbadas en la mullida alfombra tibetana, casi desnudas y con las piernas y los brazos entrelazados en un abrazo apasionado. Calculé que una imagen de Suzanne y Squrl en aquella tesitura no era la clase de foto en la que pensaba Ava al mencionar las fotografías de los hijos de Sally Mann, y me alejé antes de que advirtieran mi presencia.

Vi otras cosas a través de mi lente: en un extremo del jardín, presencié lo que parecía una acalorada discusión entre Ling y Ping. Vi a Estela guardarse un entrecot en el bolso. Pero posiblemente lo más raro de todo (lo vi también por accidente, mientras intentaba hacerle una foto a Lillian) fue la mano carnosa de Ernesto debajo de la mesa, apoyada sobre el fino y blanco muslo de la herbolaria, Ling, sin que ella mostrara resistencia alguna, mientras en la silla de al lado su marido masticaba su carne sin hacer ruido.

No le conté nada de aquello a Ava. Por interesantes que pudieran ser las fotografías, no documentaba aquellas imágenes con mi cámara. Podía convertir mi propia vida en objeto de irrisión en los cócteles o las cenas con mis rutilantes amigos, pero los secretos íntimos de los demás no eran asunto mío, y en las raras ocasiones en que fotografié algo que no debería haber visto, borré la imagen. Las fotografías, una vez hechas, tenían mucho más poder del que mucha gente creía.

Una noche, mientras estábamos reunidos en torno a la larga mesa de teca del patio, Estela colocó en su centro una bandeja dorada cargada con un postre llamado «bananas foster». Ava estiró su largo, fino y musculoso brazo por encima de la mesa, prendió fuego a la bandeja con una cerilla muy larga y las llamas rodearon sus bordes brincando alegremente.

Miré entonces la cara de Ava. La luz iluminaba sus pómulos y estaba muy bella. Intenté captar todo aquello con mi cámara: las bananas flambeándose, las miradas de asombro de los invitados reunidos. A nuestro alrededor se enroscaban volutas de humo, como si fuéramos pasajeros de un elegante transatlántico surcando las aguas del Estrecho de Magallanes o circunnavegando una isla griega con todas las luces de cubierta encendidas. El capitán del barco era, por supuesto, Swift.

Allí estaba, sentado a la cabecera de la mesa, presidiéndolo todo, recostado en su silla con un cigarro habano sujeto entre los blancos dientes mientras con la mano acariciaba alguna parte del cuerpo de Ava (la rodilla, el codo, el lóbulo de la oreja). Casi como si los demás fuéramos sus hijos y ellos los padres que nos habían dado la vida. Y en cierto modo así era.

Una noche, mientras Carmen estaba recogiendo la mesa (la botella de Far Niente, las cáscaras de una veintena de langostas), Swift nos dio orden de levantarnos y salir al jardín, donde a cada uno se nos entregó un farolillo volador del tamaño de una cometa pequeña. Prendimos los farolillos y los soltamos. Ascendieron lentamente, elevándose primero por encima del tejado y luego más allá de los árboles, hacia el cielo nocturno. Pensé entonces que habíamos creado una constelación nueva, allí mismo, en Folger Lane.

Ninguno de nosotros preguntó cómo había sido posible aquello teniendo en cuenta la estricta normativa contra incendios. En el mundo de Swift y Ava, todo parecía posible. Mientras tanto, en la cocina, una madre guatemalteca y su hija nacida en Estados Unidos tiraban a la basura las sobras de nuestra espléndida cena. (No era buena idea dárselas a los perros: eran demasiado suculentas). Los demás nos quedamos allí, en la oscuridad, en torno al resplandeciente azul turquesa de la piscina, viendo cómo nuestros farolillos se elevaban poco a poco hacia las estrellas, llameando suavemente.

Siguieron ascendiendo y brillando largo rato. Cuando por fin se extinguió el último, regresamos a la casa para tomar una copa de champán y un suflé de chocolate con nata fresca y una frambuesa perfecta en cada plato. Luego, paulatinamente, uno a uno, dimos las buenas noches y regresamos a nuestras vidas insignificantes, lejos del extraño y hermosísimo Shangri-La creado por nuestros asombrosos amigos. Creo que todos nos sentíamos afortunados por haber recalado en aquel lugar unas horas, como viajeros agotados a los que la buena suerte empuja hacia una costa remota y rutilante. A pesar de los cientos (o miles) de fotografías que hice, ninguna consiguió captar el sentimiento que se apoderaba de mí cuando me hallaba allí, en compañía de aquella mágica pareja.

25

Las respuestas a mi perfil en la página de contactos eran siempre tan desalentadoras que había empezado a temer el momento de leerlas. Luego, un día de primavera, justo cuando empezaban a brotar los tulipanes de Ava, abrí mi portátil y encontré una nota breve y distinta de las demás.

Su autor (*UnObsesodelosNúmeros*, era su apodo) decía que había estudiado mi perfil muy atentamente y que, basándose en su «análisis detallado», creía que había una ligera posibilidad (*recuerda que esto lo dice un pesimista*, añadía) de que congeniáramos. O al menos —escribía—, de que, si concertábamos una cita, no fuera tan desastrosa como lo eran por regla general.

Leyendo su nota era difícil saber si se trataba de un bicho raro o si solo quería bromear. Posiblemente las dos cosas.

Se llamaba Elliot y tenía cuarenta y tres años: una buena edad, me pareció, para mis treinta y ocho. Divorciado y sin hijos.

Para serte sincero, la foto de tu perfil no me parece muy buena, escribía. *Sospecho que no te hace justicia. Pero tu cara me ha gustado enseguida, y tengo la sensación de que eres el tipo de persona que resta importancia a sus buenas cualidades. Puede que lo haya intuido porque a mí me pasa lo mismo.*

Si la fotografía de su perfil era de fiar (las de los hombres con los que había quedado hasta entonces no lo eran, en su inmensa mayoría), Elliot era un hombre bien parecido, guapo incluso, aunque con cierto aire torpón, delgado y con una ligera tripa: el tipo de hombre que tiene el cajón lleno de calcetines blancos largos porque de ese modo se evita tener que emparejarlos cuando hace la colada. Si su fotografía era de fiar, parecía conservar gran parte –si no todo– su pelo. Medía, según él, un metro ochenta y dos. («Dices que te gusta bailar», escribía, *y veo que mides un metro sesenta y cuatro. Confío en que tu baja estatura no te induzca a descartarme como pareja de baile, porque te aseguro que la diferencia de alturas no será problema: me han dicho a menudo que estoy un poco encorvado*).

Sonreí al leer esto, no pensando (para variar) en que el autor de la nota pareciera un candidato cómicamente ridículo para conquistar mis afectos, o un tema de conversación idóneo para divertir a Swift y a Ava en nuestra siguiente cena juntos, sino porque de verdad *me gustaban* las cosas que decía Elliot.

No soy rico, por cierto, añadía, *pero tengo una agradable casita en Los Gatos y es improbable que vayan a echarme del trabajo en un futuro inmediato, dado que soy mi propio jefe.*

Trabajaba como contable, me dijo. *Lo sé*, decía. *Qué aburrido, ¿verdad? Seguro que lo próximo que voy a decirte es que me interesa la geología. Pues ¿adivinas qué? Así es.*

Llevaba siete años divorciado y su matrimonio había durado doce, añadía. Lo bueno era que no había ningún drama al respecto. Su exmujer, Karen, y él seguían siendo buenos amigos. *Sencillamente, nos distanciamos*, escribía. *Seguramente también es un aburrimiento decirte esto, pero en este caso prefiero ser aburrido a poder contar una de esas historias tremebundas en las que tu expareja te deja anónimos llenos de odio en la puerta y los dos fantaseáis con formas de matar al otro.*

Tengo la impresión de que, aunque tengas por costumbre desdeñar tus mejores cualidades, eres una buena fotógrafa, añadía. *He llegado a esta conclusión no gracias a la foto de tu perfil, sino a partir de las fotografías que tienes colgadas en tu página, y que imagino que hiciste tú misma.*

En cuanto a esa foto en la que apareces con tu amiga, escribía, *¿qué puedo decir? Hay algo en tu mirada que me ha hecho volver a ella una docena de veces esta noche. Viéndote en ella, he dicho en voz alta, aunque estaba yo solo en la habitación: «Esta mujer me gusta». Pero puede que lo más significativo de todo sea que, mientras estaba mirando tu perfil, he notado en torno a las comisuras de los labios un extraño hormigueo que parecía sugerir que estaba sonriendo.*

He de decir, añadía, *que eres una mujer preciosa.*

Quizá me había confundido con Ava, pensé por un instante. Porque Ava estaba espléndida en aquella foto, claro. Ava siempre estaba espléndida.

Entonces leí la siguiente frase de su nota, que parecía escrita en respuesta a lo que estaba pensando:

Y no vayas a creer que te he confundido con tu amiga, aunque estoy seguro de que es encantadora. Hablo de ti, de la callada, de la que parece poseer, según creo detectar, cierta melancolía y una verdadera capacidad para el disfrute. Es a la de la derecha (es decir, a mí) a la que confío poder persuadir para que cene conmigo. Pronto, espero.

26

Cuando me planteaba quedar con un hombre al que había conocido a través de una página de contactos, por regla general procuraba mantener primero una conversación telefónica con él. Podía extraer muchas conclusiones de la voz de esa persona, incluidas algunas que dejaban claro que no me convenía conocerla cara a cara. (Muchas otras cosas, en cambio, me pasaban desapercibidas, de ahí que tantas de mis citas a ciegas fueran un fracaso).

Pero cuando escribí a Elliot tras recibir su primera nota, me propuso que nos saltáramos la llamada telefónica de rigor y que pasáramos directamente a la cena. Me tranquilizó que me dijera que esa noche estaba ocupado (había empezado a temer que se tratara de un chiflado obsesivo. A fin de cuentas, él mismo había reconocido que se había pasado toda la tarde mirando mi fotografía a intervalos regulares). Yo quería un hombre que tuviera amigos.

Mañana también estoy liado, escribía, *aunque preferiría cenar contigo. Así que, ¿qué te parece si lo dejamos para el viernes?*

Los viernes por la noche yo solía cenar con Ava y Swift, así que estuve dudando, pero por fin me obligué a parar. Sabía que era un poco ridículo rechazar la invitación de un hombre razonable y no carente de atractivo que además parecía sinceramente interesado en mí, por la posibilidad de que mis amigos decidieran incluirme en sus planes en el último momento.

El viernes está bien, respondí.

Me gustaría ir a recogerte, contestó Elliot. *Pero entiendo que no quieras darle tu dirección a un perfecto extraño. Así que esta vez, si te parece, podemos quedar en el restaurante.*

Lo reconocí en cuanto crucé la puerta. Con frecuencia, los hombres a los que se conoce a través de páginas de contactos apenas se parecen a sus fotografías. Elliot, en cambio, era idéntico a la foto de su perfil. Se levantó cuando me acerqué. Tenía razón: estaba un poco encorvado. Pero tenía un pelo bonito y una mirada amable y bondadosa. Apartó la silla para que me sentara.

—No puedo evitarlo —dijo—. Tengo que decírtelo: he estado deseando que llegara este momento desde que vi tu foto por primera vez.

Esa noche fuimos los últimos en salir del restaurante, y cuando me acompañó al coche me agarró del brazo, pero no como aquel veterano de Vietnam que me había pedido en matrimonio. Con firmeza, pero también con ternura.

—Me gustaría besarte —dijo—. Tienes que decirme si para ti supone un problema.

—No, ninguno —contesté.

Después se quedó allí, mirándome.

—Quiero recordar este momento con toda la claridad que pueda —dijo—. Aunque es improbable que vaya a olvidarlo.

—Yo también lo he pasado bien —dije.

Normalmente, llegados a ese punto, yo ya había advertido al menos una señal de alarma que descartaba cualquier posible relación futura con esa persona. Pero lo único de extraño que había en Elliot era la sorprendente intensidad de sus sentimientos hacia mí. Era absurdo que yo surtiera ese efecto sobre un hombre. Nunca antes me había pasado.

Hubo otro elemento sorprendente en mi cita con Elliot. Por primera vez desde que había adoptado la costumbre de cenar con Swift y Ava, no me había pasado toda la velada anotando mentalmente las cosas divertidas o ridículas que podría contarles más adelante.

Elliot preguntó si me parecía prematuro que quedáramos otra vez para cenar al día siguiente.

—Podría fingir que no estoy tan ansioso —me dijo—, pero no veo razón para hacerlo.

Le dije que me parecía bien que nos viéramos al día siguiente. Había confiado en poder ir a Walnut Creek ese viernes, pero esa misma tarde Dwight me había mandado un *e-mail* diciéndome que los McCabe al completo iban a reunirse en Sacramento para celebrar el cumpleaños de Jared. Y que iba a llevar a Ollie, por supuesto.

—No quisiera asustarte por decirte esto —añadió Elliot—, pero ha sido la mejor cita que he tenido nunca.

—Tengo que decirte una cosa antes de que sigamos adelante —le dije, todavía en el aparcamiento.

Habíamos hablado de muchas cosas durante la cena, pero no del asunto primordial en mi vida.

—Tengo un hijo, un niño de ocho años. No vive conmigo, pero me gustaría que volviéramos a vivir juntos. Perdí su custodia hace poco más de tres años. Si eso hace que te plantees dudas sobre mí, no te lo reprocharía.

Se quedó callado un momento. Se tomó su tiempo para responder.

—Lo que deduzco de eso —dijo por fin— es que has pasado por un trance muy duro. Como casi todos, si somos sinceros. Espero que la próxima vez que nos veamos te sientas con ánimos para contármelo.

—Estoy intentando arreglar las cosas con Ollie —añadí—. Pero es una situación difícil.

—Escucha —dijo—, soy un hombre que se precia de ser sensato. Pero será mejor que te lo diga ya: voy a estar loco por ti. Seguramente ya lo estoy. Para mí la única duda es si tú podrás sentir lo mismo por mí.

27

Ava me llamó a la mañana siguiente.

—¿Y bien? —preguntó—. Son ya las nueve y media. ¿Qué haces que no estás aquí? Swift y yo queremos detalles.

—Creía que todavía estaríais en el mercado de agricultores —contesté.

No era del todo cierto. La verdad (una verdad sin precedentes) era que no me acordaba de que habíamos quedado. Había estado pensando en mi cita con Elliot.

—Volvimos hace siglos —dijo Ava—. Estaba aguzando el oído por si oía llegar tu coche. Hasta los perros te echan de menos. Bueno, Rocco no, pero los otros dos sí. Tienes que venir enseguida y contárnoslo todo. Toda la sórdida historia.

Entonces oí su risa. Seguramente Swift se había acercado a ella por detrás y le estaba haciendo algo no solo provocativo, sino explícitamente sexual.

—¡Estoy intentando concentrarme! —exclamó ella, y añadió—: Perdona, estaba hablando con Swift. Ya sabes lo exasperante que puede llegar a ser.

Yo, cosa rara en mí, todavía estaba en la cama cuando llamó Ava. Había estado leyendo un *e-mail* de Elliot. Dos, mejor dicho: uno escrito la noche anterior, después de nuestra cita, y otro escrito esa mañana.

La última vez que recuerdo haberme sentido tan emocionado, escribía, *fue en 1992, cuando aprobaron la desgravación fiscal a la producción de energías renovables.*

Me gustó que no sintiera la necesidad de escribir «LOL» o de poner dos puntos seguidos por un paréntesis para asegurarse de que captaba que era una broma. Había muchas cosas de Elliot que me gustaban.

Es un poco raro en mí decir estas cosas, teniendo en cuenta que soy un poco pesimista, añadía, *pero tengo la sensación de que esto podría ser algo estupendo.*

Esa tarde fui en coche a Folger Lane. Ava me estaba esperando con un capuchino y con los cruasanes que había traído Estela de una panadería cuya dueña era amiga de Ava. En una de nuestras últimas salidas nos habíamos pasado un momento por la tienda para dejar una hortensia que Ava creía que iba a gustarle a la panadera porque el color hacía juego con su toldo. Así era ella: los recados que consistían en aparcar el coche, salir y entrar en un sitio (la clase de cosas que la gente que no tiene una lesión medular suele considerar un fastidio) nunca le molestaban. Siempre estaba haciendo paradas, comprando regalos y yendo a entregarlos en mano.

—¿Y bien? —preguntó al pasarme un cruasán.

—Me gustó —le dije—. Esta noche cenamos juntos otra vez.

—¿Tan pronto? —dijo—. ¿No es un poco excesivo?

Swift entró desde el patio.

—¿Nada raro esta vez? —preguntó.

Negué con la cabeza.

—¿Es bajito? —dijo Ava.

—Normal. Alto, en realidad. Y tampoco les pasa nada a sus dientes.

—¿Dejó que pagarais a medias?

—No.

Ava me preguntó dónde iba a llevarme esta vez. Le dije el nombre de un restaurante donde sabía que ellos comían a menudo, aunque no conmigo: era más caro que el restaurante birmano al que solíamos ir.

—No es muy cutre —comentó.

Swift me preguntó si nos habíamos besado y hasta dónde habíamos llegado.

Aunque hasta ese momento les había contado todo lo que ocurría en mis citas, en aquel momento sentí una extraña reticencia a explicarles los detalles de mi encuentro con Elliot. Podría haberme inventado algo, pero no me apetecía.

—Estuvo bien —dije sin mucho entusiasmo, aunque es posible que empleara ese tono a propósito—. Todo bien.

—Eso es maravilloso, cielo —dijo Ava, pero advertí un matiz distinto en su tono. O puede que fuera más adelante cuando lo noté. Quizá fueran solo imaginaciones mías. Me pareció que estaba ligeramente decepcionada.

—No estará casado, ¿verdad? —preguntó Swift.

Negué con la cabeza.

—Lleva siglos divorciado. Y además no cuenta barbaridades de su exmujer.

—A los hombres que llevan mucho tiempo sin una mujer les pasa algo —comentó Ava—. Es el síndrome del solterón. Se vuelven inflexibles y maniáticos.

—Pero él estuvo casado doce años —le dije—. Y su exmujer y él sigue siendo amigos.

—¿Amigos? ¿En serio? No entiendo cómo puede ser eso. Si Swift y yo rompemos alguna vez, cosa que no va a pasar, tendría que rebanarle el pescuezo. Puede que ese tal Elliot no sea una persona muy apasionada.

Hice amago de decir algo, pero me detuve. Ava aún no conocía a Elliot, y yo ya estaba defendiéndolo.

—A mí me parece muy majo, eso es todo —le dije.

—Eso es fantástico —contestó—. Si buscas a alguien *majo*.

28

Mi segunda cita con Elliot fue aún más agradable que la primera. Pero al oírme describir así nuestro encuentro en Folger Lane, el lunes por la mañana, mientras Ava y yo tomábamos café en el jardín, sentí un remordimiento inmediato.

—No es que fuera solo agradable —añadí—. La verdad es que fue genial.

Ava no parecía muy convencida.

—No quiero ser aguafiestas —dijo—, pero, si las cosas van de verdad bien, tienes que sentirte acalorada, excitada, sudorosa. Como si fueras a morirte si no lo vuelves a ver. Y enseguida, además.

Era solo nuestra segunda cita, le dije.

—No es que vaya a casarme con él. Y te aseguro que después de conocer a ciertos individuos, me conformo con pasar un rato agradable.

—La noche que yo conocí a Swift, fuimos a su apartamento y no salimos de la cama en todo el fin de semana —me dijo.

No era la primera vez que me contaba aquella historia, claro, aunque en la versión original eran seis meses. Eso posiblemente vino un poco después.

—No me malinterpretes, cielo —dijo—. Me parece estupendo que hayas encontrado a alguien con quien puedas pasar tiempo. Es solo que sé que otras veces te has subestimado. Puede que pienses que ese tal Elliot es lo máximo a lo que puedes aspirar, cuando quizá no lo sea.

—No me estoy subestimando —repuse yo—. Elliot es genial. Y de todos modos acabamos de conocernos.

—Bueno, me alegro por ti —dijo, y le hizo una seña a Estela para que se llevara nuestras tazas—. Me parece maravilloso. Y si todavía te gusta dentro de una semana, ya sabes que vamos a insistir en que lo traigas a casa para que le echemos una ojeada.

Elliot me gustó aún más una semana después, cuando el domingo me llevó a su casa y preparamos la cena juntos. El día anterior, cuando volví de ver a Ollie, habíamos ido al cine.

Nos besábamos mucho, pero aún no nos habíamos acostado. Elliot era un hombre muy concienzudo, de los que se leen todas las reseñas sobre un modelo de coche antes incluso de probarlo. Habíamos hablado de sexo.

—Quiero que lo hagamos bien —me dijo—. Me gustaría sentir en ese momento que eres la última mujer con la que voy a hacer el amor. Para el resto de mi vida.

—Eso es mucha responsabilidad —contesté—. A menos, claro, que te mueras en el acto.

Mi intención era bromear, y por lo general Elliot tenía muy buen humor. Pero no en lo tocante a aquel tema.

Dos semanas después de conocernos, me invitó a ir a Mendocino con él a pasar un fin de semana largo y le dije que sí, a pesar de que tendría que perderme una de las fiestas de Swift y Ava. Iban a traer a un cocinero experto en *sushi* y habían contratado a un grupo japonés de tambores *kodo* para que tocara en la caseta de la piscina.

—Podrías haber hecho unas fotos increíbles —había comentado Ava—. Los músicos llevan los trajes tradicionales del siglo XIII. Seguro que se les ven los músculos de los brazos. Eso por no hablar del resto del cuerpo.

Fue ese fin de semana en Mendocino cuando por fin me acosté con Elliot. No fue una experiencia perturbadora, pero estuvo bien, aunque después, mientras volvíamos en coche por la H-1, al pasar por una playa en la que había estado una vez con ella y con los perros, oí la voz de Ava en mi cabeza y aquello me causó cierto desasosiego. Me acordé de cuando, estando las dos sentadas en su solario aquella primera vez, me contó cómo se había sentido cuando conoció a Swift. Estaba tan enamorada, decía, que se olvidó de comer.

—En aquel entonces Swift tenía el pelo muy largo y a veces se lo recogía en una coleta —me contó—. Una vez, cuando estaba durmiendo, le corté un mechón.

Observé la cara de Elliot mientras conducía: tenía la vista fija en la carretera, como siempre, pero por su forma de sonreír deduje que estaba pensando en mí y en el fin de semana que acabábamos de pasar.

—¿Alguna vez has pensando en dejarte el pelo un poco más largo por detrás? —pregunté.

—No. ¿Por qué lo dices?

—Por nada en particular.

Al día siguiente, de vuelta en Folger Lane, Ava quiso que le contara con detalle todo lo sucedido ese fin de semana. Esta vez tuve la precaución de pintar para ella otra faceta de Elliot, una en la que no pareciera un hombre agradable pero insulso, y tampoco un asesino en serie. Le había hecho un montón de fotos con el móvil, y busqué una en la que estuviera bien.

—Es muy juguetón y espontáneo —le dije, consciente de que no estaba favorecido en ninguna de las fotos de mi móvil—. La semana pasada, cuando estábamos en su piso haciendo paella, me rodeó con los brazos y se puso a bailar.

Le conté también que la semana anterior, cuando volví de Walnut Creek de ver a Ollie, me había preparado un baño con velas alrededor de la bañera y sales de baño en el agua. Me dejó sola en el cuarto de baño, pero cuando salí nos sentamos juntos en su sofá (yo tapada con su albornoz de felpa) y me dio un masaje en los pies. En aquel momento ni siquiera éramos amantes, estrictamente hablando, pero ningún hombre había hecho que me sintiera tan amada.

—Mmm —dijo Ava, pero adiviné que estaba cambiando de opinión—. Entonces, ¿qué tal el sexo?

Anteriormente, me habría apresurado a contárselo todo. Me sentía más unida a Ava que a cualquier hombre, y nunca dudaba en contarle hasta los detalles más íntimos. Esta vez, en cambio, era distinto. Sentía un deseo no muy grande pero sí nítido de guardarme para mí ciertas facetas de mi relación con Elliot, aunque confiaba en que lo que le contaba bastara para dar a entender que nos iban bien las cosas.

—En Mendocino encontramos el lecho de un arroyo que llevaba hasta un manantial termal —le dije—. Hubo un sitio donde nos hundimos en el barro hasta los tobillos. No había nadie por allí, así que nos quedamos en ropa interior, nos untamos todo el cuerpo con barro el uno al otro y nos quedamos allí tumbados, al sol, hasta que se secó. Luego nos lanzamos al agua.

—Debía de estar muy gracioso, con esas piernas delgaduchas y esa tripita que tiene —comentó Ava.

Era yo quien le había descrito su físico así, claro.

Aun así, en cuanto hizo aquel comentario sentí que algo cambiaba dentro de mí. En el momento en que nos habíamos embadurnado de barro el uno al otro, estar allí, tumbada al lado de Elliot, casi desnudos, me había parecido algo maravilloso, sensual y romántico. Pero al oír a Ava hablar de ello, el cuadro cambió bruscamente. Visto a través de los ojos de Ava, Elliot parecía de pronto levemente ridículo. Patético, incluso.

Lamenté haberle dicho que tenía tripa.

29

De vez en cuando, si estaba sola en casa de los Havilland trabajando en el catálogo de arte, se apoderaba de mí una sensación extraña y desconcertante. Algún objeto de Ava llamaba mi atención, y de pronto me ponía a pensar en lo fácil que sería llevármelo a casa. Nadie notaría su falta.

A pesar de que dejaban billetes de veinte dólares por toda la casa, jamás se me pasó por la cabeza robarles ni un centavo. Sabía dónde guardaba Ava sus anillos y el collar de diamantes que le había regalado Swift, así como el resto de sus joyas más valiosas. Pero jamás las habría tocado. Estaban, además, todas esas obras de arte: no las desconocidas, sino las verdaderamente valiosas. El diebenkorn, el matisse. Había en aquella casa piezas que valían más de lo que yo ganaría en toda mi vida, pero habría preferido que me cortaran un dedo a tocarlas.

A veces, sin embargo, si estaba sola en Folger Lane, si Ava se había ido a pilates, Estela estaba haciendo la compra y Swift había salido a una de sus sesiones con Ling la herborista o a reunirse con alguien para hablar de su fundación, me asaltaba el impulso –no muy distinto a aquellas ocasiones en las que me obsesionaba la botella de vino que guardaba en lo alto del armario de la cocina– de hacer una visita al inmenso vestidor de Ava. Después de la primera vez que me llevó a verlo, no paraba de pensar en él. Contenía tantas cosas bonitas que nunca la había visto ponerse… Fantaseaba pensando en cómo sería tener una de aquellas prendas colgada en mi armario. O un collar de perlas. O solo un par de pendientes. O algo más insignificante todavía.

Había un anillo en forma de pez que me encantaba. (No en forma de perro, por una vez, cosa rara en Ava). Había un par de pendientes con una piedra roja engastada en una jaulita de oro. Una vez, estando sola en el vestidor, me los acerqué a los lóbulos. Estaba tan poco familiarizada con las piedras preciosas que ni siquiera sabía si eran rubíes, pero me encantaban aquellos pendientes: las piedras rojas y los delicados filamentos de oro que las sujetaban. Habría sido muy fácil metérmelos en el bolsillo. Mi mente parecía provocarme con aquella imagen.

O estaba en la cocina preparándome un té y de pronto me daba por pensar que podía llevarme una de aquellas cucharillas de plata. Formaban un juego, y cada una de ellas tenía grabada una flor distinta. En el mismo cajón había una cuchara para zurdos. Ava y Swift no eran zurdos, pero yo sí. Si aquella cuchara fuera mía, prepararía gachas de avena cada mañana solo por el placer de comerlas con mi cuchara especial.

Durante una semana entera no pude parar de pensar en un portavelas de porcelana china que tenía Ava: una pequeña cúpula que se colocaba encima de una vela de té, sobre un platillo de porcelana a juego. No parecía gran cosa hasta que encendías la vela, a ser posible en una habitación en penumbra. Entonces se revelaba toda una escena labrada en la porcelana: la calle de una aldea, un caballo y un carro, una acogedora casita de campo en medio del bosque. Todo ello lo proyectaba el fulgor de la vela metida bajo la campana de porcelana. Yo sabía perfectamente en qué lugar de mi apartamento colocaría el portavelas si fuera mío.

Una noche que estábamos cenando juntos Ava puso aquel portavelas sobre la mesa. Pensando que tal vez pudiera comprarme uno igual, le pregunté dónde lo había encontrado.

—Sabe Dios —contestó—. Seguramente nos lo regaló alguien en uno de esos horribles eventos a los que teníamos que asistir cuando

Swift todavía dirigía su empresa. Tengo cajones enteros llenos de cosas así.

Jamás me habría llevado el portavelas. Ni ninguna otra cosa. Pero si lo hubiera hecho, sabía que, a diferencia de Ava, lo habría guardado como un tesoro.

En realidad, Ava no prestaba mucha atención a los objetos materiales. Se preocupaba por la gente a la que quería, y por sus perros.

En muchos sentidos, era una cualidad nueva y estimulante. Aunque se la podía considerar una niña mimada por tener tantas cosas, los objetos concretos, incluso cuando eran tesoros, tenían poca importancia para ella. Ni siquiera sus prendas más caras: su chaqueta de piel de Barneys, su capa de terciopelo, sus botas Fendi, la bata de cachemira que colgaba junto a su *jacuzzi*. Siempre estaba llevando cosas a la tintorería de las que luego se olvidaba por completo. Le ocurría tan a menudo que un día me puso un par de billetes de cien dólares en la mano y me pidió que me pasara por todas las tintorerías del pueblo para ver si tenían alguna prenda suya.

Aquello me llevó horas, y algunas de las prendas que recogí llevaban un año esperando. Había una falda de lino que me gustaba especialmente. Si me la llevaba a mi casa en vez de llevarla a Folger Lane, pensé, Ava jamás se enteraría.

—Basta —me dije en voz alta, como había hecho una vez al echar mano de la botella.

A veces me preguntaba qué me pasaba, por qué tenía continuamente aquellos pensamientos, por qué fantaseaba con robar algo a los Havilland. Tal vez significara —me dije— que era una mala persona.

Pero en realidad nunca me llevaba nada. Sabía que jamás haría nada que pudiera considerarse una traición a su confianza, después de todo lo que habían hecho por mí. No me habría arriesgado a perder su amistad, como tal vez la hubiera perdido si hubieran sabido de aquellos impulsos avariciosos. Quería mucho a Ava, y amaba el mundo que había construido a su alrededor, lleno de cosas bellas. Quería formar parte de ese mundo. Quería que una parte de su mundo fuera mío.

30

Aunque a Ava le gustaba decir que el principal propósito de Swift en la vida era quererla (y el propio Swift contribuía en gran medida a apuntalar esa idea), últimamente parecía pasar cada vez más tiempo encerrado en su despacho. Había ido involucrándose progresivamente en la creación de BARK, la asociación sin ánimo de lucro dedicada a la defensa de los animales, y con ayuda de algunos amigos —entre ellos, cosa sorprendente, Ling y Ernesto, así como varios jóvenes directivos que se pasaban con frecuencia por la casa, y un colega que había vendido su empresa más o menos al mismo tiempo que él y por más dinero aún, además de Marty Matthias, naturalmente—, había mantenido numerosas reuniones a fin de conseguir fondos para la asociación entre algunos potentados a los que conocía de sus tiempos en el mundo de la tecnología. Evidentemente Evelyn Couture, la viuda de Pacific Heights, hablaba de contribuir con una donación sustanciosa, y Swift se había reunido con sus abogados a ese efecto.

Para entonces yo ya me había dado cuenta de que, a pesar de lo mucho que a Swift le gustaba hacer llamadas y mantener reuniones, era Ava quien de verdad lo movilizaba todo.

—Mandarlo a codearse con posibles donantes es una buena manera de quitármelo de encima —me decía—. Le encanta sentarse en un salón de fumar y ponerse a hablar de los Fortyniners, y se le da de maravilla conseguir que la gente saque la chequera.

Pero, si quieres que te diga la verdad, no tiene ni idea de cómo crear una fundación.

Entre tanto, ella había ido un paso más allá, decía. Había contratado a un diseñador web y a un equipo de *marketing* para que dieran a conocer el proyecto a potenciales donantes de todo el país. Aunque Swift odiaba volar, lo mandó a Nueva York, a una reunión, y después a Palm Beach. Y también a Atlanta, a Boston y a Dallas.

Un día, a finales de esa primavera, cuando me presenté en su casa para cumplir con nuestra rutina de siempre (primero un paseo con Ava y los perros, luego un rato de trabajo y, por último, la cena), Ava me estaba esperando delante de la casa.

—He tenido una idea fabulosa —dijo—. Estoy deseando contártela.

Resultó que ese octubre Swift cumplía sesenta años («Voy de cabeza a los sesenta», decía él) y Ava estaba pensando en darle una gran fiesta sorpresa.

Él sabía que su mujer no permitiría que pasara su cumpleaños sin celebrarlo por todo lo alto, pero la idea que se le había ocurrido daría un nuevo significado a la celebración. Pensaba hacer coincidir la apertura del primer centro de esterilización de BARK, ubicado en San Francisco, con la noche de su cumpleaños, envolviéndolo todo en un gran anuncio oficial, acompañado quizá de un cortometraje. Y (ahí es donde entraba yo) con mi ayuda crearía un libro de fotografías que no solo sería un homenaje a la carrera de Swift y a su dedicación al rescate de perros, sino que serviría para documentar la vida de los perros a los que protegía la fundación.

—¿No crees que tendrá que enterarse de algo con antelación si piensas hacer la presentación oficial de la fundación esa misma noche? —le pregunté.

Ava se rio.

—Ay, cariño —dijo—, qué ingenua eres. Swift nunca presta atención a los detalles. Él es feliz charlando con uno de sus antiguos compañeros de fraternidad y teniendo a mano una botella de Macallan's. Sobre todo, si hay una camarera guapa cerca.

Ava, en cambio, era una abeja obrera. Y yo también.

Mi labor consistía en repasar todas sus viejas fotografías familiares y digitalizarlas. Luego Ava y yo seleccionaríamos las que mejor contaran la historia de la vida de Swift en sus distintas fases: emprendedor ambicioso, empresario, cabeza de familia, amante de los perros. Y marido de Ava, claro. La presentación del libro en la fiesta de cumpleaños sería simultánea a la apertura del primero de los centenares de centros de esterilización gratuitos que Ava tenía pensado abrir en todo el país. La fiesta sería el evento social y filantrópico de la temporada, y sin duda aparecería en las páginas financieras y en los ecos de sociedad de todos los grandes rotativos, con la cara de Swift sonriendo a diestro y siniestro fotografiada por mí.

—Anoche se me ocurrió una cosa —dijo Ava—. Vamos a mezclar las fotografías con imágenes de todos los perros a los que han salvado las donaciones que ha hecho Swift a las protectoras que apoyamos en la zona de la Bahía y en Silicon Valley. Los retratos los harás tú, claro —añadió.

—No soy fotógrafa de animales —dije.

Meneó la cabeza. Para Ava, no había diferencias relevantes entre perros y humanos, salvo que los perros eran más simpáticos. Si eras fotógrafa y hacías retratos, podías retratar a cualquiera, incluido un chucho o un teckel.

—Será como esas fotos que haces a colegiales —dijo—. Pero en vez de niños retratarás a perros rescatados. Y, tratándose de ti, lo harás de tal modo que la gente se enamorará de cada perro y le entrarán ganas de imitar a Swift y sacar la chequera. Y combinaremos esas imágenes con las fotografías de la vida de Swift que hayas reunido. De ese modo pondremos un rostro humano a la fundación.

—Pero yo no sé nada de fotografía animal —insistí—. Es un campo muy específico.

—Aprenderás.

Ava nunca tenía mucha paciencia para los problemas futuros.

—Va a ser un libro precioso y grande, de los que se ponen en la mesa del café, una edición limitada solo disponible para los invitados a la fiesta y los grandes donantes de BARK. Sé que vas a hacer un trabajo increíble —añadió—. El libro debe representar el vínculo entre seres humanos y animales, y poner de relieve lo interrelacionadas que están nuestras vidas.

Pero ¿y la logística?, le pregunté. Aquello no era como en un colegio, donde disponía de un aula en la que montar mis focos y de un equipo de maestros que hacían pasar a mis modelos uno por uno.

Ava se ocuparía de todos los preparativos. Todos los empleados de los refugios de la zona de la Bahía la conocían ya. Mi cometido consistiría en captar la personalidad de cada perro que fotografiara, como hacía con los colegiales.

Así, sin más, quedó acordado. Ava tenía una habilidad asombrosa para insuflar empuje e ilusión a todos sus proyectos. A su modo de ver, al menos, cualquier cosa que tocaba no solo tenía éxito, sino un éxito arrollador. Antes de que me diera cuenta de lo que ocurría, me puse a trabajar en la primera fase de nuestra empresa: clasificar más de veinte cajas de fotografías familiares. Algunas eran de la familia de Swift y se remontaban a su infancia en Nueva Jersey y a sus tiempos en el instituto, donde había sido una estrella de la lucha libre. Había también numerosas fotografías de su primer matrimonio: su boda, el nacimiento de su hijo, viajes a Disneylandia y a Europa… Yo tenía que revisar todas aquellas imágenes, separar aquellas en las que no aparecía su exmujer, Valerie, y seleccionar las que pasaría a formato digital. En algunos casos podría recortar la imagen para dejar a Valerie fuera del encuadre.

—Supongo que puede parecer una barbaridad —dijo Ava—. Pero, si la conocieras, lo entenderías. Esa mujer no sirve para nada. También habrá que incluir fotografías de sus años en la empresa, claro —añadió—. Swift llevando a Cooper a partidos de fútbol… Cuando me conoció a mí… Fotos de él en la piscina y en su barco… De todas las cosas que le entusiasman. Y acabaremos con una de nosotros dos con nuestros perros. Hasta tengo pensado el título del libro. Lo llamaremos *El hombre y sus perros*.

Revisar las fotografías y observar las distintas fases por las que había pasado Swift antes de casarse con mi amiga resultó muy gratificante. (*Mi amiga*. El solo hecho de llamar así a Ava me llenaba de ilusión). Era interesante ver lo torpón que parecía de niño: más bajo que casi todos sus compañeros de clase, con el pelo muy rizado, gafas y, más tarde, con lo que parecía un caso severo de acné juvenil. En torno a los dieciséis años empezó a practicar lucha libre y su cuerpo cambió. Seguía siendo bajo pero tenía los brazos musculosos y las piernas fornidas. Su actitud también parecía distinta: se le veía seguro de sí mismo, pero sin fanfarronería.

En las fotografías que databan de sus últimos años en el instituto aparecía casi siempre sonriendo, del brazo de una serie de chicas extraordinariamente guapas, en su mayoría más altas que él. Más tarde, en sus tiempos de estudiante universitario, ingresó en una fraternidad y se compró un coche. Primero un Mustang destartalado y luego un Corvette. Y por último un Porsche.

Swift tenía empuje. Se notaba incluso cuando tenía diecinueve años. Nada iba a interponerse en su camino.

Bueno, tal vez el matrimonio, durante un tiempo. El primero. Pero Ava me había ordenado dedicar una sola página a esa fase de su vida. Lo cual dejaba espacio de sobra para la parte que de verdad importaba. O sea, su vida con ella.

31

Ava dijo que le encantaría acompañarme en mis expediciones fotográficas, pero que la fundación le estaba dando mucho trabajo y tenía montones de cosas que hacer en casa. Lo sorprendente fue que Elliot, que tenía un horario flexible porque trabajaba por su cuenta, se ofreció a acompañarme.

Por desgracia era alérgico a los perros, pero decía que valdría la pena soportar unos cuantos estornudos solo por el tiempo que pasaríamos juntos en el coche, yendo de un refugio a otro. Mientras yo estuviera haciendo fotos, él aprovecharía para echar un vistazo a los archivos de su portátil o leer algo.

—No se me ocurre nada mejor que hacer —afirmó— que pasar un montón de tardes dando vueltas en coche contigo y ayudándote a hacer algo que te encanta.

Teníamos mucho tiempo para hablar durante aquellos trayectos en coche a lugares como Napa, Sebastopol y Half Moon Bay. Ya habíamos hablado largo y tendido, pero aquello fue distinto, tal vez porque íbamos encerrados en el coche, completamente solos. Hablábamos de cosas de las que no habíamos hablado hasta entonces.

Cuando Elliot era pequeño, su familia tenía una granja de pollos y vacas lecheras en el estado de Nueva York, a las afueras de Buffalo. Un año, el hermano menor de su padre fue a trabajar a la granja. El tío Ricky. Todo el mundo lo quería, incluido Elliot. Era una de esas personas que atraía todas las miradas con solo entrar en una habitación y hacía que la gente perdiera el hilo de sus conversaciones.

—Conozco el tipo —dije, pensando en Swift.

—Mi padre era un hombre callado —añadió Elliot—. Como yo. Aburrido, supongo que podría decirse. Si te quedabas atascado en la carretera en medio de una tormenta de nieve, era a él a quien llamabas para que viniera con su camioneta a sacarte del atolladero, o el que se quedaba en pie toda la noche cuando una vaca preñada tenía dificultades para parir. Pero el resto del tiempo no era precisamente el alma de la fiesta, como Ricky.

Ricky se encargaba de la contabilidad de la granja, de la venta de la leche y la nata y de pagar los salarios. Era una explotación bastante grande para aquella época. Llevaba cinco generaciones en la familia y, aunque no pudiera decirse que fuera una mina de oro, ganaban bastante dinero.

—Yo era todavía muy pequeño —me contó Elliot con los ojos fijos en la carretera, como siempre, y las dos manos sobre el volante—, pero aun así noté que entre mi tío y mi madre pasaba algo, aunque no tenía edad suficiente para poder interpretarlo. Solo sabía que ella se comportaba de manera distinta delante de él. Parecía más contenta. Pero también distraída.

Su padre también debió de notarlo. Una noche hubo una pelea y muchos gritos. A la mañana siguiente, cuando Elliot se levantó, el tío Ricky se había marchado. Un tiempo después nació Patrice, su hermana. Nadie dijo nada, pero Elliot dedujo más adelante que posiblemente su padre se había preguntado siempre si la niña era suya. O quizás había sabido desde el principio que no lo era. Aun así, nunca trató a Patrice de manera distinta: no era de esos hombres que muestran preferencias por un hijo sobre otro, fuera cual fuese la historia que rodeaba su nacimiento.

—Poco después de que se marchara Ricky —me dijo Elliot—, descubrimos que no había pagado a nuestros acreedores. Debíamos más de sesenta mil dólares y un montón de impuestos. Gran parte del dinero que debía haber en el banco había desaparecido.

Todos sabían quién era el responsable, claro. Pero no sabían dónde estaba. Nunca volvieron a tener noticias suyas.

—Perdimos la granja —prosiguió Elliot—. Mi padre se puso a trabajar en una ferretería y mi madre dejó de levantarse de la cama. Hoy en día entenderíamos que tenía una depresión, pero en aquel entonces yo solo sabía que casi nunca salía de la cama ni hablaba, y que cuando hablaba era para decir cosas raras, como que teníamos que aprovisionarnos de sopa Campbell por si había una guerra nuclear. La tenía tomada con Bob Barker: decía que hipnotizaba a la gente a través del televisor y que, si veías *Atrevimiento o verdad*, te afectaba al cerebro. Luego, un día, caí en la cuenta de que aquel tipo era idéntico al tío Ricky.

»Dejé de llevar amigos a casa después del colegio —continuó—. Mi padre no hacía más que servirse una cerveza cuando volvía del trabajo y sentarse delante del televisor. Si queríamos cenar algo, tenía que preparar yo la cena.

Le puse la mano en el hombro. Sabía lo que era avergonzarse tanto de tus padres que no querías que nadie viera dónde vivías.

Seguimos circulando un rato en silencio. Yo sabía que Elliot tenía algo más que contarme, pero pensé que hablaría cuando estuviera preparado.

—El año que mi hermana entró en el instituto, mi madre se suicidó —dijo por fin—. Cerró la puerta del garaje, se metió en el coche y encendió el motor.

Le pregunté si su padre había vuelto a casarse. Negó con la cabeza.

—Creo que nunca dejó de quererla —contestó—. Era de esos.

—Supongo que nunca he conocido a nadie así —le dije.

Estaba más familiarizada con hombres que se marchaban que con hombres que se quedaban.

—Bueno, pues ya conoces a uno —repuso él rodeándome con el brazo.

—Entre ser granjero y ser contable hay un trecho muy largo —comenté yo.

—¿Y sabes por qué me dedico a esto? —dijo—. Porque nunca superé que mi padre perdiera hasta el último centavo que tenía solo por no saber nada de contabilidad. Nunca se ocupó de llevar los libros al día. Dejó que todo lo que amaba se le escapara entre los dedos porque estaba demasiado atareado ocupándose del día a día de la granja para echar un vistazo a las cuentas. Y después no quedó nada de lo que ocuparse, ni más tierras que cultivar.

—Así que decidiste ser experto en cuentas —dije.

—Sé que probablemente es la profesión menos atractiva que existe a ojos de la mayoría de la gente. Pero un contable también puede ser un héroe si salva a sus clientes de la ruina económica.

—Eso está muy bien —dije yo, aunque Ava me había transmitido esa misma visión del oficio de contable como algo aburrido y carente de pasión. Y, a decir verdad, yo opinaba lo mismo.

—Supongo que podría decirse que estoy obsesionado —añadió Elliot—. Porque cuando me pongo a mirar las declaraciones de impuestos o los libros de cuentas de una persona, no quiero pasar por alto ni un solo decimal. Soy de los que leen informes anuales por diversión. Siempre a la búsqueda de algo que no cuadre.

Estudié su cara: una cara que nadie miraría dos veces si entraba en una habitación, aunque no fuera vestido con unos Dockers anchos y una simple camisa. En realidad, si te fijabas bien en él, era un hombre bien parecido. Pero no necesitaba que nadie se fijara en él, ni le interesaba ser el foco de atención.

—Ojalá pudiera ser un héroe a tus ojos, Helen —dijo—. O parecerme más al marido de tu amiga Ava, que seguramente puede llevarla a París por San Valentín o construirle una Torre Eiffel en el jardín si a ella le da pereza volar hasta allí. Tal vez algún día te conformes con que sea un hombre honrado que te quiere con todo su corazón.

—No te estaba comparando con Swift —respondí, aunque no era cierto.

—Pero yo sí —dijo—. Y soy consciente de que a ojos de personas como esas dos tengo muchos defectos.

Hubo algo en su manera de decir «esas dos» que hizo que me pusiera en guardia. Debería hacerle dicho que se equivocaba, que Swift y Ava decían que parecía un tipo estupendo y que estaban deseando conocerlo. Pero Elliot tenía razón. Solo podía hablarle de mi experiencia con ellos.

—Swift y Ava se han portado muy bien conmigo. Les debo mucho.

—Solo espero que no intenten cobrarse esa deuda en algún momento —comentó él.

32

Estábamos ya en junio y hacía algún tiempo que no iba por casa de Ava y Swift. Normalmente me pasaba por allí casi a diario para trabajar en mi proyecto fotográfico, pero los Havilland habían estado en el lago Tahoe, y después yo había pasado unos días en casa de Elliot, en Los Gatos. Él estaba de vacaciones y, como yo tampoco tenía que trabajar, habíamos tomado la carretera de la costa para ir de acampada unos días. Ese sábado, cuando volvimos, salimos a montar en bici y por la noche Elliot invitó a unos amigos y preparó pollo a la barbacoa. Nada parecido a las reuniones que tenían lugar en Folger Lane, pero lo pasamos bien. Fue *agradable*. Yo, sin embargo, ya no podía pensar en esa palabra, ni muchos menos decirla en voz alta, sin oír la voz de Ava susurrándome al oído: «¿Solo agradable?».

La mañana posterior a nuestro regreso fui a casa de los Havilland para ponerme de nuevo a trabajar en el libro. Pero, sobre todo, quería ver a Ava. Cuando llegué estaba en el camino de entrada, esperando para recibirme. Me llamó antes incluso de que saliera del coche. Lillian y Sammy se pusieron a corretear en círculos a mi alrededor como si hiciera mucho tiempo que no me veían.

—¿Tienes idea de cuánto te he echado de menos? —preguntó Ava—. Ya sé que antes me las arreglaba muy bien sin ti pero, francamente, ahora no sé cómo lo hacía.

Estiró sus largos y esculturales brazos para rodearme el cuello. Yo aspiré su perfume de gardenias.

—Estela acaba de volver del mercado con los cruasanes. Todavía están calientes —dijo—. Tienes que contármelo todo.

No había mucho que contar. Cuando tenía citas espantosas podía contarle miles de anécdotas. Pero ahora que salía con Elliot, solo había una cosa que pudiera decir:

—Soy feliz. Sé que parece una locura, pero creo que quizá quiera de verdad a ese hombre.

—Eso es maravilloso, cielo —comentó.

No sé qué fue, pero hubo algo en su respuesta que hizo que me sintiera ligeramente desinflada. Tuve la sensación de que la había decepcionado, de que había faltado a sus expectativas. Como si fuera una cría y le estuviera contando que me había apuntado a un curso de asistente de dentista en vez de ser cirujana cardiovascular, como ella esperaba.

Pensaba que querría que le contara mi viaje a las Sierras. O que hablaríamos de Elliot y de mí. Estaba descando contarle algo más, aunque sin entrar en detalles íntimos.

En el pasado siempre se lo había contado todo. Ahora, sin embargo, sentía un nuevo afán (un afán sin precedentes) de proteger aquella relación. Aun así, nos había imaginado a las dos sentadas en el jardín, junto a la piscina quizá, tomando un café con hielo y charlando sobre nuestros hombres. Planeando una cena, tal vez, para los cuatro. Sin embargo, aunque cuando conocí a Elliot los Havilland habían expresado su deseo de conocerlo, hacía ya casi dos meses que salíamos juntos y aún no le habían extendido una invitación.

—Escucha —dijo Ava cuando llegamos a la puerta—, confío en que puedas hacerme un favor. ¿Te acuerdas de Evelyn Couture?

Evelyn era la viuda rica de Pacific Heights con la que Swift había trabado amistad de algún modo y que había acudido (llevada por su chófer) a las últimas fiestas de los Havilland. Parecía una extraña amistad para Ava y Swift, pero nunca se sabía a quién acogerían aquellos dos bajo su ala. Pensé que se habían dado cuenta de que estaba muy sola. Tal vez no tenía familia, o su familia solo se interesaba por su dinero.

—Va a dejar su casa de Divisadero para instalarse en un piso en Woodside —dijo Ava—. Y está agobiadísima intentando decidir qué hace con todas sus cosas. Me he ofrecido a ayudarla.

Ava nunca reconocía las limitaciones que le imponía su silla de ruedas, pero tuve que preguntárselo. Parecía poco probable que la casa de Evelyn estuviera adaptada para discapacitados. ¿Qué pensaba hacer?

—¡Esas mansiones de Pacific Heights son imposibles! —exclamó—. Puede que tenga algún lacayo gigantesco que me lleve en brazos por la escalera y me deposite sobre un sofá de terciopelo. Pero lo más probable es que tenga que dejarte en su casa. Estoy segura de que tú sabrás tranquilizarla. Evelyn necesita ayuda para planificar la mudanza. Tiene tantas cosas en esa casa que no sabría por dónde empezar.

No había ningún lacayo, por supuesto. Ava me dejó en la casa de Divisadero y se fue a clase de pilates en un edificio accesible para discapacitados y a hacer algunas otras cosas por la ciudad: ir a la peluquería, hacerse las cejas, visitar al fisioterapeuta. Pasé el resto de la mañana y parte de la tarde con Evelyn Couture, ayudándola a clasificar la ropa que iba a donar a una tienda de reventa de lujo y cuyos beneficios pensaba destinar al *ballet*. Antes de marcharme (Ava paró delante de la casa para recogerme), Evelyn me regaló un broche en forma de mariposa y un par de pendientes todavía en su caja de Macy's, con la etiqueta del precio puesta: catorce dólares con noventa y cinco.

—Eso es muy propio de Evelyn —comentó Ava cuando le enseñé los pendientes—. Confiemos en que sea más generosa con sus donativos a la fundación. Tenemos grandes esperanzas.

Las dos sabíamos que el gran momento llegaría en la fiesta del sesenta cumpleaños de Swift, cuando los Havilland hicieran público su plan de crear clínicas de esterilización gratuitas en los cincuenta estados. Los Centros Veterinarios Havilland, bajo el auspicio de la fundación BARK.

—No quiero que pienses que, porque hoy te haya pedido que ayudes a Evelyn, no valoro tu profesionalidad como fotógrafa —dijo Ava mientras volvíamos a Portola Valley desde la ciudad—. El libro que estás haciendo va a ser una verdadera obra de arte. Lo de hoy ha sido solo cuestión de engrasar la maquinaria. Ya sabes lo que tiene una que hacer a veces, cuando quiere mantener contenta a gente con mucho dinero.

33

—Tengo unos amigos —le había dicho a Elliot la noche que nos conocimos—. Una gente maravillosa. Los mejores amigos que he tenido. Me acogieron bajo su ala. Son como mi familia.

El fin de semana que fuimos a Mendocino le conté también todo lo ocurrido con Ollie: aquel momento espantoso en el juzgado, cuando sentí que el edificio se desplomaba sobre mí, y el que vino después, cuando guardé las pertenencias de mi hijo en cajas de cartón y bolsas de basura; mi preocupación por el hecho de que Dwight perdiera los nervios con Ollie y Cheri le ignorara; y mi esperanza de que algún día, cuando por fin consiguiera saldar mi deuda con el abogado y contratar a otro mejor, pudiera recuperar la custodia de mi hijo. Eso, sin embargo, parecía una quimera.

—No eres la primera persona a la que condenan por conducir bebida —comentó Elliot—. Vas a Alcohólicos Anónimos. Ya no bebes. ¿No puedes por lo menos llevar a tu hijo a tu casa algunas veces?

—Siempre se lo pido, pero Dwight no permite que Ollie pase la noche conmigo —contesté—. Es como ir al despacho del director. Cada vez que me planto delante de su puerta para ver a Ollie, me siento completamente patética.

—Da igual lo que piensen de ti —repuso Elliot—, con tal de que puedas pasar tiempo con tu hijo.

—Pero tengo la impresión de que Ollie ya no quiere verme —dije en voz más baja—. Creo que está enfadado conmigo. Aunque no se lleve bien con su padre, sé que me culpa a mí.

»Y luego está todo el asunto de la familia de Sacramento —continué—. Siempre lo están invitando a fiestas de cumpleaños por todo lo alto. Con castillos inflables, magos y visitas a parques acuáticos.

—Hay una cosa que Ollie no puede tener allí —dijo Elliot tomándome de la mano—: a su madre. Puede que todavía no se dé cuenta, pero te necesita. Cuando de verdad puedas pasar más tiempo con él, no solo unas horas de vez en cuando, conseguirás recuperar su confianza.

De hecho, se me había ocurrido una idea que podía persuadir a Ollie para que pasara una noche en mi casa, si su padre daba permiso y encontrábamos un fin de semana que no tuviera ocupado con actividades lúdicas. Lo llevaría a casa de Swift y Ava.

En los años transcurridos desde mi divorcio me había convencido a mí misma de que lo que podía ofrecerle a Ollie ya no era suficiente, dado que carecía de los alicientes de la vida familiar. La casa de los Havilland en Folger Lane, en cambio, siempre estaba llena de vida. Yo sabía que sería irresistible para un niño de ocho años, con la piscina y todas las cosas que Swift le había comprado a Cooper de pequeño: la máquina de discos, la de *pinball*, la mesa de *air hockey* profesional, el tocadiscos de *disk jockey* y la mesa de mezclas. ¿Qué eran un montón de juegos de PlayStation y una Wii comparados con eso? Y también podía ofrecerle a mi hijo a Ava y a Swift. Sobre todo a Swift, que en cierto modo era como un niño.

A Ollie iba a encantarle. Y dado que llevaba pidiendo un perro desde que tenía tres años, yo sabía que también le encantarían los perros. Además, su padre siempre le estaba gritando por no recoger su habitación. Seguro que le entusiasmaría lo relajadamente que parecía transcurrir la vida en Folger Lane, donde lo único que importaba era divertirse.

Al día siguiente, mientras comíamos en el jardín, les pregunté a los Havilland si podía llevar a Ollie algún fin de semana.

—Me encantaría que lo conocierais —les dije—. Estoy segura de que le fascinaría esta casa. Y vosotros.

No hizo falta convencerlos.

—Ya va siendo hora de que vuelva a haber un niño por aquí —respondió Swift—, con mi hijo fuera, en esa escuela de negocios tan cara.

—Ya tenemos uno —repuso Ava—. Lo estoy mirando en este momento. Lo que de verdad quiere decir Swift es que le vendría bien un compañero de juegos. Así que claro que puedes traer a Ollie, Helen. Cuanto antes, mejor.

Esa noche llamé a mi exmarido para proponerle que Ollie pasara la noche conmigo el siguiente fin de semana.

—Si quieres preguntárselo a Oliver, por mí no hay problema —contestó, y me pasó a mi hijo—. Tu madre quiere preguntarte una cosa —le dijo al darle el teléfono.

—Unos amigos míos tienen piscina —le expliqué a Oliver. Era un soborno y lo sabía, pero no me importaba—. Y también un barco. Estaba pensando que podía ser divertido que vinieras a pasar el fin de semana. Podríamos ir a su casa. Cenar en el jardín o algo así.

—No sé nadar —contestó Ollie con voz inexpresiva y recelosa, como casi siempre que hablaba con él.

—Podría ser una buena oportunidad para que aprendieras —contesté—. Y además tienen perros.

Titubeó.

—Tres —añadí—. Se llaman Sammy, Lillian y Rocco. A Sammy le encanta jugar al *frisbee*.

En parte me parecía detestable estar utilizando como cebo a los Havilland y a sus perros, pero quería tener a Ollie conmigo de una manera o de otra, y pasar el día con él en un sitio donde pudiéramos estar tranquilos.

—Vale —dijo.

Quedamos para el fin de semana siguiente. Yo iría a recogerlo el sábado por la mañana y lo llevaría a casa de Ava y Swift. Swift haría hamburguesas a la parrilla. Ava prepararía helado casero.

Era imposible adivinar qué más cosas se le ocurrirían a Swift, pero yo estaba segura de que sería algo maravilloso, algo que Ollie no habría conocido hasta entonces.

Sentí, sin embargo, que no podía incluir a Elliot en la invitación. No quería arriesgarme a que las cosas se torcieran, o a que Ollie se enfadara. Estaba muy nerviosa cuando se lo dije, pero él pareció entenderlo.

—Haces bien en no presentarle a tu hijo a tu novio hasta que estés de verdad segura de que lo vuestro tiene futuro —dijo.

«Tu novio», así se había llamado a sí mismo.

—No importa —añadió—. Soy un hombre paciente. Conocer a Ollie significa mucho para mí. Quiero hacer las cosas bien. Tengo intención de formar parte de tu vida mucho tiempo. De la vida de ambos.

34

Llegó el fin de semana.

Me cambié cuatro veces antes de ir a Walnut Creek a recoger a mi hijo a casa de su padre. Vestido, pantalón corto, vestido otra vez, vaqueros. Al final, decidí que lo mejor era aparentar que no había puesto mucho empeño en arreglarme y opté por los vaqueros. La última vez que había ido a un partido de Ollie, me había fijado en que su madrastra, Cheri, parecía haber engordado. Yo, en cambio, estaba más delgada que de costumbre, y encontraba cierta satisfacción en parecer más esbelta que la mujer por la que me había dejado mi marido.

—Detesto que todavía me preocupe estar guapa cuando voy a su casa —le dije a Ava.

—Eres humana —contestó—. Fíjate en Swift y en mí. No me cabe la menor duda de que me adora, pero las raras veces que tenemos que ver a la mujer monstruo —es decir, a Valerie, la exmujer de Swift y madre de Cooper—, hago alguna tontería como ir a peinarme a la peluquería.

»No es un asunto entre Swift y yo. Es un asunto entre su exmujer y yo —añadió—. Igual que en tu caso, seguramente. Es probable que quieras estar guapa cuando ves a tu exmarido, pero me apuesto algo a que sobre todo quieres estar más guapa que su mujer. Y asegurarte de que ella lo nota.

—Odio cómo somos las mujeres las unas con las otras —comenté—. Es como si nunca saliéramos del instituto.

—¿Sabes qué es lo que me encanta de nuestra amistad, entre otras cosas? —preguntó Ava—. Que entre nosotras no hay esos malos rollos. Nunca me preocupo por ti en ese sentido. Nosotras no competimos. Y sé que no vas detrás de mi marido, como muchas otras mujeres. Contigo, eso no es problema.

Yo sabía que se suponía que aquello era un cumplido, pero, pensando en lo que me había dicho Ava mientras iba por la autopista para recoger a mi hijo, no pude evitar sentirme, como me sucedía a menudo, pequeña e incolora. Tan invisible, que podía saltar desnuda de un trampolín y el hombre más obsesionado por el sexo que había conocido nunca ni siquiera levantaría la vista.

Había, sin embargo, un hombre que sí se fijaría en mí: Elliot. No se parecía a Swift, pero para él, por alguna razón, yo era la mujer más deseable del mundo.

—No voy a ser uno de esos capullos que llaman doce veces al día —me dijo una de las muchas veces en que me llamaba por teléfono—. Pero quiero que sepas que me apetecería hacerlo. Eso por no hablar de lo mucho que pienso en ti. Que es constantemente.

Esa semana habíamos pasado la noche juntos dos días seguidos, pero no íbamos a vernos en todo el fin de semana.

—Puede que sea un idiota en ciertos aspectos —dijo Elliot—, pero una cosa que no haré nunca será interferir en tu relación con tu hijo. Es lo más importante del mundo para ti.

Entonces lo besé. Una de las muchas cosas con las que siempre podía contar tratándose de Elliot era con su comprensión.

—Solo quiero que sepas —me dijo— que voy a echarte de menos una barbaridad este fin de semana. Seguramente tendré que ahogar mis penas releyendo la normativa fiscal, o viendo todas las películas de Mirna Loy y William Powell.

Así era Elliot, pensé. Fuera podía hacer un día espléndido, que él era feliz encerrado en su estudio con las persianas bajadas, viendo películas antiguas o trabajando en su ordenador. Swift, en cambio, saldría con su moto. O asistiría a un seminario sobre sexo tántrico. O practicaría el sexo tántrico.

Advertí entonces un ligera tensión, como una opresión en el pecho. Cuando una relación de pareja de verdad marcha bien, no piensas críticamente en tu pareja como yo hacía con tanta frecuencia. No lo comparas con el marido de tu amiga, ni te descubres observando, mientras él está haciendo el café con su albornoz viejo puesto, que es cierto que está muy encorvado y que tiene un poco de tripa. O que el albornoz es de tela de toalla barata, de esos que el marido de tu amiga no se pondría ni muerto.

Nuestra relación tenía, sin embargo, otra faceta, y eso era lo que más me desconcertaba. Al oír a Elliot decir cuánto iba a echarme de menos ese fin de semana, pensé que yo también iba a echarlo de menos a él. Pero, aunque así fuera, sentía una especie de alivio porque Elliot no estuviera presente mientras pasaba el fin de semana con mi hijo. Si hubiera estado allí, me habría preocupado constantemente por lo que pensarían de él los Havilland.

¿Y quién me creía yo que era, además? Yo, que tenía un albornoz igual de cutre y que seguramente estaba igual de ridícula con él que Elliot con el suyo. Yo, a quien también le encantaban las películas clásicas y que de buena gana me habría pasado toda una tarde (incluso una tarde soleada) viendo tres seguidas con él. Si hubiera estado segura de que Elliot iba a gustarle a mi hijo, habría propuesto que fuera él y no Swift quien viniera con nosotros de excursión o quien hiciera una barbacoa, para ayudar a Ollie a salir de ese lugar amargo y duro en el que habitaba. Un lugar en el que su madre era para él la persona que lo había abandonado. Habría elegido a Elliot y no a Swift para ofrecérselo a mi hijo con el mensaje: «¿Ves?, puedes pasártelo bien con tu madre. Y si te lo has pasado bien una vez, puedes pasártelo bien muchas veces más».

Sabía, sin embargo, que Elliot no impresionaría mucho a Ollie. Para él, lo realmente atrayente sería Swift. Swift y la estampa de la vida en Folger Lane. La piscina, los perros… Pero sobre todo Swift.

En aquel momento no lo admití ni siquiera ante mí misma. Tenía muy mala conciencia por mirar a Elliot críticamente, pero también por sentirme tan a gusto con él (cada vez más, cuando estábamos a solas). A veces, cuando me acordaba de lo que había dicho Ava, me preocupaba sentirme tan satisfecha con alguien aparentemente tan normal como Elliot. Como si hubiera optado por una vida insignificante y ordinaria. Por una satisfacción sencilla y sin complicaciones, en vez de por una pasión arrolladora y extraordinaria.

«No te conformes», me había dicho Ava. Cuando estaba con Elliot no sentía que me estuviera conformando. Pero, cada vez que paraba mi coche delante de la casa de Folger Lane, volvían a asaltarme las dudas.

35

Cheri estaba hablando por teléfono, como solía, cuando llegué a casa de mi exmarido para recoger a mi hijo y pasar con él el fin de semana por primera vez desde hacía más de tres años. Jared, el hermano de mi hijo, estaba sentado en su trona. Tenía delante una galleta rellena a medio comer y estaba haciendo gestos con un rotulador destapado. Al verme en la puerta, Cheri señaló hacia el cuarto de estar, donde oí el sonido de unos dibujos animados. Dwight se había ido a jugar al golf, seguramente. Ollie estaba en pijama, en el sofá. Estaba pálido y, con la camiseta dada de sí del pijama, su cuello parecía muy flaco y enrojecido, como el de un pajarito. Había un cuenco de cereales encima de la mesa baja, y en el suelo un montón de juguetes que debían de ser de Jared. Mi hijo no levantó la vista.

Nunca había sido mi estilo entrar haciendo aspavientos, ni aunque me muriera de ganas de abrazarlo. Con el paso de los meses grises y tristes, y luego de los años, desde su marcha a Walnut Creek, había aprendido que a Ollie le costaba unas horas (a veces incluso un día entero) empezar a sentirse cómodo conmigo después de pasar tantos días separados. Ya no me sorprendía como al principio ver aquella expresión impasible cuando iba a recogerlo. Sabía que, cuando lo abrazara, notaría su cuerpo tenso y alerta. A veces, pasado un tiempo, si tenía suerte (más o menos cuando llegaba la hora de despedirnos), se acercaba a mí como en los viejos tiempos, y yo vislumbraba por un momento cómo habían sido las cosas entre nosotros antaño. Luego llegaba el momento de llevarlo a casa y sentía cómo volvía a revestirse con su armadura.

—Hola, Ollie —le dije—. Me alegro de verte.

Me senté en el suelo, a su lado.

Se estaba chupando el pulgar, una costumbre que yo sabía que estaba intentando evitar porque los niños del colegio se burlaban de él. Pero cuando estaba solo o ansioso, volvía a las andadas.

—¿Quieres que te ayude a recoger tus cosas? —le pregunté.

Podría haberme enfadado con Cheri o con Dwight por no haberse encargado de ello, pero ¿qué sentido tenía?

—Quiero acabar de ver esto.

Me senté a su lado en el sofá y resistí el impulso de apretarlo contra mí. Le froté la espalda. Le pasé la mano por el pelo. A veces, cuando iba a recogerlo, le habían cortado el pelo a cepillo (por comodidad, imagino), pero esa vez le hacía falta un buen corte, y tenía las uñas de los pies largas. Parecía un niño del que su madre no se ocupaba como era debido.

Aunque llevaba tres años yendo a buscarlo a casa de su padre, nunca le habíamos comprado una maleta o una mochila para que llevara sus cosas. Como Cheri seguía hablando por teléfono, busqué debajo del fregadero una bolsa de basura en la que meter su equipaje para el fin de semana.

Dos mudas de ropa interior. Dos pares de calcetines. En los viejos tiempos, cuando vivía conmigo, solíamos jugar a emparejar los calcetines. Ahora, en cambio, estaban todos revueltos en el cajón. Eran todos blancos. A Cheri seguramente le resultaba más cómodo que juntar pares de calcetines con dibujos interesantes (coches, dinosaurios, Transformers) como los que yo solía comprarle.

Busqué en el armario su camiseta del bulldog, que le encantaba aunque ya le quedaba pequeña, y un par de camisetas más: una de manga larga y otra de manga corta.

—Hay que llevar tu bañador —le dije—. Vamos a casa de esos amigos míos que tienen piscina.

—Nadie me ha enseñado a nadar —contestó, dando a entender claramente que era yo quien debería haberle enseñado.

—Me meteré en el agua contigo —le aseguré—. Y tienen un «churrito».

—Dijiste que tenían un perro —dijo con su desconfianza de siempre.

—Tienen tres.

—¿Tienen tele por cable? —preguntó.

—Espera a que lleguemos —le dije—. Vamos a pasarlo tan bien que no querrás ver la tele.

—Iba a ver un programa sobre robots —repuso con un tono de sordo resentimiento que yo conocía muy bien: como si todo lo malo que pasaba en el mundo fuera culpa mía.

—Cheri tiene un lector de DVD en su coche —comentó cuando ya estaba sentado en el asiento trasero de mi Honda, con el cinturón de seguridad puesto.

Yo no soportaba que la ley exigiera que los niños fueran en el asiento de atrás en vez de delante, a tu lado, donde podías hablar con ellos. Evidentemente era más seguro, pero conducir así, con Ollie a mi espalda, hacía que me sintiera como una chófer más que como una madre.

—Bueno, yo prefiero que hablemos —le dije—. Hace dos semanas que no te veo. Quiero que me cuentes qué tal te va en el cole. ¿Qué os ha enseñado el señor Rettstadt últimamente?

—Nada.

—No me lo creo. Dime algo que os haya enseñado.

—Bla, bla, bla —contestó—. Bla, bla, bla, bla, bla. Bla, blablablá, blabablá, blablablá, blablá.

—He ido a la biblioteca —le dije—. Y he sacado un montón de libros para que los leamos juntos. Hay uno sobre insectos.

—Odio los insectos.

Antes, cuando vivía conmigo, no los odiaba: podíamos pasarnos casi una hora observando un hormiguero. Pero no tenía sentido recordárselo.

—Hay otros libros —le dije.

—Odio leer.

Al final, se quedó dormido en el trayecto. Yo había pensado que paráramos en un parque al que íbamos a veces, donde le gustaba montar en su patinete, pero cuando cruzamos el puente eran ya más de las doce del mediodía y yo sabía que Ava nos tendría preparada la comida, así que me fui derecha a Folger Lane.

—Creo que te van a gustar mis amigos —le dije cuando se despertó, a menos de dos kilómetros de la casa de los Havilland—. Tienen muchas ganas de conocerte.

Me horrorizó el sonido de mi voz al decir aquello. Parecía una asistente de vuelo.

—Ava, mi amiga, no puede caminar —le expliqué—. Va en silla de ruedas. Tiene un coche adaptado que la levanta hasta el asiento.

—¿Qué hora es? —preguntó, y se metió el pulgar en la boca. Miraba por la ventanilla con ojos vidriosos—. ¿Cuándo nos vamos a casa?

Al llegar a casa de los Havilland, iba pensando que había cometido un terrible error. Mi hijo no iba a dejarse a sí mismo pasarlo bien. Ava y Swift harían todo lo que estuviera en su mano, pero más tarde, cuando nos marcháramos, se mirarían el uno al otro y dirían: «Menos mal que se ha acabado». Serían amables, pero acordarían no volver a invitarnos. Tal vez incluso llegaran a la triste pero evidente conclusión de que lo mejor sería que no tuviera la custodia de mi hijo.

Entonces Ava nos abrió la puerta. Lillian se acercó enseguida a Oliver y empezó a corretear en círculos, como hacía siempre que conocía a alguien nuevo, y Sammy se puso a menear el rabo mientras emitía suaves ladridos de alegría. Pero la gran sorpresa fue Rocco, que normalmente gruñía a todo el que no fuera Ava, y que sin embargo pareció encariñarse de inmediato con mi hijo y empezó a lamerle la mano y a seguirlo a todas partes desde el momento en que cruzó la puerta.

—Es un placer conocerte, Oliver —dijo Swift teniéndole la mano—. ¿Puedo ofrecerte algo de beber?

Al igual que Ava, era una de esas raras personas que no cambian de tono de voz cuando hablan con un niño.

—¿Hay que meter dinero? —preguntó Ollie, que se había fijado enseguida en la máquina de *pinball* a pesar de que Swift había tenido la sensatez de no indicársela. Era preferible que Ollie descubriera las cosas por sí mismo.

—Para ti es gratis, amiguito —dijo Swift—. Mi hijo Cooper jugaba con ella constantemente. Cuando la compramos era demasiado bajito para llegar a los botones, así que le pusimos ese cajón de ahí.

Ollie se subió al taburete improvisado y empezó a acariciar los botones. Luego me miró como si fuera a decirle que no los tocara.

—No pasa nada —le dije—. Son amigos nuestros. Puedes hacer lo que te apetezca.

Después de comer quiso ver dónde dormían los perros y Swift le enseñó el salón, adonde había llevado las viejas Tortugas Ninjas de Cooper.

—¿Tu hijo vive aquí? —preguntó Ollie.

—Ya es mayor —le contestó Swift—. El único niño que vive ahora en esta casa soy yo.

Ollie lo miró con fijeza. Calibrándolo con la mirada.

—Aquí puedes relajarte, amiguito —le dijo Swift—. El único sitio donde debes tener un poco de cuidado es la piscina. Ava tiene una norma: si voy a meterme en el agua, tiene que haber un adulto cerca. Y lo mismo puede decirse de ti.

—Pero él no es un niño —me dijo Ollie en voz baja.

—Me has pillado, colega —le dijo Swift—. Pero hago travesuras de vez en cuando, igual que los niños. La única diferencia es que a mí nadie me manda a mi habitación.

Salimos al jardín. Se quedaron un momento junto a la piscina, mirando los dos el agua. Swift estaba muy bronceado (no le gustaba usar protector solar). Ollie, en cambio, tenía las piernas del color de la leche por debajo de los pantalones cortos.

—No sé nadar —dijo Ollie en voz baja y ronca.

Cuando mi hijo aún vivía conmigo, lo había llevado a dos clases de natación distintas, pero siempre le había dado miedo el agua.

—No me digas —repuso Swift—. Pues puede que sea hora de que hagamos algo al respecto.

Agarró a mi hijo y se lo echó al hombro. Sin dejar de sujetarlo, saltó al agua. Pensé que Ollie iba a llorar, pero salió del agua riéndose.

Al final, pasaron casi toda la tarde en el agua, juntos. A las cuatro, Ollie ya se tiraba desde el borde hacia atrás y hacía el muerto de un extremo a otro de la piscina.

—Estabas de broma, ¿verdad? —le dijo Swift—. Cuando me dijiste que no sabías nadar. Se te da de maravilla. Vas a ser un campeón.

—¡No sabía que podía nadar! —exclamó Ollie—. Nunca había venido a tu casa.

—Pues ya sabes lo que tienes que hacer —respondió Swift—. Tienes que venir a vernos más a menudo.

Mi hijo se puso serio, como si Swift acabara de ofrecerle un empleo y, tras pensárselo mucho, fuera a aceptarlo.

—¿Crees que tu hijo se enfadará si juego un poco más con su máquina de *pinball*? —preguntó.

Swift le había enseñado una fotografía de Cooper haciendo ala delta en el desierto de Arizona, y otra en un partido de los Giants, en la tribuna de honor.

—Creo que le gustaría que la usaras —dijo Swift—. A lo mejor un día de estos, cuando vengas, está aquí y podéis conoceros.

Ollie estuvo un rato jugando con la máquina y lanzándole el *frisbee* a Rocco en el jardín. Después, Ava preparó unos batidos y dejó que Ollie echara a la batidora todo lo que quisiera. Un poco antes de cenar montamos todos en el Range Rover de Swift y fuimos al parque a dar un paseo a los perros. Rocco no se separó de Ollie ni un momento.

Fuimos a cenar hamburguesas. Swift pidió un helado con nata montada para Ollie. Mientras iba sentado conmigo en el asiento de atrás, con Rocco apoyado sobre el regazo, Ollie se inclinó hacia mí.

—Ojalá no tuviéramos que volver nunca a casa —susurró.

Se quedó dormido en el coche. Ava y Swift aprovecharon la oportunidad para preguntarme qué tal me iba con Elliot, y aunque Ollie estaba dormido procuramos no entrar en demasiados detalles.

—Entonces, ¿te gusta de verdad ese tipo? —preguntó Swift.

Le dije que sí.

—No es una gran pasión —contesté—. Pero con él siempre me siento a gusto.

—A gusto —repitió Ava en tono escéptico.

—¿Y qué opina de nuestro amiguito? —preguntó Swift—. Porque ese hombrecito se merece tener un papá estupendo. El mejor de todos.

—No te precipites, querido —le dijo Ava—. Solo está saliendo con ese tal Elliot. No es que vayan a casarse.

—Es una buena pregunta —repuso Swift—. Helen tiene que ir pensando en esas cosas.

—Bueno, seguramente Elliot no tiene tan buena mano con los niños como tú —respondí—. Pero casi nadie la tiene.

—Pero en la cama bien, ¿no?

—Calla —le dijo Ava, señalando a Ollie—. Está aquí *su hijo*.

Eran más de las diez de la noche cuando Ollie y yo llegamos a mi apartamento. Aunque era ya demasiado grande para subirlo en brazos por la escalera, me las arreglé para hacerlo. Era tan delicioso volver a hacer aquello, y luego tumbarlo sobre el colchón inflable que había puesto para él y desatarle los cordones de los zapatos… Lo último que dijo, medio dormido, fue que si al día siguiente podíamos ir otra vez a casa de nuestros amigos. Llamaba a Swift «el Hombre Mono».

A la mañana siguiente preguntó otra vez si podíamos ir a casa del Hombre Mono, pero yo había prometido estar de vuelta en casa de su padre a mediodía. Nos sentamos fuera, en la terracita de mi cuarto de estar, que daba al aparcamiento, y le corté el pelo. Podría haberme quedado allí para siempre, con mi hijo sentado en la silla con una toalla alrededor del cuello y yo con las tijeras, recortando su pelo fino y rubio. No quería que aquello se acabara, y aunque tal vez me equivocara, tenía la impresión de que él también era feliz. Sus hombros, tan tensos veinticuatro horas antes, ya no parecían encorvados, como casi siempre. Canturreaba *Yellow submarine*, una de las canciones que había oído la víspera en la máquina de discos de Folger Lane.

En el coche, de vuelta a Walnut Creek, se puso a hablar de lo que quería hacer la próxima vez que fuéramos a casa del Hombre Mono. Jugar otra vez con los perros. Probar la mesa de *air hockey*. Y nadar otra vez con el Hombre Mono.

—¿Es una especie de superhéroe o algo así? —me preguntó.

—Podría decirse así.

El lunes por la noche, después de que llevara a Ollie a casa de su padre en Walnut Creek, Elliot me invitó a cenar.

—Espero no parecerte muy desesperado —dijo—. Solo llevamos tres días sin vernos, pero te he echado tanto de menos... Ni siquiera me acuerdo de cómo era mi vida antes de conocerte.

Podría haberme alegrado de que sintiera así, pero sentí, en cambio, una leve irritación. Como si no tuviera nada más interesante que ofrecer.

—Respeto totalmente tu decisión de no presentarme todavía a Ollie —añadió—. Pero estoy deseando que llegue el día en que te sientas lo bastante segura sobre nuestra relación para poder presentármelo.

No supe qué decirle. La verdad era que mi reticencia a presentarle a Ollie solo se debía en parte a la relativa novedad de nuestra relación. Pesaba más el miedo a que, si se conocían, Elliot no supiera qué decirle a mi hijo y Ollie pensara que era un idiota. Sabía que Elliot no se comportaría con él como Swift. Y sabía que Ollie desearía que fuera como el Hombre Mono.

Pero no era únicamente mi miedo a que a Ollie no le cayera bien Elliot lo que me había impedido invitarlo a casa de los Havilland. También me preocupaba lo que pensarían de él Ava y Swift.

Me preocupaba que me avergonzara delante de mis amigos. O, peor aún, que se pusiera en ridículo.

—Estoy segura de que os conoceréis pronto —le dije—. Solo quiero encontrar el momento adecuado.

Pero era difícil saber cuándo llegaría ese momento.

36

Normalmente, Swift estaba en la caseta de la piscina, hablando por teléfono, cuando llegaba a Folger Lane para ver a Ava o trabajar (en secreto, claro está) en el libro de cumpleaños. Si estaba por allí, bromeaba conmigo unos minutos y luego desaparecía. Pero la siguiente vez que lo vi, un par de días después de la visita de Ollie, quiso que habláramos de mi hijo.

—Tienes un crío estupendo —me dijo.

—Le encantó jugar contigo.

—Es una auténtica putada que su padre te lo quitara. —Swift estaba comiendo una pata de pavo mientras hablaba. Comía como un cavernícola. Sin tenedor—. Él no querrá reconocerlo, pero un niño de esa edad necesita a su madre. Yo siempre lo tuve claro cuando Cooper era pequeño, aunque mi exmujer me sacara de quicio.

—El padre de mi hijo no se parece nada a ti, te lo aseguro —le dije.

—Pues tú eres una madre estupenda —afirmó—. Ollie debería poder pasar mucho más tiempo contigo.

A mí me había parecido que con quien de verdad quería pasar tiempo mi hijo era con él. Pero aun así era una buena noticia: mientras Ollie quisiera ir a casa de Swift y Ava, también querría estar conmigo. Y mientras los Havilland estuvieran allí, yo tendría una familia que ofrecerle.

—Bueno, entonces ¿cuándo vas a volver a traer al chico? —preguntó Swift—. Ya lo echo de menos.

—Estaba pensando en intentar pasar más tiempo con él en las vacaciones de verano —le dije—. Pero no creo que su padre vaya a permitirlo y, si no accede voluntariamente, ahora mismo no puedo recurrir al juzgado para obligarlo. El abogado de oficio con el que hablé el año pasado todavía no ha movido un dedo.

Eso por no hablar de que iba a tener muy poco tiempo libre ese verano. Aparte del trabajo que estaba haciendo para los Havilland, había aceptado un trabajo extra en la península, haciendo fotos para catálogos, de modo que apenas tendría tiempo para estar con Ollie. Y menos aún con Elliot.

—Mira —dijo Ava—, Oliver es feliz aquí. Y Estela siempre está en casa. Si consigues que tu exmarido acepte que pase un par de semanas contigo este verano, Swift y yo estaremos encantados de tenerlo en casa cuando estés trabajando.

No pude decir nada. Su generosidad me había dejado muda. Me permití fantasear con la idea de ponerle el colchón inflable en casa, de que los legos volvieran a ocupar la mesa del cuarto de estar, de que comiéramos palomitas en el sofá…

—Yo le enseñaré a nadar —afirmó Swift—. A principios de septiembre, ese chico dominará el estilo mariposa.

—Hablaré con su padre —dije.

37

Llamé a Dwight para preguntarle si Ollie podía pasar conmigo un par de semanas ese verano. Con mucha menos resistencia de la que esperaba, aceptó que pasara quince días conmigo: el periodo más largo que yo había pasado con mi hijo desde que perdí la custodia.

—Si oigo una sola palabra de que bebes, esto no se repetirá —me advirtió.

Quise replicarle, pero no lo hice. Lo único que me importaba era que iba a poder pasar dos semanas con Ollie. Hacía tanto tiempo que lo esperaba…

La noche siguiente, cuando hablamos por teléfono, Ollie me contó sus planes para nuestras vacaciones. Iba a enseñarle un truco a Rocco, dijo. Y quería seguir aprendiendo a nadar. El día en que se metió en la piscina con el Hombre Mono, habían decidido que harían una carrera el fin de semana del Día del Trabajo. Tenía que practicar.

—A lo mejor, si estoy de buen humor, te dejo ventaja, amiguito —le había dicho Swift—. Pero no creo que la necesites. Eres mucho más joven que yo. ¿Sabes cuántos años tengo?

—¿Veinticinco? —había preguntado Ollie. No sabía calcular la edad de los adultos, pero era cierto que Swift se comportaba como un chico de veinticinco años.

No era solo Ollie quien parecía entusiasmado con aquellas vacaciones. También lo estaba Swift. Compró entradas para un partido de los Giants y preguntó en una pista que había visto cerca de la I-280 cuál era la edad mínima para conducir un kart de fórmula 4, con idea llevar algún día a Ollie. Y no solo eso: pensaba renovar la vieja jaula de bateo de Cooper, que llevaba cerca de diez años abandonada en el jardín. Sabía que yo seguramente no querría que Ollie montara en su moto, pero ¿y si se compraba un sidecar?, preguntó.

—Quiero llevar al niño a Tahoe —nos dijo a Ava y a mí—. Y salir con él en la lancha. En la Donzi.

Yo le había oído hablar otras veces de su lancha. Había sido un regalo de graduación para Cooper. En varias de las fotografías que adornaban las paredes de la casa aparecían ellos dos montados en la lancha motora, seguida por una larga estela de espuma. Riendo, como siempre.

—No estamos hablando de una vieja Boston Whaler —prosiguió Swift—. Es una auténtica lancha motora Donzi de 1969. Colin Farrell conducía una Donzi en la película *Corrupción en Miami*. ¿Crees que a nuestro Oliver le gustaría dar una vuelta en ella?

—No te olvides de lo fundamental, cariño —le dijo Ava mientras Swift enumeraba las muchas cosas que quería hacer con mi hijo ese verano—. Se trata de que Helen y Ollie pasen más tiempo juntos, no de que tú tengas la oportunidad de compartir tus juguetes con otro niño.

—Lo sé, lo sé —contestó él—. Solo hablo de todas las cosas que haré cuando Cooper y Virginia empiecen a tener hijos. Esto me va a servir para practicar.

Oyéndole hablar así, sentí una oleada de gratitud y afecto. Como si no fuera suficiente con que me hubieran adoptado a mí, ahora también iban a incluir a mi hijo en ese cálido abrazo. Tal vez fuera cierto que estaba utilizándolos para conseguir que Ollie pasara más tiempo conmigo, pero ¿acaso era tan terrible? Por alguna parte teníamos que empezar.

—No sé si me siento lo bastante mayor para ser abuelo —comentó Swift—. Podéis llamarme «tío». Un tío rico. —Soltó una estruendosa carcajada—. Lo vamos a pasar en grande.

—Recuerda, querido —dijo Ava—, que se supone que es Helen quien tiene que pasar las vacaciones con Ollie. Quién sabe, puede que también a mí me apetezca verte algún que otro rato este verano.

—¿Y qué parte de mí quieres ver? —repuso él.

38

Había una persona cuyo nombre nunca salía a relucir en nuestras conversaciones acerca de las vacaciones de verano: Elliot, cuya existencia mi hijo desconocía y al que mis amigos censuraban de manera tácita pero inconfundible. Ya que Ollie iba a vivir en mi apartamento (al menos esos quince días), tendría que prescindir de mi costumbre de pasar dos o tres noches por semana en Los Gatos con Elliot. Pasar ese tiempo con Ollie era la oportunidad que tanto anhelaba de restaurar nuestra relación, y no pensaba permitir que nada lo estropeara.

Cuando le dije a Elliot que no podía quedarme a dormir en su casa cuando tuviera a Ollie, se tomó la noticia con generosidad, como siempre. Se alegraba de que pudiera ver más a mi hijo. Si las cosas iban bien durante el verano, ¿quién sabía qué más podía pasar? En cuanto a lo demás, iríamos poco a poco. Estaba seguro de que, cuando conociera a Ollie, todo iría bien.

—Sé que soy un patoso —dijo—. Pero creo que cuando nos conozcamos bien se dará cuenta de que mis intenciones son buenas. Y de que me importa.

Yo ya tenía el colchón inflable, pero al acercarse el momento de la visita compré un biombo plegable para que mi hijo tuviera un poco de intimidad y me aprovisioné de sus cereales y sus helados favoritos. En lugar de obligarlo a trasladar otra vez sus cosas, lo que podía resultar muy incómodo, compré una caja grande de legos y la puse en la mesa del cuarto de estar, junto con un estuche nuevo de rotuladores acuarelables y (dado que ese verano íbamos a pasar mucho tiempo en la piscina de los Havilland) un par de bañadores nuevos. Por las noches, mientras contaba los días que faltaban para ir a recoger a Ollie, fantaseaba imaginándonos juntos otra vez, al fin. No volvería a permitir que ocurriera nada malo. Nada —ni siquiera aquel hombre encantador al que había llegado a querer— me impediría disfrutar de aquel tiempo con mi hijo.

Recogí a Ollie a finales de junio, dos días después de acabar el colegio. Cuando llegué estaba esperándome en el jardín y, por primera vez desde que vivía en Walnut Creek, sonreía. Oí gritar a mi exmarido dentro de la casa. Por lo visto, tenía algún problema con Jared.

—Acaba de volcar una caja de cereales —me explicó Ollie—. Ya sabes cómo se pone papá.

Unos segundos después Dwight salió de la casa. Mientras Ollie montaba en el coche y empezaba a abrocharse el cinturón de seguridad, mi exmarido se inclinó y me dijo en voz baja al oído:

—Recuerda lo que te dije sobre beber. Un solo desliz y se acabó.

Se incorporó y fijó su atención en Ollie, sentado en el asiento de atrás.

—No olvides, hijo, que si tienes algún problema puedes llamarnos a Cheri o a mí. Aunque sea en plena noche.

Se apartó del coche y saludó con la mano, con una tensa sonrisa en la cara. Vi a Cheri de pie en la puerta, con Jared apoyado sobre la cadera. No distinguí ni un solo destello de emoción en ella.

Ollie quiso que fuéramos a casa del Hombre Mono en cuanto llegamos a mi apartamento. Después, fue igual todos los días. Ava le caía bien, y le encantaban los perros, pero estaba loco por Swift. Lo primero que decía cuando se despertaba por la mañana era «¿Cuándo vamos a ver al Hombre Mono?».

Yo seguía teniendo que trabajar, aunque ayudar a Ava con el proyecto del libro no me parecía un trabajo, y lo mejor de todo era que podía hacerlo teniendo cerca a mi hijo. A veces Swift se metía en la piscina con él, pero, si no, Ollie lo seguía por la casa y observaba sus clases de *chi kung* o se unía a ellas. Si se aburría, salía al jardín con los perros.

A veces me preocupaba que mi hijo les resultara pesado o se convirtiera en un estorbo, pero Swift me aseguraba que le encantaba tener a Ollie en casa.

—Este chaval es mi mejor entretenimiento —dijo una vez mientras se dirigían los dos a la piscina—. Después de Ava, claro.

Ava había adoptado la costumbre de llamarlos «los chicos», y lo cierto era que parecían inseparables. A veces salían a hacer recados en el Range Rover de Swift. O jugaban al *air hockey*. Swift le estaba enseñando a jugar a las cartas y decía que tenía aptitudes para jugar de farol.

—¿Sabes cuál es el mejor modo de conseguir que la gente te crea cuando estás mintiendo? —preguntó—. Rodear la parte falsa de lo que cuentas con un montón de verdades. Así se lo creen todo.

Le enseñó a leer el NASDAQ y, para hacerlo más interesante, le compró tres acciones de Berkshire Hathaway para que se mantuviera al tanto de lo que ocurría en la bolsa. Lo mismo había hecho con Cooper años atrás. A veces Ollie llevaba sus legos a la caseta de la piscina donde Swift estaba trabajando y pasaba allí una o dos horas, sentado en el suelo haciendo sus construcciones, mientras en el salón de atrás Ava y yo mirábamos fotografías para el libro (que ya iba muy avanzado) o charlábamos.

Pero lo mejor de todo era la piscina. Después de tantos años teniéndole miedo al agua, Ollie no se cansaba de nadar, siempre y cuando el Hombre Mono estuviera con él. Al cabo de una semana su piel se había vuelto tostada y vi que empezaban a notársele los músculos de los hombros, antes tan delgados.

Yo también quería pasar todo el tiempo posible con mi hijo, claro. No solo durante el día, en casa de los Havilland, sino en nuestro apartamento, por las noches. Y allí también lo pasábamos bien, aunque el trabajo que hacía para Ava parecía ocupar cada vez más mi tiempo. A veces eran las siete o las ocho de la tarde cuando llegábamos a casa, con el tiempo justo para que Ollie se diera un baño y leyéramos un rato.

El proyecto de catalogación de la colección de arte de los Havilland había quedado arrumbado de momento, para que Ava y yo pudiéramos concentrarnos de lleno en el libro secreto, *El hombre y sus perros*. Mi cometido, por otra parte, parecía haberse ampliado. Ava me encontraba cada vez más tareas que hacer, pequeños trabajos que antes le habría encargado a Estela. Me pedía que desenredara los collares que guardaba en un cajón, o que ordenara los frascos de perfume de su tocador.

—Puede que le apetezca hacerlo a Estela —le dije una vez—. O a Carmen, si Estela está muy ocupada.

—Antes le pedía a Carmen que hiciera ese tipo de cosas —me dijo Ava—. Pero, si te soy sincera, ya no me fío de esa chica. Una vez, al volver a casa, la vi salir del cuarto de la lavadora con cara de mala conciencia. Pero lo que acabó de abrirme los ojos fue lo de Cooper.

Le pregunté a qué se refería.

—Cooper ganó un anillo por jugar al rugby cuando estaba en el instituto. El premio al mejor jugador. Un día, cuando hacía más o menos un año de eso, Carmen dejó su bolso abierto sobre la mesa y vi el anillo. Debía de habérselo llevado.

—¿Qué hiciste? —pregunté.

—Meter la mano en el bolso y sacarlo, claro. Nunca se lo dijimos a Cooper. Le habría roto el corazón. Siempre le ha tenido mucho cariño a Carmen.

Ava decía que, gracias a que le hacía aquellos pequeños favores, disponía de más tiempo. Pero casi siempre acababa sentada conmigo en la habitación donde estuviera trabajando, editando fotografías, clasificando o poniendo orden. Yo oía a mi hijo y a Swift en el jardín, chapoteando en la piscina o lanzando pelotas en la jaula de bateo. Ollie estaba tan entusiasmado con el Hombre Mono que empezó a preocuparme que no estuviéramos pasando tanto tiempo juntos como yo esperaba.

—Estaba pensando que a lo mejor Ollie y yo nos vamos temprano hoy —dije una tarde, cuando Ollie llevaba conmigo cerca de una semana—. Puede que saquemos nuestras bicis.

—Es que tengo tantas ganas de tener listo el libro para el cumpleaños de Swift… —repuso Ava—. Y, además, no tienes que preocuparte por Ollie. Swift y él se lo están pasando en grande. Swift siempre ha sido una especie de Flautista de Hamelin con los niños. Es como si los hipnotizara. Lo siguen a todas partes.

Justo en ese momento oí la voz de mi hijo, llamándome desde la caseta de la piscina.

—¡Oye, mamá! El Hombre Mono nos ha invitado a cenar. Podemos quedarnos, ¿verdad?

39

A pesar de lo bien que me iban las cosas con Elliot antes de que empezara el verano, apenas pensaba en él desde que tenía a Ollie conmigo. Me sentía tan feliz de estar otra vez con mi hijo... Y teníamos todos los días ocupados con los Havilland. Las cosas iban tan bien que Ollie le había preguntado a Dwight si podía quedarse una semana más, pero su padre le contestó que no. Aun así, era una buena señal que mi hijo quisiera seguir conmigo, aunque yo sabía que en gran medida se debía a Swift.

Durante aquellos días, Ava me preguntó una sola vez por Elliot. Estábamos en su despacho, revisando fotografías para el libro conmemorativo.

—¿Sigues viéndote con ese chico? —preguntó—. ¿Cómo se llamaba? ¿Evan? ¿Irving? El contable.

—No hemos tenido ocasión de vernos desde que tengo a Ollie —le dije—. Pero sí.

—Cuando conocí a Swift, no podíamos estar separados ni cinco minutos —comentó ella—. Estaba pensando que quizá lo que te pasa es que el sexo con él no es gran cosa.

Yo no quería hablar de aquello, pero era muy difícil decirle que no a Ava. Elliot era un amante muy tierno, le dije. No salvaje, ni agresivo, y le faltaba un poco de imaginación, quizá, pero se tomaba las cosas con calma y era mucho más dulce que cualquier hombre que hubiera conocido. Cuando yo salía de la bañera (estaba pensando en los tiempos anteriores a la llegada de Ollie), me daba crema en los codos y en las rodillas, de una marca que había usado toda la vida, decía. La crema que usaban los granjeros.

—Ummm, qué maravilla —comentó Ava en tono escéptico.

Era cierto, le dije, que Elliot no era romántico en el sentido que la gente suele atribuirle a ese término. Pero una vez que tuve tres días libres seguidos, fuimos en coche hasta el condado de Humboldt y acampamos en un lugar muy escondido, junto a un manantial de aguas termales. Elliot llevó su telescopio y estuvimos mirando las constelaciones. En el trayecto de vuelta pensé que, aunque no fuera uno de esos hombres que te impresionan nada más conocerlos, cada vez que lo veía me gustaba un poco más. Pero –le dije a Ava– no veía cómo podía encajar Elliot en mi vida con Ollie. Y quería a mi hijo más que a nada en el mundo.

Nunca dije que estuviera enamorada de Elliot, ni que sintiera esa ansia arrolladora de estar con él que, según decía, Ava había experimentado con Swift (y experimentaba aún, al parecer). De hecho, casi nada de lo que contaba Ava sobre su relación con Swift se parecía a lo que podría haber contado yo de mi relación con Elliot. Con él me sentía cómoda y a gusto. Estaba contenta cuando estábamos juntos, pero no lo echaba de menos. Siempre era amable conmigo. Confiaba en él por completo, más de lo que confiaba en mí misma, posiblemente.

—Está bien que sea tan tierno, supongo —comentó Ava con una cierta vacilación. Era evidente, sin que hiciera falta que dijera nada más, que ella esperaba mucho más de una relación de pareja.

Swift aludía a menudo a la pasión explosiva que sentían el uno por el otro, pero ella nunca entraba en detalles. No intentaban ocultar los libros sobre sexo tántrico que tenían por la casa, ni la edición limitada de los grabados de Hiroshige que adornaban la primera planta. Pero lo que de verdad ocurría entre ellos y hasta qué punto estaba limitada Ava por su lesión medular… Eran temas que nunca tocábamos.

Una noche, en mi apartamento, me conecté a Internet y busqué «sexo en parapléjicos» y aparecieron toda clase de páginas webs con información acerca de catéteres y posiciones para hacer el amor en una silla de ruedas. El solo hecho de hacer aquella búsqueda hizo que me sintiera culpable, como si hubiera abierto la puerta de una habitación que debía permanecer cerrada. Cada vez que Ava me hablaba de su relación íntima con Swift, lo hacía de manera vaga, afirmando que lo que ocurría entre ellos superaba con creces lo que la mayoría de las parejas eran capaces de imaginar.

—Swift y yo no tenemos secretos el uno para el otro —decía—. Es como si formáramos parte del mismo cuerpo. Quizá por eso no me parece una tragedia estar en esta silla. Él puede andar, y eso hace que me sienta completa.

Hablando de Elliot, le dije:

—Somos muy distintos, pero es agradable tener a mi lado a un hombre tan estable. Nunca había tenido una pareja en la que confiara tanto.

Como siempre cuando le hablaba de Elliot, la respuesta de Ava me pareció una sentencia apenas disfrazada de halago.

—Sin duda es un chico estupendo —dijo—. Pero asegúrate de que lo que tienes con él no es una relación de hermanos o de amigos. Yo prefiero los amores apasionados. Pero hablo solo por mí, claro.

En aquel momento, la idea de vivir un amor apasionado me parecía inconcebible, de todos modos. Ava no tenía hijos. Quizás eso fuera lo que nos diferenciaba. Yo había recuperado a mi hijo hasta cierto punto. No había sitio en mi vida para mucho más.

40

Ollie y yo establecimos por fin una especie de rutina durante aquellas dos semanas. Era la primera vez desde que mi hijo tenía cinco años que vivíamos conforme a un ritmo propio. Como mi apartamento solo tenía una habitación, había instalado a Ollie en el cuarto de estar, en el colchón inflable, pero casi todas las mañanas se metía en mi cama antes de que amaneciera, llevando consigo un montón de libros de la biblioteca. Entonces amontonábamos las almohadas y nos poníamos a leer hasta que salía el sol. Luego yo hacía tortitas o tostadas francesas, y jugábamos una mano de un juego de cartas llamado «anaconda» que le había enseñado Swift. Solía ganar él. Después nos vestíamos y yo lo llevaba a casa de Swift y Ava, donde Ollie pasaba casi toda la mañana jugando con los perros y nadando en la piscina con Swift mientras yo trabajaba unas pocas horas.

—Tengo una idea —dijo un día Swift.

Estábamos fuera, junto a la piscina. Yo había hecho un breve descanso para tomar un aperitivo. Ollie, que había estado jugando a marco polo con Swift, estaba echado en una tumbona, escuchando el iPod de Swift. Ava leía una revista. Estela acababa de sacar los *bloody marys* y una versión sin alcohol del cóctel para mí.

—Hace muchísimo tiempo que no damos una fiesta. Vamos a invitar a tu novio a cenar.

—No sé —contesté.

De hecho, echaba de menos a Elliot, pero Folger Lane no me parecía el mejor sitio para reencontrarme con él después de casi diez días sin vernos. Y, además, Ollie estaría allí.

—Ya va siendo hora de que lo conozcamos —insistió Swift.

Ava no sabía cómo se llamaba, claro, siempre se refería a él como «el contable». Evidentemente, Swift tampoco se había quedado con su nombre.

—¿Por qué no lo llamas, a ver si está libre para cenar?

—¿Cuándo? —pregunté yo.

—Ahora.

—No creo que sea buena idea —dije—. Elliot no conoce a Ollie. Es mejor ir paso a paso. Que Ollie pase primero un tiempo solo con Elliot y conmigo. Luego podemos juntarnos todos.

—Piensas demasiado las cosas —comentó Ava con una aspereza que yo le oía muy rara vez. Normalmente, solo cuando hablaba con Estela si volvía a casa trayendo una marca de comida para perros equivocada, o si no había pasado la aspiradora por un sitio en concreto. O, como había sucedido hacía poco, cuando me había contado lo del anillo que había robado Carmen—. Será divertido —dijo—. Podemos ir todos al club náutico y cenar en el barco.

Elliot estaba libre esa noche, lo que no me sorprendió. Pero, aunque se alegró de tener noticias mías, expresó las mismas dudas que yo había tenido poco antes. Ahora, sin embargo, al oírle preguntarse en voz alta si sería el momento adecuado para conocer por fin a Ollie, yo también desdeñé su preocupación con cierta aspereza:

—Le das demasiadas vueltas a todo —dije—. Y te preocupas demasiado.

—Me preocupo por las cosas que me importan —contestó.

—¿Qué tal si nos divertimos por una vez sin analizarlo todo?

Elliot se quedó callado.

—Creía que nos divertíamos bastante —repuso—. Es solo que me tomo en serio este asunto, nada más. Conocer a Ollie significa mucho para mí.

—No va a pasar nada —dije en el mismo tono que Ava—. Swift tiene una barbacoa en la cubierta de su barco. Podemos cenar hamburguesas, y Ava preparará galletas con chocolate y malvavisco. Seguro que Swift deja que Ollie pilote el barco.

Quedamos en que Elliot iría a Folger Lane esa tarde. Tomaríamos una copa, los que quisieran se darían un baño y luego nos iríamos al club náutico a cenar en el velero de los Havilland.

—¿En la Donzi? —preguntó Ollie. Había oído hablar mucho al Hombre Mono de su lancha motora.

Swift meneó la cabeza.

—Esa está en Tahoe, amiguito —contestó—. Pero no te preocupes. Pronto saldremos en ella. Y, cuando lo hagamos, ya verás lo que es bueno, chaval. —Hizo un movimiento como el de un vaquero echando el lazo.

Estábamos junto a la piscina cuando apareció Elliot. Swift estaba en bañador y Ava llevaba uno de sus vestidos largos. Ollie estaba en el agua: ya nadaba tan bien que no necesitaba un adulto a su lado, aunque lo vigilábamos de cerca.

Me fijé primero en la ropa de Elliot. Camisa, pantalones chinos anchos y mocasines. Debía de haberse cortado el pelo desde la última vez que nos habíamos visto: una franja de cuello quedaba a la vista, rosada y vulnerable, y alrededor de sus orejas la piel se veía desnuda. No quería que aquello me molestara, pero me molestó.

Me levanté para saludarlo y le puse la mano en el hombro pero no lo besé, aunque en otras circunstancias habría querido hacerlo.

—Quiero que conozcas a mis amigos —dije. Pensé que lo mejor sería hacer las presentaciones poco a poco. Primero Swift y Ava, y luego Ollie, cuando saliera del agua.

—He oído hablar mucho de vosotros —comentó Elliot al tender la mano por encima de la mesa, sobre la que había una botella de vino casi vacía.

Swift ya había abierto otra. Elliot también había traído vino para contribuir a la comida, pero yo sabía que seguramente no estaría a la altura del de Swift.

—Nosotros también lo sabemos todo de ti —respondió Ava—. Bueno, puede que no todo. Pero esto podría equipararse a conocer a los padres.

—Es estupendo que Helen tenga amigos como vosotros, que velan por ella —comentó Elliot.

—Es la clase de persona de la que alguien podría aprovecharse —repuso Swift mirándolo a los ojos—. Hay un montón de tiburones en el agua.

—Yo no soy uno de ellos —dijo Elliot sin apartar la mirada.

—Claro que no —añadió Ava, y levantó la mano para darle unas palmaditas en el brazo—. Un ratón daría más miedo que Elliot.

Se rieron. Yo no.

Swift le lanzó una toalla a Elliot: gruesa y mullida, muy grande, con una franja azul en la parte de abajo a juego con el logotipo de una de las empresas que había fundado Swift. Ava me había contado una vez que, en los tiempos en que Swift aún trabajaba en Silicon Valley, las regalaban por Navidad junto con albornoces a juego con las iniciales de cada empleado bordadas.

Swift le pasó a Elliot un cigarro de su caja de puros. Elliot puso una expresión ligeramente angustiada.

—Espero que hayas traído ropa para cambiarte, chaval —le dijo Swift—. Luego vamos a salir en el barco.

—Si no, podemos dejarte algo de Swift —ofreció Ava.

Elliot era casi diez centímetros más alto que Swift y sus complexiones eran totalmente distintas, pero Elliot no hizo ningún comentario.

—Es norma por aquí —añadió Swift—. Cuando alguien no se mete en el agua por propia voluntad, lo tiramos. —Soltó su risa de hiena.

Miré a Elliot, que no sonreía.

Ollie estaba en el trampolín, tirándose a bomba. Gritó a Swift para que lo mirara.

—Mi marido ha convertido a ese niño en un pez —le dijo Ava a Elliot.

—Lo próximo será la lucha libre —dijo Swift.

Más tarde, cuando Ollie salió del agua (aquel momento siempre me encogía el corazón: ver a mi niñito, flaco y tiritando, chorreando agua junto a la piscina, con los dientes castañeteándole pero feliz), lo envolví en una de las tollas con rayas azules y lo llevé a la mesa, donde se habían reunido los adultos.

—Hay una persona a la que quiero que conozcas —le dije—. Este es Elliot.

Noté que mi hijo lo miraba con atención: la camisa, los pantalones anchos, los tobillos blancos y las manos pálidas. Elliot no se había metido en el agua.

—Es tu novio, ¿verdad? —preguntó Ollie.

Swift soltó una de sus carcajadas.

—A este chico no se le escapa una —dijo.

—Tu madre y yo somos buenos amigos —contestó Elliot—. Pero no voy a mentirte. A veces tengo suerte si consigo que salga conmigo. Confiaba en que algún día pudiéramos ir los tres juntos a algún sitio divertido.

—Yo no quiero ir a ningún sitio —dijo Ollie—. Me gusta estar aquí. —Se volvió hacia Swift—. ¿Quieres que juguemos al futbolín?

—Te voy a machacar —respondió Swift—. A machacarte y luego a pulverizarte. —Levantó a Ollie por encima de su cabeza y lo llevó en brazos, mientras él chillaba y pataleaba, hasta la caseta de la piscina, donde estaban los juegos.

Ava y yo nos quedamos a solas con Elliot. Ella empezó a servirle una copa de vino, pero Elliot la detuvo.

—No suelo beber —dijo.

Ava dejó la botella.

—Ay, señor —dijo, y se rio un poco, como si aquello fuera una cosa sorprendente—. Ni nadar, ni beber… *¿Alguna vez* te diviertes?

—Pues sí —contestó él.

—Espero que por lo menos te gusten los perros —añadió ella.

—Me encantan —contestó Elliot—. Tendría uno si no fuera alérgico.

Observé el semblante de Ava.

—¿Verdad que es curioso —dijo— que nadie diga nunca que es alérgico a la gente?

41

Más o menos una hora después subimos los cinco al Range Rover con una nevera llena de filetes en la parte de atrás (además de ostras, vino, unas cuantas ensaladas para llevar y carne y pan de hamburguesas para Ollie) y nos dirigimos al puerto deportivo donde Swift tenía atracado su velero.

—En realidad, yo soy más de lancha motora que de velero —comentó Swift—. Pero la lancha la tengo en Tahoe. Eso sí que es potencia.

—¿Podemos montar pronto en la lancha? —preguntó Ollie.

—¿Mean los perros en las bocas de riego? —repuso Swift.

Él y Ava iban sentados delante, con Ollie entre ellos para que pudiera jugar con el iPod de Swift. Elliot y yo íbamos sentados detrás. Desde que Swift lo había introducido en la música de Bob Marley, el *reggae* había sustituido a los discos que hasta entonces habían sido sus favoritos: la música de finales de los ochenta y los noventa que más le gustaba a su padre.

—*I shot the sheriff* —cantaba en voz alta, desafinando—, *but I didn't shoot no deputy*.

Elliot comentó desde el asiento de atrás que él había visto actuar a Bob Marley en directo en los años setenta. Noté cuánto se esforzaba por encontrar un tema de conversación que pudiera interesar a Ollie.

—Yo una vez estuve en Jamaica con un amigo —dijo Swift—. Nos invitaron a una fiesta en casa de Bob. Qué locura de sitio.

—¿*Conociste* a Bob Marley? —preguntó Ollie.

—Jugamos juntos al fútbol federación. O al fútbol a secas, como lo llamaba Bob.

Elliot no dijo nada al respecto, pero yo sabía que a veces se mareaba en el mar. El sol no me preocupaba en exceso porque eran más de las cuatro de la tarde cuando zarpamos hacia aguas de la bahía en el *Bad Boy*, el barco de Swift, pero aun así Elliot se embadurnó de protector solar. Por suerte no había llevado el sombrero que se ponía a veces cuando íbamos a caminar por el monte y que estaba diseñado para proteger no solo la cara, sino también el cuello y tenía un cordón que pasaba por debajo de la barbilla. A mí siempre me recordaba a esos sombreros que llevaban las niñas de *La casa de la pradera*. Aquel día, Elliot llevaba su gorra de los Oakland A's.

—Yo soy de los Giants —comentó Swift.

—Yo también —dijo Ollie, aunque era la primera vez que yo le oía decir aquello.

Hacía un día precioso en la bahía, pero el mar estaba algo revuelto.

—No quisiera ser un aguafiestas —dijo Elliot—, pero ¿no habría que ponerle un chaleco salvavidas a Ollie?

—Nado muy bien —contestó Ollie—. Me lo ha dicho el Hombre Mono.

—Hasta los grandes nadadores se ponen chalecos salvavidas en mar abierto —explicó Elliot—. De hecho, yo estaba a punto de ponerme uno. —Agarró un chaleco que estaba sujeto a la pared de la cubierta del barco—. Más vale prevenir que curar, ¿verdad?

Ollie miró a Swift. Yo reconocí la sonrisa de Swift: la había visto cientos de veces en las fotografías que había clasificado para *El hombre y sus perros*: una sonrisa ancha y dientuda que daba a entender que Ollie y él formaban parte el mismo bando y que ambos se daban cuenta de que lo que proponía Elliot era absurdo.

—Está bien que haya gente como tú en el mundo, hombre —le dijo Swift a Elliot—, para que impida que a gente como yo se le vaya la mano con sus locuras. Necesitamos que haya personas que cumplan las normas para equilibrar la balanza. Quizás alguien podría alegar que ponerse un chaleco salvavidas es una mariconada. Pero ¿qué daño puede hacernos?

—Solo quiero asegurarme de que Oliver no corre peligro —respondió Elliot.

Swift dio una calada a su habano.

—Entiendo lo que dices, amigo mío —dijo—. Pero no puedo enfundarme un chaleco de espuma naranja fosforito estando aquí, en la bahía. —Agarró un chaleco salvavidas, le dio vueltas por encima de su cabeza como si fuera un lazo y lo arrojó al agua—. Los chalecos salvavidas no van conmigo.

—¡Yuju! —gritó Ollie—. ¡Los salvavidas son para bebés!

—No hace tanto tiempo que sabe nadar —insistió Elliot.

—Seguramente es buena idea —intervine yo. Me palpitaban las sienes—. Creo que Elliot tiene razón.

Swift puso una mano en el hombro de Ollie.

—Ya has oído a tu madre, chaval —dijo—. Su novio tiene mucha razón. Ese tío es mucho más sensato que tu viejo amigo el Hombre Mono.

—¿A Cooper le obligabas a ponerse un chaleco salvavidas cuando tenía mi edad, Hombre Mono? —preguntó Ollie.

Aunque aún no conocía a Cooper, para él era ya una figura legendaria: se había convertido en el referente para todo. Los dos, Cooper y Swift, como sendas estrellas del *rock*.

Al final, le abroché el chaleco salvavidas a mi hijo atando las tiras que sobraban con una serie de lazos que él deshizo, de modo que, aunque lo llevaba pegado al pecho, habría servido de poco en caso de que hubiera volcado el barco o él se hubiera caído por la borda.

Pensé en obligarlo a atarse bien el chaleco, pero por fin decidí no hacerlo. Ollie ya estaba enfadado. Culpaba a Elliot por haber tenido que ponerse el salvavidas, aunque en realidad tendría que habérseme ocurrido a mí en primer lugar.

—Me han dicho que juegas al béisbol en el colegio —le dijo Elliot—. ¿Qué tal va tu equipo?

—Ya se ha terminado la temporada, pero de todos modos el béisbol que se juega en el colegio es una tontería —contestó Ollie con los ojos fijos en el agua—. Es un juego para bebés. Los lanzadores son padres, y tiran unas bolas muy fáciles. Algunos de los niños de mi equipo son tan malos que se quedan ahí parados y ni siquiera mueven el bate. Los padres tienen que lanzar la bola para que dé en el bate.

—Por algún sitio hay que empezar, ¿no? —dijo Elliot—. Pronto tendrás edad para jugar en la liga de alevines. Es más emocionante.

—Odio la liga de alevines —respondió Ollie.

—¿Qué quieres ser de mayor?

No era una pregunta muy brillante, pero Elliot le estaba poniendo todo su empeño.

—Basurero. O delincuente. Seguramente robaré bancos.

—Si quieres robarle el dinero a la gente —comentó Swift—, más vale que lo hagas usando la cabeza. Monta una empresa.

A lo lejos, en la bahía, el mar estaba salpicado de veleros. El sol empezaba a ponerse.

—¿Qué os parece si asamos estas preciosidades? —preguntó Swift sacando cuatro filetes de la nevera, junto con un par de hamburguesas crudas que Estela había preparado para Ollie.

Noté por la cara de Elliot que se estaba mareando, pero no dijo nada.

Swift le preguntó cómo le gustaba la carne.

—Yo la prefiero casi cruda —dijo.

Ava y él cambiaron una mirada. A menudo daba la impresión de que impregnaban de connotaciones sexuales cualquier comentario que se hiciera: los suyos y los de los demás. Cuando estábamos los tres solos no me importaba. De hecho, yo también entraba en el juego. Pero estando Elliot delante, y más aún Ollie, el ardor que llenaba el espacio entre ellos hacía que me sintiera incómoda.

—Pensándolo bien —contestó Elliot—, tengo el estómago un poco revuelto. Creo que solo voy a comer pan.

Swift tomó una de las ostras crudas que Ava había dispuesto en una bandeja con rábano picante, limón y un cuenco de salsa *mignonette*. Se llevó la concha a la boca y sorbió la ostra con un gruñido de placer.

—No hay nada mejor que esto —comentó—. Bueno, quizá sí, una sola cosa. —Lanzó otra elocuente mirada a Ava.

En ese momento Elliot se giró con una brusquedad que me sorprendió en un hombre como él, que siempre se movía con cautela. Dio unos pasos hacia la borda del barco y se inclinó sacando la cabeza por encima del agua. Tardé un momento en comprender. Estaba vomitando.

Después de aquello, algo cambió. Yo, naturalmente, le había contado a Elliot todo lo relativo a los planes de Swift y Ava para su fundación y le había hablado de su amor por los perros, y él se lo tomó como si fuera una chifladura de esas que hacían los ricachones. Pero tras nuestra desastrosa excursión en barco, pareció desarrollar una nueva obsesión: estudiar el funcionamiento interno de BARK.

Se acercaba el momento de devolver a Ollie a casa de su padre y, para hacer algo especial que marcara el fin de las vacaciones, Swift lo llevó a la pista de karts de Mountain View. Me habría gustado acompañar a mi hijo en aquella excursión, pero Ollie me dejó muy claro que quería que aquello fuera cosa de ellos dos: de Swift y suya. Yo, entre tanto, aproveché la oportunidad para pasarme a ver a Elliot.

Era la primera vez que nos veíamos desde aquella noche en el velero de los Havilland, y hacía ya algún tiempo que no visitaba su casa en Los Gatos. La última vez que había estado allí, la casa estaba impecable, como de costumbre. Ese día, en cambio, la mesa del comedor estaba cubierta de papeles y había una pared entera cubierta de notas adhesivas. Al echar un vistazo, distinguí un papel en el que estaba escrito el apellido Havilland y otro en el que se hacía referencia a la fundación BARK.

—¿Qué estás haciendo? —le pregunté a Elliot—. Ni siquiera eres el contable de Swift. ¿Es que auditar empresas es una especie de *hobby*, como coleccionar sellos o jugar al pimpón?

—Es información pública —contestó—. Están registrados como asociación sin ánimo de lucro.

—¿No tienes nada mejor que hacer que husmear en las cuentas de mis amigos? —Sabía que mi voz sonaba hiriente, pero no me importó.

—Hay algo raro en todo esto —dijo.

—Es solo que estás celoso —repuse yo—, porque paso mucho tiempo con mis amigos.

—No, es que estoy preocupado. Tú sabes que las fotografías pueden contar una historia, ¿no? Pues los números también. Y no siempre es buena.

—¿Tienes idea de todo lo que han hecho por mí? —pregunté—. ¿Y por Ollie? Adora a Swift.

Elliot se quedó callado un momento.

—¿No crees que a mí también me gustaría poder ser amigo de tu hijo? —dijo por fin—. Si me dieras la oportunidad.

—Estoy segura de que llegará el momento de que eso pase —contesté—. Es solo que habéis empezado con mal pie.

—Podría hacer la cena para los tres —propuso—. Y llevar el telescopio a un sitio que conozco donde la luz ambiental es mínima. Le enseñaría Marte.

—Quizá la próxima vez que esté conmigo —dije.

—Cuando se alineen los planetas —comentó Elliot con un dejo de amargura. Pero no se refería al firmamento.

Era el último día que Ollie estaba conmigo, y quiso pasarlo en casa del Hombre Mono, claro está. Estaba en la piscina, practicando el estilo mariposa para la gran carrera del Día del Trabajo mientras Swift manejaba el cronómetro. Le había prometido a Ollie que, si ganaba, irían al lago Tahoe y sacarían la Donzi, como soñaba mi hijo. Aunque Ollie se conformaba con ir a cualquier sitio con el Hombre Mono.

Ava se había ido a pilates. Yo había pasado un par de horas en el despacho, haciendo las invitaciones para la fiesta de cumpleaños. Aún era pronto, pero Ava quería asegurarse de que todo el mundo reservaba aquel día para su fiesta. A la hora de la comida, bajé a reunirme con Swift, Ava y Ollie, como solía.

Estábamos junto a la piscina, viendo nadar a Ollie.

—Es un chaval increíble —comentó Swift—. Has hecho un gran trabajo.

Negué con la cabeza.

—En estos momentos no puedo atribuirme ningún mérito —dije—. Ya sabes que hace tres años que apenas lo veo. Estas últimas dos semanas han sido las mejores que he pasado con mi hijo desde que estaba en la escuela infantil.

—De eso quería hablarte, Helen —dijo Swift, más serio de lo normal—. Ava y yo lo hemos hablado y estamos de acuerdo. Nos gustaría pagarte un abogado para que recuperes a tu hijo. Necesitamos tener cerca al niño.

—Pero todavía no he acabado de pagar al anterior —repuse yo—. No podría aceptar un regalo así.

—¿Para qué está la familia? —dijo Swift—. Voy a llamar a Marty Matthias. Te concertaremos una reunión.

Esa noche, Swift y Ava nos invitaron a cenar en un restaurante japonés. Ava tuvo la amabilidad de sugerirme que invitara también a Elliot (incluso lo llamó por su nombre), pero cuando lo llamé para proponérselo me dijo que estaba ocupado.

El restaurante era uno de esos sitios donde el camarero viene a tu mesa y lo cocina todo delante de ti en una parrilla chisporroteante mientras blande una espada de samurái por encima de su cabeza. A Ollie le encantó, claro.

—Voy a echarte mucho de menos, amiguito —le dijo Swift—. Más te vale prometer que volverás pronto.

Después, mi hijo y yo volvimos en coche a mi apartamento. Ollie se puso el pijama. Yo me eché en el colchón inflable, a su lado. No quería dar un aire dramático a su marcha, a pesar de que temía que llegara el momento de decirle adiós al día siguiente.

—He estado pensando —le dije—. Me preguntaba qué te parecería que habláramos con tu padre sobre la posibilidad de que vengas a vivir aquí el curso que viene. Solo para probar.

Oliver, que había estado manejando el iPod que le había regalado Swift esa noche, me miró. No con esa mirada torcida y desconfiada con la que me miraba antes, sino fijamente, a los ojos.

—Estaría bien —dijo.

—No estoy diciendo que vayas a ir a restaurantes y a recibir regalos caros como este todos los días —le advertí—. Me refiero a la vida normal. El cole, los deberes, las tareas de casa…

—Lo sé —contestó.

Yo no estaba segura de que fuera consciente de lo que suponía aquello, pero él había pasado una pierna sobre la mía y apoyado la cabeza sobre mi hombro. En aquel momento, nada tenía importancia, salvo la esperanza de poder recuperar a mi hijo de una vez por todas.

Después se me ocurrieron otras cosas. No le había dicho a Ollie que Elliot también formaría parte de nuestras vidas si volvíamos a vivir juntos. Pero no quería arriesgarme. No estaba preparada para volver a perder a mi hijo, después de haber llegado hasta allí. Mi relación con Ollie parecía todavía demasiado frágil y precaria. Y la verdad era que, después de aquella noche en el barco, no estaba segura de que lo mío con Elliot tuviera algún futuro.

44

Al día siguiente de llevar a Ollie de vuelta a Walnut Creek –a mediados de julio, cuando las rosas de Ava se hallaban en su máximo esplendor–, Elliot me dejó tres mensajes. Me dije que lo llamaría en cuanto tuviera un rato libre y no lo hice.

Volvió a llamar, cerca de las diez de la noche, un día de entre semana.

—Ya sé que seguramente estás en la cama, pero tenemos que hablar —dijo.

—De acuerdo.

—No por teléfono. Pensaba que tal vez podría pasarme por allí.

Noté por su tono de voz que se trataba de algo importante. No habíamos hablado de ello, pero desde que le había presentado a Ava, Swift y Ollie, algo había cambiado en mis sentimientos hacia él. Conociendo a Elliot, era probable que él también lo hubiera notado y que sin embargo no hubiera querido pedirme nada durante aquellos últimos y preciosos días con mi hijo. Ahora allí estaba, al teléfono, con ganas de que habláramos.

Ava no había dicho casi nada sobre Elliot desde el día en que por fin se conocieron, pero su silencio era suficientemente elocuente. Swift había comentado que Elliot era seguramente un gran tipo al que tener de tu parte si alguna vez te hacían una auditoría. Ollie, por su parte, ni siquiera había vuelto a mencionar su nombre.

A los treinta minutos de colgar, Elliot estaba en mi puerta. Yo no me había quitado el albornoz que llevaba puesto cuando me había llamado.

—Sé que tus amigos no tienen muy buena opinión de mí —dijo todavía en la puerta, agarrando una bolsa de papel marrón que contenía una hogaza de pan multicereales de las que hacía a veces. Me la dio. Como de costumbre, podría haber servido de pisapapeles—. He intentado distraerme haciendo pan para no pensar en ti —dijo—. Pero no ha servido de nada.

—A mis amigos les caes muy bien —contesté, y luego me detuve.

Una de las cosas que más valoraba de mi relación con Elliot era que siempre nos decíamos la verdad. Él me había hablado de la vez en que le dio un ataque de ansiedad mientras subía la Half Dome del parque Yosemite y tuvo que darse la vuelta. Me había contado que antes de que quedáramos para cenar por primera vez anotó cinco temas interesantes de los que podíamos hablar, para no quedarse trabado. Y yo le había dicho que a veces me inventaba historias, aunque nunca estando con él. Seguramente yo era más aburrida que él, pero al menos era sincera.

—Me da igual lo que piensen mis amigos —afirmé, y me detuve de nuevo. En realidad, sí que me importaba. Y él lo sabía.

—El caso es que estoy enamorado de ti —repuso Elliot—. Y sé que eso no va a cambiar, así que, si vas a decirme que no quieres estar conmigo, prefiero saberlo ya, antes de que esto siga adelante y sea aún más duro para mí perderte.

No le dije que yo también lo quisiera. Nunca se lo había dicho. Me quedé allí, observando su cara agradable y bondadosa: las profundas arrugas de sus mejillas y de las comisuras de sus ojos. Tenía el pelo revuelto por su costumbre de pasarse la mano por la cabeza cuando algo le preocupaba, que era casi siempre.

—¿Por qué no pasas? —le dije.

Respiró hondo. Echó un vistazo a la habitación de un modo que parecía sugerir que estaba memorizándola. Como si fuera la última vez que la veía. Se dejó caer en el sofá como si hubiera recorrido un camino muy largo para llegar hasta allí. Como si hubiera ascendido una montaña.

—Sé que seguramente piensas que nunca podré tener una buena relación con Ollie —dijo—. Pero te equivocas. Soy el tipo de persona a la que la gente aprecia cada vez más con el paso del tiempo. Creo que tu hijo se irá dando cuenta poco a poco. Si tú y yo seguimos juntos. Si me das una oportunidad.

Yo seguí sin decir nada. Estaba allí plantada, con el mazacote de pan envuelto en papel marrón todavía en los brazos.

—Ollie vería que te hago feliz —añadió—. Porque creo que de verdad te haría feliz. Creo que tú también me valorarías cada vez más con el paso del tiempo.

—Ya te valoro —afirmé—. Eres el mejor hombre que he conocido.

Era cierto. Podía tener otros reparos respecto a Elliot (principalmente que mis amigos no tenían muy buena opinión de él), pero nunca dudaba de su bondad.

—Algunas personas parecen estupendas al principio —comentó—. Yo nunca he sido de esos. El tipo de persona con el que todo el mundo quiere estar.

—Eres muy divertido —le dije—. Aquella vez que fuimos a fotografiar a los pit bulls… Y el chihuahua que se me enganchó a la pierna… Fue un día estupendo.

—Te ayudaría a retratar perros siete días a la semana si pudiera —respondió—. Siempre soy feliz cuando estoy contigo. O casi siempre. No lo fui en ese velero, tengo que reconocerlo.

Yo había puesto el pan sobre la mesa y me había sentado a su lado en el sofá.

—Y me encantó cuando me llevaste a la Academia de Ciencias a ver esa exposición sobre insectos que no creía que fuera a ser tan interesante —le dije.

—Ojalá pudiéramos haber llevado también a Ollie —comentó.

—Lo pasamos muy bien, los dos solos.

—Nunca me he sentido tan feliz con nadie como me siento contigo, Helen —añadió—. Como me *sentía* contigo. Porque últimamente casi no te he visto.

—Iba a llamarte. Pero estaba muy liada.

Meneó la cabeza. De pronto parecía terriblemente triste. Con Elliot era imposible fingir.

—Llamarme no debería parecerte una tarea más. O una especie de obligación.

Mi amiga Alice solía decir que nunca se fiaba de un hombre que tuviera las manos demasiado suaves. Las de Elliot eran sorprendentemente ásperas. Tal vez porque había trabajado en una granja, aunque de eso hiciera mucho tiempo. O quizá por el trabajo que hacía en el jardín, donde estaba construyendo un patio de ladrillo. De hecho, de los hombres que yo conocía el que tenía las manos más suaves era Swift. Precisamente el que me había dado a entender que Elliot quizá fuera demasiado dócil y aburrido para mí.

—Necesitaba un poco de tiempo para mí —le dije—. Para estar con mi hijo.

Pero tampoco era del todo cierto, y él lo sabía. Nunca me importaba estar con otras personas, si esas personas eran Ava y Swift.

—Sé que tus amigos son muy importantes para ti —dijo—. Pero, al fin y al cabo, están juntos en esa casona que tienen, practicando el sexo tántrico como locos, o eso dicen, y tú estás aquí, sola, en tu cama. —Se levantó y me miró. De pronto su espalda, que solía estar encorvada, parecía muy recta—. Soy el hombre que quiere estar aquí, contigo.

Entonces hizo algo sorprendente. Me tendió los brazos, tocó mi cara, mi pelo, y me abrazó con fuerza, con una suerte de urgencia que nunca antes había percibido en él.

Hizo que me levantara. Empezó a besarme. La boca y luego el cuello y los párpados. Tocaba mi pelo y repetía mi nombre con voz honda y ansiosa, casi gruñendo. «Helen, Helen, Helen».

Por una vez, no hablamos. Lo besé. Una vez, y luego muchas. Me apretó los omóplatos y luego deslizó las manos por mi espalda.

Hundió la cara contra mi cuello y se quedó así largo rato antes de volver a mirarme a los ojos.

—Sé que no he empezado muy bien con Ollie —dijo—. Pero podría ser un buen hombre para ti. Para vosotros dos.

Por una vez no oía la voz de Ava dentro de mi cabeza. Ni siquiera pensé en mi hijo en ese momento. Toqué su mano y acaricié sus dedos. Tiré de él hacia el sofá. Apoyé la cabeza en la suya. Sentí que todo mi cuerpo se relajaba y se me escapó un largo suspiro, como cuando por fin consigues quitarte esos zapatos que te aprietan o bajarte la cremallera del vestido. Con esa sensación de llegar por fin a casa tras un largo viaje por carretera.

—Podríamos ser una familia —afirmó Elliot.

45

Una semana después de que Ollie volviera a Walnut Creek ocurrió algo sorprendente. Dwight llamó para proponerme que nuestro hijo pasara conmigo el resto del verano.

—Estamos pasando por un mal momento —dijo—. Se ha vuelto muy contestón. No respeta la autoridad. De repente dice cosas como «joderse» y «capullo», y cuando le regañó sigue soltando tacos. Supongo que es una fase, pero a Cheri le preocupa que esté contagiando a Jared sus malos hábitos. Si quieres vértelas con él, por nosotros bien.

No dije nada, pero sabía dónde había adquirido ese vocabulario. Swift siempre le estaba diciendo que la gente que llegaba a algo en la vida era la que se saltaba las normas, los forajidos. Una vez, estando en casa de los Havilland, Ollie había contado una anécdota sobre su profesor de segundo, el señor Rettstadt, que les había hecho volver al autobús cuando estaban de excursión porque unos niños se habían puesto a hacer *break dance* en la fila.

—Menuda nenaza —había comentado Swift—. Seguramente lo que pasaba es que estaba celoso porque él no sabía bailar así.

Ahora, en el coche, mientras volvíamos a Redwood City, intenté hablar con mi hijo de lo que estaba pasando con su padre y Cheri.

—Cheri es idiota —dijo—. Lo único que hace es hablar por teléfono.

Por mal que me cayera Cheri (y me caía muy mal), yo sabía que no podía dejar pasar aquello.

—Ya sabes que me gustaría que pudieras estar conmigo todo el tiempo —le dije—. Pero cuando estás con tu padre y tu madrastra, es importante que intentes llevarte bien con ellos, y tienes que ser amable. Los niños no lo saben todo. Por eso tienen padres que se ocupan de ellos.

Se quedó callado un rato mientras cruzábamos el puente, con su ropa y su hámster sobre el regazo.

—No es que papá quiera librarse de mí ni nada de eso —dijo de ese modo que tienen a veces los niños de expresar sus peores temores con la esperanza de que alguien les diga que no son ciertos—. Es solo que ha pensado que me vendría bien cambiar un poco de ritmo —añadió—. Jared siempre está tocando mis cosas. Los niños pequeños son un fastidio.

Tenía esa expresión dura y desafiante con la que yo estaba tan familiarizada a esas alturas. Conocía a mi hijo lo suficiente para saber que era dolor lo que ocultaba aquel gesto.

—Además, creo que le saco de quicio —dijo en voz tan baja que apenas le oí.

—He estado pensando en varias cosas que podemos hacer juntos ahora que tenemos más tiempo —le dije—. Podríamos ir de acampada. Y visitar el acuario de Monterrey.

Me miró cansinamente.

—¿Y qué hay del Hombre Mono? —preguntó—. También puedo ir a su casa, ¿verdad?

—A veces —contesté—. Pero también he pensado que puede ser divertido que salgamos con Elliot. ¿Te acuerdas de él?

No lo llamé «mi novio». Lo llamé «mi amigo».

—Yo quiero ir a la piscina del Hombre Mono —dijo—. Tengo que practicar para la carrera. Y vamos a ir al lago Tahoe a montar en la Donzi.

—Ava y Swift querrán estar solos a veces —le dije—. Pero tú y yo vamos a correr muchas aventuras.

Se quedó un rato mirando por la ventanilla, observando los coches que pasaban por el puente. Iba contando los Mini Cooper. Cada pocos minutos gritaba que había visto otro.

—A los mayores no les gusta que haya niños por allí cuando hacen el sexo —dijo de repente. No me miró al decir esto, siguió con la mirada fija en la ventanilla, trazando letras imaginarias en el cristal.

—Hacer el amor es algo privado —contesté—. Algún día, cuando seas mayor, tendrás pareja y sentirás lo mismo. Tú también querrás intimidad.

—Es como cuando vas al baño —dijo.

—No, qué va. Pero también es necesaria la intimidad.

—Mi padre y Cheri lo hacen cuando creen que estoy dormido —dijo—. No saben que lo sé.

Me quedé pensando un momento antes de responder.

—¡Rayas de carreras! —gritó Ollie. Había pasado otro Mini Cooper.

—La gente hace el amor cuando está enamorada —dije. O no, podría haber añadido, pero no lo hice.

—Me alegro de que tú no te hayas casado con nadie —comentó como si estuviera clarísimo que estaría sola para siempre.

—Ahora mismo no estoy casada con nadie —repuse yo—. Pero nunca se sabe. Puede que algún día me case.

—Eso sería una tontería —respondió.

—Bueno, de todos modos no tengo pensado casarme, por ahora —le dije.

Aquel podría haber sido un buen momento para hablarle de Elliot, pero no lo hice.

46

Julio casi había tocado a su fin cuando Ollie volvió para pasar el resto del verano conmigo. No lo llevé a Folger Lane aquella primera noche. Tampoco invité a Elliot a venir a casa. Pensé que necesitábamos pasar algún tiempo juntos, los dos solos, como antes.

Pero al día siguiente no hubo forma de mantener a mi hijo alejado de la casa de los Havilland. Acababa de entrar por la puerta cuando Swift le dio un abrazo de oso.

—¿Por qué has tardado tanto, chaval? —preguntó.

Se oyó entonces la risa de Ollie. Swift le había subido la camiseta y le estaba haciendo cosquillas. Los tres perros ladraban alrededor de sus pies. Rocco le lamía la mano.

—Espero que te gusten los *brownies* —dijo Ava.

—No creerás que voy a compartir tus deliciosos *brownies* con este enano, ¿no? —le dijo Swift. Tenía a Ollie en el aire, cabeza abajo—. Dime «tío». Dime «tío» y te suelto. A lo mejor.

Ollie siguió chillando de alegría.

—¡Tío! —gritó—. ¡Tío!

—Vale, vale —dijo Swift—. Creo que voy a soltarte. Pero tienes que entender que soy tu líder todopoderoso. Debes hacer lo que te mande. —Volvió a dejar a mi hijo en el suelo. Su voz sonaba más ronca de lo normal y tenía los ojos entornados.

Ollie se tronchaba de risa. Me preocupó que se hiciera pis en los pantalones (había pasado otras veces), pero no fue así.

—Repite conmigo —ordenó Swift—. ¡Prometo obedecerte, mi líder todopoderoso!

—Prometo obedecerte…

—Líder todopoderoso —le recordó Swift.

—Líder todopoderoso.

A Ollie seguía faltándole la respiración, pero yo sabía que estaba disfrutando. Tenía la misma expresión que yo observaba a veces en Sammy, cuando Ava sacaba su correa y una herramienta especial que utilizaba para lanzar la pelota de tenis más lejos de lo normal. Aquello significaba que iba a llevarlo al parque. Era una expresión de euforia, no de miedo. Yo sabía, sin embargo, que aquella excitación tendría consecuencias más tarde, cuando volviéramos al apartamento. Ollie tardaría mucho en dormirse esa noche. Estaría demasiado nervioso.

La mesa estaba puesta en el patio. En el sitio de Ollie había dos paquetes: unas gafas de buceo y unas aletas, y un reloj.

—Es sumergible —le dijo Swift—. Aguanta hasta cien metros de profundidad. Con eso bastará por ahora, hasta que tú y yo empecemos a hacer buceo de verdad. Cooper y yo buceábamos mucho cuando él tenía unos años más que tú.

Ollie ya había arrancado el envoltorio al reloj. Estaba intentando ponerlo en hora.

—Y tiene cronómetro —le informó Swift—. Así podemos contar cuánto tardas en hacer un largo. O cuánto aguantas conteniendo la respiración.

—Siempre he querido un reloj como este —dijo Ollie con un susurro ronco.

Aquello era nuevo para mí. Pero Swift me estaba revelando una faceta de mi hijo que me era desconocida. Una especie de fanfarronería. Cuando estaba con Swift incluso parecía que su voz se hacía un poco más grave, aunque todavía faltaban unos años para que eso sucediera de manera natural.

Al día siguiente era domingo. Elliot se presentó en mi apartamento a las ocho y media de la mañana con un regalo para mí: una grapadora. Se había fijado en que no tenía. Yo estaba en la ducha, así que fue Ollie quien abrió la puerta.

—Ha venido ese tipo —gritó mi hijo—. El que vomitó.

Me puse el albornoz y salí al cuarto de estar.

—Se me ha ocurrido invitaros a desayunar —dijo Elliot—. Conozco un sitio donde hacen unas tostadas francesas buenísimas.

Ollie estaba todavía en pijama. Había estado comiendo cereales mientras veía dibujos animados en la tele. Yo me había prometido a mí misma que mientras Ollie estuviera conmigo comeríamos siempre en la mesa y no sentados delante del televisor, pero de momento me contentaba con dejar que se relajara.

—Buenos días, Ollie —dijo Elliot, y le tendió la mano.

Mi hijo lo miró un poco desconcertado, pero se la estrechó.

—No te esperábamos —dije yo.

Seguramente Elliot intentaba ser espontáneo (y un poco impulsivo, como Swift), pero no le salía de manera natural. Elliot tenía que planificar su espontaneidad.

—Yo ya he desayunado —dijo Ollie.

—Entonces, ¿qué os parece si hacemos una cosa? Podemos cargar las bicis en el maletero de mi coche e ir a dar una vuelta. He traído la mía.

—Creo que a Ollie le apetece quedarse en casa —contesté—. Y a mí también, la verdad.

Elliot había dejado la grapadora sobre la mesa. Eché un vistazo a la cafetera. Estaba vacía.

—Puedo hacer más café —propuse.

Negó con la cabeza.

—Debería haber llamado antes de venir —dijo—. Pero tenía tantas ganas de veros…

—¿Y por qué tenías ganas de verme a mí? —preguntó Ollie—. Ni siquiera me conoces.

—Bueno, eso es verdad —respondió Elliot. Su voz, que durante unos minutos había sonado jovial, volvió a adoptar su tono serio de siempre—. Pero me apetecía conocerte *mejor*.

47

Desde el momento en que oyó hablar de la Donzi, mi hijo no había parado de perseguir a Swift para que lo llevara a dar una vuelta en la lancha. Nunca había oído hablar de *Corrupción en Miami* ni de Colin Farrell antes de conocer a Swift, y sin embargo me recordó que era la misma lancha motora que conducía Farrell en la película. La Donzi podía ir más deprisa que una bala, me dijo. A la velocidad de un cohete.

Cuando le preguntó si podría pilotar la Donzi, la respuesta que le dio Swift sonó impropia de él:

—Cuando seas mayor —le dijo—. Hay que saber muy bien lo que se hace cuando se pilota una Donzi, o puedes meterte en un lío muy gordo. Por eso esperé a que Cooper tuviera diecisiete años para comprarla, y ni siquiera le dejaba tomar los mandos si yo no estaba a su lado.

Si a Ollie lo decepcionó su respuesta, no lo demostró. Lo que le había contado Swift solo consiguió aumentar su fascinación por la lancha motora.

—La Donzi era de unos delincuentes que la utilizaban para traer droga desde otros países —me contó Ollie.

Íbamos en el coche, hacia Folger Lane, cuando surgió el tema de la lancha, como ocurría a menudo.

—Y también ametralladoras —añadió—. Luego los detuvieron y la policía vendió la lancha, y el Hombre Mono la compró.

No lo sabía, le dije. Pero era muy propio de Swift comprar una motora que había pertenecido a traficantes de cocaína armados hasta los dientes.

—De mayor quiero ser como el Hombre Mono —afirmó Ollie. Bajó la voz y entornó los párpados mientras miraba su reflejo en el espejo retrovisor.

Al ver aquel gesto, cobré conciencia de una cosa. Aunque había sido yo quien le había presentado a Swift, y aunque a mí misma me encantaba estar con él y consideraba a los Havilland lo más parecido que tenía a una familia, no quería que mi hijo fuera como él cuando se hiciera mayor. Swift me divertía y me entretenía, y había llegado a contar con su generosidad y su protección, pero de pronto me di cuenta de que no sentía por él verdadero respeto. Si siguiera trabajando de camarera y él hubiera asistido a una fiesta en la que yo estuviera pasando bandejas de canapés, mi amiga Alice lo habría tachado de gilipollas, y yo probablemente habría estado de acuerdo con ella.

Ahora, mientras íbamos en el coche a casa de los Havilland, mi hijo volvió a lanzarse a hablar de la lancha motora del Hombre Mono.

—El Hombre Mono dice que la Donzi puede ir a doscientos cuarenta kilómetros por hora —dijo—. Una vez fue tan deprisa que una chica que iba en la lancha perdió la parte de arriba del bikini.

Así con más fuerza el volante.

—Si algún día vamos al lago Tahoe con Swift y Ava y montas en esa lancha, te aseguro que Swift no irá tan deprisa —le dije—. Ya me encargaré yo de eso.

—Tú no mandas en él —replicó—. Nadie manda en el Hombre Mono.

Mi exmarido había accedido a que Ollie pasara conmigo el resto del verano, con alguna que otra visita a Walnut Creek. Todo ello sonaba tan civilizado que empecé a pensar que tal vez no necesitara los servicios de Marty Matthias a fin de cuentas, lo cual era una suerte, porque Swift no parecía haberse puesto aún en contacto con él. Tal vez, después del Día del Trabajo, Dwight y yo pudiéramos mantener una conversación amistosa y razonable acerca de la custodia y debatir la posibilidad de que Oliver volviera a vivir conmigo.

—Tengo la impresión de que Dwight puede estar planteándoselo —les dije a Ava y Swift—. Puede que Cheri y él estén un poco quemados por tener que ocuparse de un bebé y de un niño de ocho años.

Entre tanto, Ollie no daba muestras de aquel comportamiento rebelde del que se había quejado Dwight. Todas las noches, cuando llegábamos al apartamento, se daba un baño y luego se metía en la cama a leer conmigo, como si las malas rachas que habíamos pasado no hubieran existido nunca.

El primer fin de semana de agosto, llevé a Ollie a Sacramento para que viera a la familia de Dwight. Los McCabe, que antaño me habían acogido como a una hija más, no salieron a saludarme cuando dejé a mi hijo delante de su casa.

Ese mismo fin de semana los Havilland se marchaban a pasar unos días a su casa del lago Tahoe. Hasta entonces Ava siempre le había pedido a Estela que cuidara de los perros, pero Rocco le tenía ojeriza desde hacía un tiempo (más ojeriza incluso de la que me tenía a mí, que de hecho parecía haber ido disminuyendo) y de todos modos —me dijo Ava— le intranquilizaba la idea de que Carmen acompañara a su madre. No quería que Estela pasara el fin de semana en la casa y me pidió que me quedara yo en su lugar.

Yo sabía que a Elliot le habría alegrado aprovechar la oportunidad para pasar un par de noches conmigo. Le apetecía siempre, con independencia de que estuviera Ollie o no, pero la presencia de mi hijo ese verano (y mi reticencia a estar con él cuando Ollie estaba presente) había reducido al mínimo el tiempo que pasábamos juntos y eliminado, o casi, la posibilidad de que hiciéramos el amor.

Podría haber llamado a Elliot y haberlo invitado a reunirse conmigo en casa de los Havilland. Pero al pensarlo me di cuenta de que en realidad lo que más me apetecía era estar sola en la casa.

Me ofrecí, como siempre, a ocuparme de los recados o las tareas que Ava quisiera encargarme, pero aparte de sacar a los perros a dar un paseo y llamar a Evelyn Couture para asegurarme de que estaba bien, me dijo que no me molestara en hacer nada y que procurara divertirme.

—Date un buen baño en el *jacuzzi* y úntate con La Mer —me dijo, refiriéndose a su crema de trescientos dólares—. Y he dejado un trozo grande de salmón salvaje en la nevera.

—Ponme alguna tarea —le dije—. Ya que estoy, podría hacer algo útil.

—Puedes ir a recoger mi ropa a la tintorería.

Cuando volvía de la tintorería, encendí la radio, puse una emisora de *rock* duro y subí el volumen. No solía gustarme aquella música, pero me encantaba cantar a pleno pulmón. Paré en el mercado al que solía ir Ava y compré un par de quesos de importación y una *baguette*. Sin duda el frigorífico de los Havilland estaría repleto de manjares, pero fue agradable escoger lo que me apetecía comer. Compré también una porción grande de tarta de chocolate negro y un cruasán para el día siguiente.

Se me había ocurrido que tal vez Estela se pasara por la casa, y me alegré al ver que no había otros coches en el camino de entrada cuando llegué. Con el montón de ropa colgado del brazo, giré la llave en la cerradura y me preparé para la bienvenida que sin duda me dispensarían los perros. Como de costumbre, Lillian y Sammy se pusieron a dar brincos de emoción en cuanto entré en la casa. Rocco se quedó atrás y, aunque ya no gruñía al verme, enseñaba los dientes de una manera que nunca dejaba de inquietarme.

Entonces se apoderó de mí un pensamiento: la certeza de que, por una vez, podía hacer lo que quisiera en aquella casa.

Dejé la ropa y abrí la nevera.

Me había sentado en el patio centenares de veces con Ava y Swift mientras ellos bebían vino sin que me molestara que lo hicieran, pero por algún motivo esa noche, al ver su vino rosado francés y el excelente chardonnay puestos a enfriar en la nevera, dudé un momento. Durante unos segundos me imaginé sentada junto a la piscina, con la crema de queso, un plato de las tostadas especiales de Ava y una gran copa de vino bien frío. Cerré la nevera.

Con la ropa de Ava en un brazo y una botella de agua mineral en la otra, subí las escaleras hasta el vestidor de Ava.

Pensaba sacar la ropa de las bolsas de la tintorería, colgarla de una percha para que Estela la guardara más adelante y bajar enseguida a hacerme el pescado, pero algo me hizo detenerme. Deslicé la mano por uno de los jerséis de cachemira. Me quité los zapatos. Conté en voz alta, en mi francés del instituto, las blusas de seda de Ava. *Quatorze.*

Me fijé en un vestido en especial, de entre los que acababa de recoger en la tintorería. Ava se lo había puesto hacía poco para asistir a una cena en la ciudad (una de las reuniones íntimas que Swift había organizado para benefactores de la fundación). Era un vestido de seda pintado a mano, con diáfanas alas de mariposa. Tenía un enorme escote por detrás pero, como Ava había permanecido en su silla de ruedas durante toda la cena, aquella característica debía de haberles pasado desapercibida a sus acompañantes. Solo Swift y yo sabíamos que su vestido no tenía espalda y que Ava no llevaba ropa interior debajo.

—A veces, cuando volvemos en el coche a casa —me había dicho ella mientras yo la ayudaba a arreglarse para la cena—, Swift aparta la mano del volante para tocarme.

—¿En la carretera? —pregunté.

—Solo la mano derecha. Es un buen conductor.

En el dormitorio de Swift y Ava había, naturalmente, un equipo de música con un montón de discos compactos al lado. Tomé el primero del montón. Andrea Bocelli. Ese cantante italiano ciego.

Puse el disco y subí el volumen de la música para poder oírla desde el vestidor. Andrea Bocelli cantaba en italiano, claro, así que no tenía ni idea de lo que estaba diciendo, pero tenía que ser algo relativo al amor. Un amor apasionado, y desesperado, posiblemente. El tipo de canción que sin duda hacía que sus fans se arrojaran a sus pies y le suplicaran que las llevara consigo al hotel, aunque fuera ciego. Tal vez eso fuera un aliciente, incluso.

Toqué la manga de una chaqueta de terciopelo y me la acerqué a la mejilla. Bebí un sorbo de agua mineral imaginando que era champán.

Me preguntaba cómo sería sentir sobre la piel una de aquellas catorce blusas de seda de París, sobre todo si no llevaba nada debajo. Pensé qué me pondría con ella. Unos pantalones de seda tailandeses, quizá. O nada. Solo la blusa, tan hermosa y delicada.

La camisa que llevaba puesta era de Gap: de algodón, con botones hasta arriba, blanca, básica. Me la desabroché. Bebí otro sorbo de agua mineral. Dejé caer la camisa al suelo. Me desabroché el sujetador.

Tenía más pecho que Ava, pero si no me abrochaba los tres botones de arriba la blusa francesa me quedaría bien. Empecé a pasármela por la cabeza, y entonces me di cuenta de que primero debería haber desabrochado los puños.

Metí las manos por ellos y saltó un botón. No un botón de una camisa de Gap. Un botón de madreperla.

Andrea Bocelli había empezado a cantar otra canción, aún más sensual y trágica que la primera, si cabía. Me puse a cantar con él, en la medida en que podía hacerlo una persona que no hablaba italiano y que nunca antes había oído aquella canción.

La blusa me quedaba más estrecha de lo que esperaba, así que desabroché todos los botones. Puse la mano en la parte de mi piel que dejaba al descubierto la blusa y acaricié mi pecho izquierdo. Volví a acercarme a los labios la botella de agua. Fingí que estaba en Italia.

La canción que estaba sonando no era muy bailable, pero de todos modos me puse a bailar. Saqué un jersey de cachemira y lo agarré por las mangas. Lo atraje hacia mí como si hubiera una persona dentro, abrazándome.

—*Tesoro, tesoro* —cantaba—. *Ti amoro fino alla fine dei tempi.*
No tenía ni idea de lo que estaba diciendo.

Me puse unos zapatos de ante verdes, saqué un fular de uno de los cajones de accesorios y me puse a dar vueltas por la habitación, agitando el fular de seda como el cordel de una cometa.

Entré en el dormitorio. La habitación de Ava y Swift. Me tumbé atravesada en la cama. Se me cayó un zapato. Cualquiera habría pensado que estaba borracha, pero en realidad solo sentía una extraña y maravillosa libertad por hallarme completamente a solas en aquella casa que tanto amaba.

Al principio, cuando abrí los ojos, solo vi a los perros: estaban los tres puestos en fila, como jueces de un tribunal. Lillian tenía la cabeza ligeramente ladeada. Sammy se había puesto a ladrar. Rocco se limitaba a enseñar los dientes de esa forma tan suya, que te hacía imaginar la hilera de marcas rojas que dejarían aquellos colmillos si alguna vez se clavaban en tu piel.

Entonces me di cuenta de que había otra persona en la habitación. Estela.

—Solo estaba tonteando un poco —le dije—. No es nada.

—En la habitación de la señora Havilland no se entra —contestó—. Esta habitación es especial.

Yo ya lo sabía. No hacía falta que nadie te lo dijera. Era algo que se notaba, sin más.

—Estaba guardando la ropa de la tintorería —me excusé.

No tenía sentido continuar. No tenía por qué haberme entretenido en el dormitorio.

—Yo no digo nada —repuso Estela—. Sé lo que pasa a veces. Ve una todos esos vestidos… Yo también, algunos días. Estoy aquí, con la plancha, y deseo que mi hija tenga una blusa como esa para su graduación. Un collar especial. Unos zapatos bonitos.

Me invadió una oleada de alivio. Por un momento había imaginado a Estela contándole a Ava que la loca de su amiga Helen se había puesto a bailar en su vestidor con uno de sus jerséis de cuatrocientos dólares. Que me había tumbado en la cama de aquella habitación en la que nadie tenía permitido entrar, salvo Ava y Swift. ¿Cómo iba a entenderlo Ava después de todo lo que había hecho por mí? Pero resultó que Estela sí lo entendía.

—Ava es tan generosa… —dije—. Me ha dado tanto… Y Swift también, claro.

—El señor Havilland. Él no es como ella —comentó Estela—. Tenga cuidado de que su hijo no se le acerque demasiado.

—Ollie adora a Swift —dije—. Sé que a veces hace un poco el loco, pero tiene un corazón inmenso.

—El señor Havilland es mi jefe —repuso Estela—. No quiero hablar de él. Solo digo que tenga cuidado.

49

Al principio, cuando Swift se había ofrecido a contratar a Marty Matthias para que se hiciera cargo del caso de la custodia de mi hijo, yo había tenido la esperanza de que todo se solucionara a tiempo para que Ollie empezara el nuevo curso conmigo en Redwood City.

Pero era una esperanza poco realista. Y, que yo supiera, Swift todavía no había llamado a Marty. Tenía ganas de recordarle su ofrecimiento, pero no quería presionarlo. «Está muy liado con la fundación», me decía a mí misma, «ya se acordará». Entre tanto, yo estaba pasando mucho más tiempo con mi hijo que en los tres años anteriores. Todavía quedaba una semana entera antes de que tuviera que regresar a Walnut Creek para empezar tercer curso.

Se acercaba el fin de semana del Día del Trabajo. Para mi hijo, eso solo significaba una cosa: la gran carrera de natación. Él contra el Hombre Mono.

Ollie regresó de Sacramento. Los Havilland volvieron del lago Tahoe. Como Oliver seguía durmiendo en el colchón inflable, Elliot y yo apenas nos veníamos, aunque una noche trajo helado y nos sentamos los dos en la cocina a comer el helado y a charlar en voz baja. Ollie dormía profundamente, pero me preocupaba lo que podía pensar si se despertaba y veía allí a mi novio.

—No me gusta que tengamos que fingir delante de tu hijo que entre nosotros no hay nada —dijo Elliot—. Como si estar juntos fuera una cosa vergonzosa.

—Ollie lo ha pasado muy mal —contesté—. Y ahora todo va bien. No quiero que se tuerzan las cosas.

Elliot no dijo nada.

—A lo mejor podemos sacar las bicis y hacer un pícnic —propuse yo—. En algún lugar llano, sin tráfico, donde Ollie pueda montar con nosotros. El carril bici que hay junto al embalse. Pero no ahora, un poco más adelante.

—Quizá deberías dejar de proteger tanto a tu hijo —repuso él en voz baja—. ¿Se te ha ocurrido pensar que tener relación conmigo quizá sea beneficioso para él, en vez de un grave problema al que no va a saber cómo enfrentarse?

De hecho, no se me había ocurrido.

Al final, acepté que Elliot viniera a casa una noche y nos hiciera la cena. Lo sorprendente fue que lo pasamos muy bien los tres. Jugamos a las charadas, con Ollie en los dos equipos, e hicimos palomitas. Ollie no sabía —le dijo a Elliot— que hubiera otra forma de hacer palomitas, aparte del microondas. Al oír esto, Elliot se puso muy serio (eso era algo que se le daba muy bien) y me dijo que tal vez debía replantearse nuestra relación.

—Pero mi madre hace unas galletas de mantequilla de cacahuete buenísimas —le dijo Ollie.

—En ese caso, me quedo —contestó Elliot—. A mí todavía no me las ha hecho.

Después pusimos una película. Elliot había traído un DVD de su película favorita de todos los tiempos, *Fiel amigo*. Ollie dijo que no parecía muy emocionante y que le gustaban más las películas de acción, pero lloró al final.

—A mí también me emociona siempre esta parte —dijo Elliot rodeándolo con el brazo.

En el pasado, Ollie se habría puesto tenso en un momento como aquel, pero no mostró resistencia alguna y, cuando se quedó dormido unos minutos después, con la cabeza apoyada en su hombro, Elliot dijo que no quería levantarse para no despertarlo.

—No puedes quedarte ahí sentado toda la noche —le dije.

Me embargó una oleada de ternura. No de ardor, ni de pasión, ni de esa embriaguez que produce cierto toque de peligro y dramatismo en una relación de pareja. Aquello era algo distinto que yo no alcanzaba a nombrar.

—Hay cosas peores que tener a tu hijo dormido sobre mi hombro —comentó—. De hecho, pocas cosas hay mejores que esto.

50

Faltaban dos días para que Ollie regresara a casa de su padre, y había llegado el momento de la gran carrera de natación.

—Sé que dije que iba a darte ventaja, chaval —le dijo Swift cuando salieron de la piscina esa tarde—. Pero lo retiro. Eres demasiado rápido. No necesitas ventaja.

Yo le había llevado una toalla a mi hijo y lo estaba envolviendo en ella. Eran cosas como aquella (esos pequeños momentos) los que más había echado de menos desde que vivía con su padre. Ollie se acomodó en mi regazo mientras lo secaba y le ponía protector solar. Yo era consciente de cómo había ido cambiando su cuerpo a lo largo del verano, día tras día. Cómo había crecido y cómo había ido perdiendo grasa corporal. Ahora compraba la leche de cuatro litros en cuatro litros, sabedora de que mi hijo se quedaría el tiempo suficiente para acabársela.

—No es que no vaya a pulverizarte, que quede claro —le dijo Swift—. Lo que quiero decir es que va a ser una carrera limpia y seria. Nada de cosas de bebés.

Lo único que no había perfeccionado Ollie era el giro para dar la vuelta cuando llegaba al final de la piscina. Swift le había enseñado cómo se hacía, pero seguía costándole trabajo y a veces, cuando lo intentaba, salía a la superficie jadeando y tosiendo, lo que retrasaba su marcha.

La carrera estaba prevista para el sábado, el último día que

Ollie pasaría conmigo. Swift y él pasaron toda la mañana practicando el giro. Ava y yo nos dedicamos a tomar el sol sentadas en las tumbonas mientras nuestros dos chicos (Ollie y Swift) se movían incansablemente arriba y abajo, de un lado a otro de la piscina, girando, cambiando de dirección y girando otra vez. A la hora de comer Ollie ya dominaba la técnica.

—Esta noche —dijo Swift, y puso un billete de cien dólares encima de la mesa—. Diez largos. El ganador se lo lleva todo. —Levantó la mano y Ollie le dio una palmada en ella.

—Creía que habías dicho que si ganaba me llevarías a montar en la Donzi —dijo Ollie.

Otra vez hacía aquello con la voz cuando hablaba con Swift: la enronquecía y le daba un dejo de indiferencia, como si aquello no le importara lo más mínimo, aunque yo sabía que la carrera le importaba más que nada en el mundo.

—De eso no hay ninguna duda, amigo mío —le dijo Swift—. Pero creo que a lo mejor pasa un tiempo antes de que tú y yo podamos subir al lago. Esto no es más que un pequeño adelanto. Pero solo si me ganas, ¿entendido?

La carrera estaba prevista para las seis. Ava había invitado a varios de sus amigos. Después de la carrera habría una barbacoa. Ava iba a hacer su helado casero con las frutas del bosque que había traído del mercado de agricultores. Pensaba servirlo con las galletas de Estela. Cuando le pregunté si podía venir también Elliot, me dijo que por supuesto, aunque, como siempre que su nombre salía a relucir, advertí una nota de censura en su respuesta.

—Como tú quieras —dijo.

Los amigos empezaron a llegar temprano: Renata y Carol, las contratistas lesbianas; Bobby, el amigo de infancia de Swift, que venía desde Vallejo; Ernesto, el fisioterapeuta de Ava; y Felicity, una nueva amiga de Ava de la que yo había oído hablar pero a la que aún no conocía.

Ava la había conocido en la consulta del veterinario. Debía de tener más o menos mi edad. Su marido había muerto hacía poco de cáncer y ella había tenido que vender su casa y buscarse un trabajo. Por si eso fuera poco, su perro necesitaba una operación. Ava acabó pagando la intervención, naturalmente. Ahora Felicity estaba de pie junto a la piscina, con un vestido largo y verde que reconocí enseguida: lo había visto en el vestidor de Ava. Llevaba en brazos un Cavalier King Charles spaniel.

—Ah, Felicity —dijo Ava al ver a su nueva amiga con el vestido verde—. No sabes lo preciosa que estás.

Resultó que tenía un chal de cachemira exactamente del tono idóneo para acompañar el vestido. Después de la cena subirían a buscarlo al vestidor.

Yo me quedé junto a la piscina, buscando con la mirada a Elliot. De pronto me di cuenta, para mi sorpresa, de que estaba deseando verlo. Nada más dar las seis, Swift salió de la caseta de la piscina cubierto con un albornoz con sus iniciales bordadas y los brazos levantados como Muhammad Ali al entrar en el *ring*. Ollie iba tras él, con un albornoz con las iniciales CAH que debía de haber sido de Cooper cuando era pequeño. Tenía los hombros echados hacia atrás y sacaba pecho, pero yo sabía que estaba muy nervioso por la carrera. Temía no hacerlo bien y que todo el mundo le estuviera mirando. Pero sobre todo temía decepcionar a Swift.

Se situaron los dos al borde de la piscina y se quitaron los albornoces: Swift con su espalda ancha y peluda y sus hombros musculosos, y mi hijo a su lado, flaco y tembloroso.

Swift tenía un cañón en miniatura (cómo no) que funcionaba con pólvora auténtica. Ernesto prendió la mecha y disparó. Se lanzaron los dos de cabeza a la piscina.

Yo me había estado preguntando qué actitud adoptaría Swift. Sabiendo la diferencia de edad y de fuerza que había entre ellos, y que apenas tres meses antes Ollie aún le tenía miedo al agua, me parecía improbable que Swift fuera a esforzarse de verdad en ganar la carrera. Naturalmente, no querría que Ollie se diera cuenta, pero estaba segura de que le dejaría ganar.

Pero cuando se lanzaron los dos al agua, Swift comenzó a nadar como si su rival fuera un nadador adulto y no un niño de ocho años. Al llegar al final de la piscina, le sacaba más de cinco metros a Ollie, y su ventaja cada vez era mayor.

Ollie le ponía todo su empeño. Yo nunca lo había visto nadar tan deprisa, ni tan intensamente, pero el giro del final le estaba retrasando. El giro, y el hecho de que era un niño que acababa de aprender a nadar.

Solo una vez, cuando sacó la cabeza para tomar aire después de un giro, lanzó una mirada para ver dónde estaba Swift. Sin embargo, no podría haber deducido nada de aquel rápido vistazo. Swift iba en ese momento nadando a la par que él, pero en realidad le sacaba ya tres largos de ventaja.

Cuando estaba a punto de llegar a la meta, Swift se detuvo. Le faltaban tres metros para llegar al final cuando se tumbó de espaldas y empezó a chapotear tranquilamente. Ollie iba tras él, braceando con todas sus fuerzas, pero aún le faltaban dos largos más. Swift miró al grupo de espectadores reunido junto a la piscina y sonrió. Solo cuando Ollie se acercó a la línea de meta en su último largo, volvió a nadar.

Ollie tocó el borde de la piscina una sola brazada por delante de Swift. Desde el lado de la piscina, comenzamos todos a gritar y a vitorearlo.

Yo nunca había visto una expresión en la cara de mi hijo como la que se le puso cuando salió del agua. Estaba temblando y se tapó un momento la cara con las manos como si todo aquello fuera demasiado para él.

—¿He ganado? —preguntó.

Swift estaba saliendo del agua, a su lado.

—Has estado increíble, amiguito. Durante un rato he pensado que iba a ganarte, pero en el último tramo me has hecho polvo.

Yo estaba sentada junto a Ava unos metros más allá, fijándome en todo: en mi hijo sonriente, y en la inconfundible risotada de Swift al ponerle a Ollie la medalla que le habían comprado. De pie junto a él, Ollie seguía temblando y sacudiendo la cabeza, atónito.

—No puedo creer que haya ganado —decía—. No puedo creerlo.

A mi lado, Ava me tocó el brazo.

—Así es Swift —susurró con una tensa sonrisa en los labios—. Sabía que Ollie tenía que ganar, pero no ha podido refrenarse: tenía que competir. *Odia* perder. *En todo*.

Junto a la piscina, Ollie seguía perplejo por su victoria.

—Ahora puedo ir al lago Tahoe contigo, ¿verdad? —le dijo a Swift—. Y montar en la Donzi.

—Por supuesto que sí —contestó Swift—. Iremos en cuanto tengamos un buen fin de semana por delante.

—Esto significa mucho para Ollie —le dije a Ava—. Entre los dos le habéis dado el verano de su vida. Y a mí también.

—Swift es fundamentalmente un niño —comentó ella—. Un niño grandote que ya pasó por la pubertad.

—Ollie lo adora —añadí yo, aunque ella ya lo sabía.

—Como todos —repuso Ava.

Después, Swift se secó y se puso una de sus estrafalarias camisas hawaianas. Le dio también una a Ollie, decorada con monos y bananeros. Le quedaba enorme, pero Ollie se la puso de todos modos, mostrando su medalla de ganador por encima de la camisa. Cuando Swift le preguntó si quería una hamburguesa o un entrecot, Ollie dijo que estaba demasiado emocionado para comer.

Elliot se acercó a mí. Se había quedado algo apartado, a la sombra, con Evelyn Couture, que, después de Elliot, era la invitada que más fuera de lugar parecía en una fiesta de los Havilland.

—¿De qué hablabas con Evelyn? —le pregunté.

Resultaba difícil imaginar una pareja más extraña que aquella.

—Ha oído decir que soy contable —dijo—. Me estaba contando que va a dejar su casa de la ciudad. Evidentemente, va a donar el inmueble a la fundación de Ava y Swift.

Yo no me había enterado de aquello. Cuando iba a casa de Evelyn, nos dedicábamos a embalar ropa y antigüedades para donarla a distintas obras benéficas (principalmente a las tiendas de reventa del *ballet* y la Junior League). La mayor parte de los muebles irían a parar a una casa de subastas. Yo había dado por sentado que pensaba poner la casa en venta.

—Eso es maravilloso —dije.

—Tú seguramente has contribuido a ello con toda la ayuda que le has prestado —dijo.

—Lo dudo —respondí—. Uno no decide qué hacer con su casa de cinco millones de dólares solo porque la amiga de una amiga venga a ayudarte a embalar.

—Su casa vale mucho más de cinco millones —comentó Elliot—. Por lo que me ha dicho, creo que se acerca más a los veinte. Con ese dinero se puede esterilizar a muchos perros.

Estaba acostumbrada a que la voz de Elliot adoptara un tono de ternura siempre que hablaba conmigo, pero en ese momento advertí una nota de escepticismo.

—Me gustaría saber quién está en el patronato de esa fundación suya —dijo.

—Solo un montón de gente rica que adora a los perros, sin duda —contesté—. ¿Qué más da eso?

—Ya me conoces —dijo—. No puedo resistirme a una buena hoja de cálculo. Repasar cifras es probablemente lo que más me gusta del mundo.

Yo iba a hacer una broma, pero de pronto se puso aún más serio de lo normal.

—Bueno, eso no es cierto —dijo—. Lo que más me gusta es estar contigo.

51

Al día siguiente llevé a Ollie a casa de su padre. No lloró cuando me despedí de él, y yo sabía que no lloraría. Hacía tiempo que había descubierto que era así como se defendía un hijo de padres divorciados: bloqueando lo que sentía al abandonar el mundo de uno de sus progenitores para entrar en el del otro.

Esa mañana, mientras lo ayudaba a hacer la maleta, me había dado cuenta de que Ollie ya estaba lejos de allí. Cuando lo rodeé con el brazo, se tensó como hacía antes. Comprendí que no debía presionarlo.

—Dijiste que a lo mejor podía quedarme aquí, contigo —me había dicho la noche anterior, cuando lo acosté por última vez en el colchón inflable—. Pero no puedo.

—Estoy intentándolo —le dije. O lo estaba intentando Swift. Eso esperaba yo, al menos. Aún no había hablado con él al respecto.

Ollie quiso llevarse a Walnut Creek su medalla de natación y el billete de cien dólares que le había dado el Hombre Mono. Esa última noche, cuando llegamos a casa después de la carrera, se quedó dormido con la camisa hawaiana puesta. A la mañana siguiente la colgó de una percha y contempló la tela como si quisiera memorizarla. Por razones que no quiso explicarme pero que yo creía entender, había decidido no llevarse la camisa a casa de su padre.

—Podemos seguir yendo a su casa cuando vengas de visita —le dije, observando su expresión mientras tocaba el cuello de la camisa.

—Y vamos a ir juntos al lago Tahoe —contestó—. Me ha prometido que saldríamos con la Donzi.

—Seguro que sí —le dije—. Puede que no sea enseguida, pero en algún momento seguro que salís con ella.

Cuando llegamos a casa de Dwight y Cheri, me despedí de él en la acera.

—Vamos a vernos muy pronto —le dije torpemente. Me agaché y le di un abrazo.

En otra época, su cuerpecillo se habría tensado en un momento como aquel. Ahora sentí que se derretía en mis brazos. Estuvo un minuto entero abrazándome. Yo no quería soltarlo.

Todavía no había llegado a casa cuando recibí un mensaje de texto de Ava.

Ven a cenar con nosotros, decía. Una cosa curiosa de los Havilland era que nunca te preguntaban si tenías otros planes. Y esa noche, de hecho, yo los tenía, más o menos. Le había dicho a Elliot que lo llamaría a la vuelta y que podíamos vernos si me sentía con ánimos. Ahora, en cambio, lo único que me apetecía era estar en el lugar donde había sido tan feliz ese verano con mi hijo: la casa de los Havilland.

Escribí a Elliot:

Perdona, no estoy muy animada después de dejar a Ollie. ¿Te parece que lo dejemos para otra noche?

Respondió un par de minutos después, tan amable y comprensivo como siempre:

Claro. Tómatelo con calma, y que sepas que te quiero. Nos vemos pronto.

Me fui a Folger Lane.

Cuando llegué, Swift y Ava ya habían bebido bastante vino. Yo había entrado sin llamar en la casa, sabiendo que estarían fuera, tomando guacamole. Ava no dijo nada al verme. Me rodeó con los brazos. Swift me sirvió agua mineral. Por un momento estuve a punto de pedirle que me diera una copa de vino. Me sentía fatal por haber tenido que despedirme de Ollie y quería una copa.

—Voy a echar de menos a ese crío —comentó Swift.

No pude decir nada. La sola visión de la piscina me ponía triste.

—Confiaba de verdad en que pudiera empezar tercero aquí, conmigo —dije.

Era el momento perfecto para que Swift sacara a relucir el asunto del abogado. Había que rellenar los papeles, solicitar una nueva evaluación alegando que las circunstancias habían cambiando, que yo ya no bebía y que había numerosas personas, entre ellas Swift y Ava, que podían dar testimonio de mi buena conducta. Desde el otro lado de la mesa, observé sus rostros.

—Swift va a asar salmón esta noche —dijo Ava—. Felicity cena con nosotros.

52

Ahora que ya no tenía a Ollie conmigo, lo lógico habría sido que pasara más tiempo con Elliot. Pero no era así. Por un lado, se acercaba la fecha de la gran fiesta sorpresa de Swift y tenía que ultimar el libro para enviarlo a la imprenta. Por otro, Ava quería que la ayudara a decidir el menú y otros pormenores de la fiesta. Pero si me estaba distanciando de Elliot no era solo por ese motivo.

Después de presentárselo a Swift y Ava el día de aquella desastrosa excursión en barco, mis amigos habían dejado muy claro que no creían que Elliot estuviera a mi altura. Desde entonces, yo había intentado mantener mi vida con él separada de mi vida con los Havilland. Me preguntaban por él de vez en cuando, pero daba la impresión de que, al menos por lo que concernía a los Havilland, era como si no existiera. La única vez que había permitido que aquellas dos importantes esferas de mi vida coincidieran (el día de la gran carrera de natación), parecían haber cambiado las tornas: si antes eran Swift y Ava quienes desconfiaban de Elliot, ahora era Elliot quien expresaba dudas sobre ellos.

—¿Qué sabes de cómo ganó Swift su dinero? —me había preguntado poco después de aquella fiesta, en la que conoció a Evelyn Couture.

—Nunca hablamos de negocios —respondí—. No tenemos ese tipo de amistad.

—Solo tengo curiosidad porque he estado buscando un poco en Internet, comprobando un par de cosas —explicó—. Esa fundación suya es de carácter estrictamente privado. Solo hay tres personas en el patronato: Swift, Ava y Cooper Havilland.

—Pero eso no va contra la ley, ¿no?

—En absoluto —me dijo—. Era simple curiosidad.

En las semanas transcurridas desde entonces, Elliot había seguido haciéndome preguntas. Yo nunca sabía las respuestas, y me irritaba que insistiera en hablar de aquello. ¿Qué me importaba a mí que Swift vendiera acciones a la fundación o a una aseguradora de las Islas Caimán?

Supuse que si a Elliot le interesaban tanto los asuntos de los Havilland era por la misma razón por la que le interesaban la genealogía o las evaluaciones de la revista *Consumer Reports* sobre los distintos modelos de coche que estaba pensando en comprar para reemplazar su Prius: por la curiosidad ociosa de un apasionado de los números que disponía de demasiado tiempo libre. Aquella obsesión me exasperaba cada vez más. No veía qué importancia tenía que la junta directiva de BARK tuviera tres miembros o treinta, o cómo estuvieran redactados sus estatutos, y el hecho de que a Elliot le interesara tanto todo aquello solo parecía confirmar la opinión de Ava, según la cual Elliot no tenía nada mejor que hacer que encorvarse sobre un montón de hojas de cálculo.

Una mañana, en su casa, al levantarme de la cama, lo encontré sentado ante su mesa escudriñando números. No podían ser más de las seis de la mañana y, por el aspecto de su pelo, deduje que debía de haberse pasado las manos por la cabeza muy a menudo, como hacía cuando algún asunto lo reconcomía. Tres tazas de café vacías rodeaban su cuaderno de notas amarillo.

Oí dentro de mi cabeza cómo llamaba Swift a los contables: «contadores de habichuelas». Y la pregunta que me había hecho Ava: «¿Solo agradable?».

—¿Qué intentas conseguir? —le pregunté.

—Solo quiero aclarar esto —contestó Elliot—. Cómo funciona todo este tinglado.

Sentí que mi perspectiva cambiaba. No de repente, sino poco a poco, como si una corriente fuerte y constante me arrastrara. Como si un trozo de carbonilla se me hubiera metido en el ojo y, por más que quisiera librarme de él, me hiciera ver de forma distinta todo lo que me rodeaba. Sobre todo, a Elliot.

El cuidado que demostraba siempre (su insistencia en que me abrochara el cinturón de seguridad o me aplicara pomada antibiótica si me hacía un corte) me había parecido hasta entonces una característica propia de un hombre cariñoso y tierno. Ahora oía la voz de Ava dentro de mi cabeza llamándolo «quisquilloso» y «neurótico». Me irritaba su obsesión por el detalle. Seguíamos pasando buenos ratos juntos, los dos solos: haciendo un crucigrama acurrucados en el sofá; comiendo palomitas en la cama mientras veíamos viejas películas en blanco y negro, o yendo a restaurantes poco conocidos sobre los que Elliot leía en Internet. Si se trataba solo de eso, si seguíamos inmersos en nuestra pequeña burbuja, nuestra relación era casi perfecta, la más perfecta que yo había tenido nunca. Pero cuando Elliot mencionaba a los Havilland, yo me cerraba en banda. Estaba empeñado en encontrar pruebas de que había algo raro en el modo en que Swift manejaba sus negocios. Pero yo tenía cada vez más la impresión de que era a él, a Elliot, a quien le pasaba algo raro.

53

Una noche, a últimos de septiembre, Elliot me llamó para decirme que quería verme y que iba a pasarse por mi casa. Yo llevaba unos días evitándolo mientras ayudaba a Ava con los preparativos, cada vez más complejos, de la fiesta de cumpleaños. Estaba agotada y no me apetecía esquivar más preguntas de Elliot sobre la estructura financiera de BARK.

No hice ningún esfuerzo por arreglarme. Estaba en pijama cuando abrí la puerta.

—Estoy horrible —dije.

—Para mí estás maravillosa —contestó—. Estás como eres.

En muchos aspectos, Elliot era un hombre anticuado. Allí estaba, trajeado y sosteniendo en una mano un ramo de rosas de los que se compran en el supermercado, no en una floristería. Muy propio de él. Una vez le dije a Ava que Elliot debía de haber estado ausente el día en que repartieron el manual del romanticismo. En cierta ocasión me regaló sales de baño de una marca blanca. Y otra vez que teníamos previsto ir de acampada a las Sierras, me regaló unos calzoncillos largos.

Resultó, sin embargo, que esa noche me había traído un anillo. Era un diamante sorprendentemente grande para una persona tan precavida con el dinero, engarzado en una montura absolutamente tradicional: el tipo de anillo que mi padre (si hubiera sido otro y no el que era) podía haberle regalado a mi madre cuarenta años antes. Ni siquiera cuando lo conocí, en nuestra primera cita, me había parecido tan nervioso como en ese momento.

—Sé que posiblemente vas a decirme que no —dijo—, pero te pido por favor que lo pienses detenidamente. Puedo ser un buen marido para ti. No solo te adoraré, sino que te cubriré las espaldas. No creo que hayas tenido eso nunca.

«Pensarlo detenidamente…». Así era Elliot. Incluso en los momentos de mayor trascendencia personal, cuando se suponía que la pasión debía sobreponerse al intelecto, él optaba siempre por tomar el camino más sensato, apacible y reflexivo.

—Sé que no soy precisamente un semental —añadió—. Pero estoy seguro de que nadie va a quererte como te quiero yo, Helen. Nunca haré nada que pueda herirte. Puedes contar conmigo.

Yo siempre había dejado que otras personas (con frecuencia, hombres) decidieran lo que debía hacer con mi vida. Esa noche, al ver los ojos amables y angustiados de Elliot, las rosas envueltas en papel celofán, las profundas arrugas de su cara y la cajita de terciopelo azul, llegué a la conclusión de que lo quería. Me conmovía. Y confiaba en él. Me lo imaginé en la joyería escogiendo aquel anillo tan anticuado y me invadió una oleada de ternura. Me lo imaginé conduciendo hacia mi casa y dando quizás un par de vueltas a la manzana antes de aparcar, consciente de que, si le rechazaba, tal vez aquellos serían los últimos instantes de esperanza que conocería. No pensaba romperle el corazón a aquel hombre bondadoso.

—Cásate conmigo —dijo.

Me quedé allí sentada, observando su cara y aquellas manos grandes y extrañamente curtidas que parecían pertenecer a un granjero, y me acordé de que, cada vez que subíamos al coche, estiraba el brazo para abrocharme el cinturón de seguridad, y de cómo había esperado pacientemente (a veces dos horas, otras incluso tres) mientras yo fotografiaba a todos aquellos perros.

Lo miré, allí parado, con su camisa arrugada, sosteniendo todavía la cajita del anillo.

—De acuerdo —le dije—. Me casaré contigo.

Mientras lo decía, vi la cara de Swift aquella vez en el barco con el chaleco salvavidas, y oí la voz de Ava. «Pocas aspiraciones».

—Me has hecho el hombre más feliz del mundo —dijo—. Bueno, por lo menos todo lo feliz que puede ser un hombre como yo.

Acepté el anillo, pero no me lo puse. Lo sostuve un momento en la palma de la mano y luego lo devolví a la caja de terciopelo.

—Todavía no estoy preparada para decírselo a la gente —le dije—. Prefiero dejar pasar un tiempo para hacerme a la idea.

Sabía, en realidad, por qué no quería ponerme el anillo. Temía lo que podía decir Ollie si le contaba que iba a volver a casarme. Más concretamente, que iba a casarme con Elliot, aquel hombre del que seguramente guardaba un solo recuerdo indeleble: el de aquella vez que, después de insistir en que se pusiera un chaleco salvavidas, había vomitado inclinado sobre la borda del velero de Swift. Las pocas veces que se habían visto desde entonces, Elliot había hecho algunos progresos con Ollie, pero la verdad seguía siendo que, a ojos de mi hijo, mi novio el contable no se parecía ni remotamente al Hombre Mono.

Pero, sobre todo, si me resistía a ponerme el anillo era por Swift y Ava, con quienes Elliot no había hecho ningún progreso. No me ponía su anillo porque no quería tener que justificar mi decisión delante de los Havilland.

54

Comencé a evitar a Elliot casi desde el momento en que le dije que sí.

A veces veía su nombre en la pantalla de mi móvil y lo dejaba sonar. Por la noches, cuando llegaba a casa después de estar en Folger Lane o de cenar con Swift y Ava en nuestro restaurante birmano o en Vinnie's, o de pasar el día en la ciudad ayudando a Evelyn Couture, solía encontrar un mensaje suyo esperándome.

—Soy yo —decía primero en tono esperanzado y luego, más adelante, con un dejo de ansiedad o de desánimo—, tu prometido.

A veces le devolvía la llamada. Cuando lo hacía, nuestras conversaciones eran sorprendentemente breves. Lo oía al otro lado de la línea tratando de comunicarse conmigo como lo había hecho en el pasado: me hablaba del trabajo, o de algo que había leído en el periódico, o de una cita con el médico que había tenido ese día. El tipo de cosas que se cuentan las parejas. La vida corriente. Pero mientras él hablaba yo echaba un vistazo a mis *e-mails*.

—Estoy pensando en comprarme un coche eléctrico —me decía—. Cuando vivamos juntos —en su casa, quería decir—, podríamos poner paneles solares en la casa y dejar de comprar gas.

—Me parece bien —contestaba yo.

Cada vez con más frecuencia, cuando llegaba a casa por las noches, le mandaba a Elliot un mensaje de texto diciéndole que estaba demasiado cansada para hablar y que lo llamaría al día siguiente.

Pero luego llegaba el día siguiente y me iba de nuevo a casa de los Havilland para dar los últimos toques al libro, o a la ciudad para seguir ayudando a Evelyn con su inacabable mudanza, o a recoger algo para la fiesta: unos farolillos chinos antiguos, una máquina de hacer pompas, los mantelillos individuales que Ava había encargado con una foto gigante de Swift en el centro para que sonriera a los invitados cuando se sentaran a comer, al menos hasta que los camareros pusieran encima los platos, encargados también especialmente para la ocasión y decorados con diez razas distintas de perros.

Por fin, después de cinco días de mensajes, llamé a Elliot.

—Sé que debería haberte llamado antes —le dije—. Pero es que preparar la fiesta está siendo una auténtica locura. Sobre todo, teniendo que mantenerlo en secreto para que no se entere Swift.

—¿De verdad crees que no se ha dado cuenta ya de que va a haber una fiesta? —preguntó—. Va a cumplir sesenta años. Es un ególatra. Sabe que su mujer no dejaría pasar una fecha como esa sin celebrarlo a lo grande. No me sorprendería que intentara alquilar el estadio de Candlestick Park.

Ava había barajado, de hecho, diversos lugares para celebrar la fiesta, a cual más extravagante, pero al final había decidido alquilar mesas y colocarlas bajo una carpa, en el extenso jardín de detrás de su casa. Así tendrían más libertad, decía.

—Por si alguien quiere quitarse la ropa y meterse en la piscina, por ejemplo. Y las dos sabemos quién puede ser esa persona.

Tras considerar múltiples opciones para la decoración, por fin se había decantado por un tema en concreto. Sabiendo lo mucho que le gustaba a Swift el lago Tahoe (en invierno, sobre todo), había alquilado una máquina de nieve artificial para cubrir de blanco todo el jardín y había encargado una escultura de hielo de Swift en tamaño natural, con la pose del David de Miguel Ángel, solo que de su miembro viril manaría champán.

Elliot quiso saber, por supuesto, cómo pensaba Ava mantener todo aquello en secreto.

—Lo ha preparado todo para que Swift tenga que ausentarse

de la ciudad el día de la fiesta —le dije—. Así no estará en casa cuando se hagan los últimos preparativos.

—Creía que Swift nunca quería ir a ninguna parte —comentó Elliot—. Sobre todo sin Ava.

—Ava está organizando un viaje especial al acuario de Monterrey solo para él y para Ollie —expliqué yo, a pesar de que Elliot y yo habíamos hablado de hacer aquella excursión juntos con mi hijo—. Donde de verdad quiere Ollie que le lleve Swift es al lago Tahoe, claro, pero está demasiado lejos para ir y volver en el día, y de todos modos no quiero que vaya hasta allí sin mí. Así que acordamos que podían ir a Monterrey.

—El gran mago —comentó Elliot con sorna—. Con solo mover la mano consigue que tus sueños se hagan realidad. Si Swift estuviera aquí seguramente contaría un chiste sobre su poderosa varita.

Decidí hacer oídos sordos.

Tendríamos que darnos prisa para que todo estuviera listo en un solo día, claro. Nuestra meta era asegurarnos de que, cuando Swift y Ollie entraran por la puerta, todos los invitados estuvieran ya allí, listos para que diera comienzo la fiesta. Habría una banda de *reggae* tocando en el jardín, junto a la caseta de la piscina, y una hoguera ardiendo en un hoyo, en medio del jardín cubierto de nieve. Y varios artistas –entre ellos un tragafuego y un bailarina de barra– para dar un aire aún más barroco, si cabía, a todas aquellas extravagancias.

A la hora del cóctel, los camareros pasarían con bandejas cargadas de paté, ostras, centollos, caviar y copas de champán Cristal. Después, nos sentaríamos a la mesa a cenar cordero asado, patatas gratinadas, judías verdes y ensalada de endibias, pera y nueces. En el sitio de cada invitado (eran más de un centenar, la mayoría de ellos potentados con dinero suficiente para extender abultados cheques, además de los asiduos a las fiestas de los Havilland), habría un ejemplar de *El hombre y sus perros*. Habíamos mandado imprimir mil ejemplares para que los Havilland pudieran repartir los que sobraran más adelante, cuando la fundación comenzara a crecer.

Yo le había descrito todo esto a Elliot mientras cenábamos en un restaurante de la ciudad: un acontecimiento extraordinario. Ahora estábamos sentados el uno frente al otro, tomando café. Me había puesto el anillo para la ocasión, pero ambos estábamos tensos aunque intentáramos comportarnos como si no pasara nada.

—Si es así como van a celebrar el sesenta cumpleaños de Swift, no quiero ni pensar en qué hará Ava cuando cumpla setenta —comentó Elliot—. Suponiendo que sigan juntos.

—Pero ¿qué dices? —contesté—. Si hay una relación de pareja por la que yo apostaría sin pensármelo dos veces, es la de los Havilland. Nunca he visto a dos personas más enamoradas.

—El amor no siempre se manifiesta de manera evidente —repuso Elliot—. No todo el mundo siente la necesidad de anunciar a bombo y platillo lo increíble que es su relación de pareja. Algunas personas demuestran lo que sienten con sus actos.

55

Había ido a Folger Lane a enseñarle a Ava las pruebas finales del libro, que había que mandar a la imprenta al día siguiente. Justo cuando tomé el camino de entrada, la furgoneta de Ava se detuvo a mi lado. Estela iba en el asiento del copiloto.

—He llevado a Estela a que le hicieran la manicura y la pedicura —dijo Ava cuando se bajaron—. ¿Te puedes creer que ha sido la primera vez?

Podía, en efecto. Estela desplegó las manos: sus uñas cortas y desgastadas por el trabajo brillaban pintadas de rojo intenso. Las uñas rojas de sus pies sobresalían de un par de chanclas de papel de las que daban en los salones de manicura. Llevaba sus zapatillas —unas Nike viejas— metidas bajo el brazo.

—He intentado convencerla para que eligiera un color más discreto —explicó Ava—. Pero nuestra chica quería tirar la casa por la ventana.

Me incliné para ver más de cerca sus manos.

—¿Qué tal le va a Carmen con sus clases? —le pregunté.

—Muy bien —contestó—. Mi niña va a ser médica. Va a cuidar de su familia.

—No tienes que preocuparte por eso, Estela —le dijo Ava—. Da igual a lo que decida dedicarse Carmen. Tú ya sabes que Swift y yo siempre cuidaremos de ti.

—Cuando Carmen acabe la carrera, nos valdremos solas —afirmó Estela—. Tengo una hija muy lista.

—Estudiar Medicina es muy duro, Estela —le advirtió Ava—. Espero que lo consiga, pero no dejes tu trabajo.

—Sí, señora Havilland —repuso Estela mientras echaba a andar hacia la casa. Su tono ilusionado parecía haberse desinflado de repente.

—Además —añadió Ava—, ¿qué haríamos nosotros sin ti?

56

Ava y Swift debían resolver algunos asuntos relativos a la casa de lago Tahoe. Tenían un administrador de fincas que solía cuidar de la casa, pero llevaba un tiempo dando problemas. Necesitaban encontrar a alguien que se hiciera cargo de ese trabajo.

—Seguramente podría resolverlo por teléfono —dijo Ava—, pero esa casa es tan especial para nosotros que no quiero darle las llaves a un perfecto desconocido.

Me pidió que fuera a la casa y hablara con un par de empresas de administración de fincas.

—Puedes tomártelo como unas vacaciones —dijo—. Llévate un montón de revistas. Entrevista a la gente que haya respondido a nuestro anuncio, a ver quién te gusta. Swift y yo confiamos plenamente en que tomarás la decisión correcta.

Pero eso no era todo. Evidentemente, estaban pensando en remodelar completamente la casa aquella primavera. En cuanto pasara la gran fiesta de cumpleaños, Ava empezaría a hablar con los arquitectos.

—Queremos que te lleves la cámara y hagas fotos de la casa —dijo—. Para darle al arquitecto una idea preliminar de cómo es antes de que vaya a verla en persona. —Esperó un momento y luego añadió—: Puedes llevarte a ese novio tuyo si quieres.

Era curioso que Swift y ella nunca dijeran el nombre de Elliot.

Le dije que iría, pero sola. Odiaba que las cosas fueran así, pero no estaba de humor para pasar unos días con Elliot. Lo que de verdad necesitaba era estar sola.

Nunca había estado en el lago Tahoe. Para empezar, no esquiaba (aunque tampoco esquiaba Ava, claro). Pero, sobre todo, me había parecido siempre un sitio reservado a personas procedentes de un mundo al que yo no pertenecía: gente que desde pequeña había esquiado y practicado el esquí acuático y el tenis, y que sabía navegar y pilotar lanchas motoras. El hecho mismo de que lo llamaran «Tahoe» (nunca «lago Tahoe») denotaba una familiaridad que yo jamás podría fingir.

Pero después de tantos meses oyendo hablar de aquella casa a los Havilland, quería conocerlo. Y me sentía orgullosa de que confiaran en mí hasta el punto de dejarme elegir al nuevo administrador de fincas. Y ya que estaba allí –sugirió Ava–, podría encargar que limpiaran las alfombras y las cortinas, y buscar a alguien que fuera a echarle un vistazo al lavaplatos, que había funcionado mal la última vez que habían estado allí.

La parte de mi labor que más me atraía era la fotográfica, claro está. Hacía tiempo que solo me dedicaba a retratar perros y colegiales, uno tras otro, durante mi jornada laboral. Me encantaba la idea de tener todo el día para pasear por las habitaciones de la casa de los Havilland en el lago y por sus terrenos, haciendo fotos a mi aire.

Tardé más de cuatro horas en llegar allí, pero no me importó. Iba pensando en la promesa de Swift de hablar con su abogado para reabrir el caso de la custodia de mi hijo, y en el hecho de que nunca pareciera tener tiempo para hacerlo. Había dudado en decírselo, pero un par de días antes había sacado el tema a relucir temiendo que se le hubiera olvidado.

—Estoy en ello, nena, no te preocupes —me había contestado dándome unas palmaditas en el brazo.

No estaba convencida de que me hubiera dicho la verdad, pero ¿qué podía hacer?

Hacía ya más de tres años desde mi detención, y desde entonces no había tenido ni un solo problema. Tenía deudas, pero al menos ganaba suficiente dinero. Y lo que era más importante: mi propio hijo decía que quería volver a vivir conmigo. Tal vez fuera en parte por su deseo de estar cerca de su adorado Hombre Mono, y en parte por lo mucho que le gustaba jugar al *frisbee* con Rocco. Pero también, en parte, quería estar conmigo. Habíamos progresado mucho ese verano. Mi hijo volvía a confiar en mí.

Iba pensando en todo esto mientras hacía el largo viaje hasta el pueblo de Truckee y mientras recorría los casi veinticinco kilómetros que había desde allí hasta la casa de Ava y Swift a orillas del lago Tahoe. El plan era instalarme en la casa, descansar después del largo día de conducción y esperar hasta el día siguiente para ir al pueblo y entrevistarme con los candidatos al puesto. Saliendo de casa a mediodía, conseguiría llegar a tiempo para hacer unas fotos de la casa a la luz dorada del atardecer.

Pasé junto a un montón de mansiones con vistas al lago mientras iba hacia la casa de los Havilland: grandes casonas construidas a capricho de sus propietarios, sin duda carísimas y con toda clase de comodidades, pero absolutamente desprovistas de encanto. Luego llegó el desvió hacia la casa de Ava y Swift.

Había casas mucho más ostentosas, pero ninguna que pudiera compararse con aquella en encanto. Al verla, me pregunté enseguida por qué querían cambiar una sola cosa de ella. Estaba situada al final de un largo camino pavimentado, sin otras casas a la vista y rodeada de árboles por todas partes. Un sendero cubierto de musgo bajaba a la playa. La casa era de buen tamaño, pero producía la sensación de ser una casita de campo más que una mansión, con un porche que la envolvía por los cuatro costados y una chimenea de piedra que asomaba por encima del tejado.

Tenía el tejado de pizarra y las contraventanas rojas, y los árboles que la rodeaban no eran como los de las otras casas que había visto por la carretera, plantados hacía poco por algún paisajista de altos vuelos. Eran secuoyas y pinos maduros que surgían de un manto de helechos. Había una hamaca tendida entre dos de ellos y, de cara al lago, un balancín.

Los otros edificios de la finca eran una casita de invitados y un cobertizo en el que supuse que Ava y Swift guardaban sus kayaks y sus tablas, junto con la canoa de corteza de abedul que Swift había encargado expresamente a un canadiense, y el equipo de esquí acuático. En aquel cobertizo guardaban también la Donzi, el orgullo y la alegría de Swift. Yo sabía un montón de cosas sobre aquella lancha por mi hijo, claro: la potencia que tenía, que sus dueños anteriores habían eludido a las autoridades en una loca persecución de cinco horas en algún lugar de las costas de Florida, con drogas por valor de un par de millones de dólares a bordo y una AK-47... Ollie hablaba en tono maravillado al contarme aquella historia.

—Entonces los malos se fueron a la cárcel —decía—, y el Hombre Mono se quedó con la Donzi.

Antes incluso de apagar el motor del coche vi el lago, rielando azul contra el horizonte. No había muchas embarcaciones en el agua, y seguramente ninguna era tan veloz como la Donzi.

—Tengo la lancha más cojonuda de todo el lago —le había dicho Swift a Ollie.

Para mí, lo más deslumbrante de todo era el trozo de tierra en el que se alzaba la casa: un lugar en el que había tan pocos indicios de la vida moderna que podríamos haber estado en 1900.

Paré el coche delante de la casa y salí, fijándome en la vista. Eran las cinco y media o las seis de la tarde, y la luz incidía en el lago en un ángulo perfecto. Saqué mi cámara.

Algo me pasa cuando empiezo a hacer fotos. Todo lo demás se difumina. Podría haber un bosque en llamas, que, si no aparece en mi visor, ni siquiera lo notaría. En ese momento me hallaba absorta en el modo en que el sol descendía sobre el lago. Divisé un colimbo deslizándose por el agua, iluminado por aquella luz dorada y perfecta.

Se zambulló. Lo fotografié justo cuando salía de nuevo a la superficie.

Quién sabe cuánto tiempo estuve allí. Puede que fueran cinco minutos, o media hora. De repente, sin embargo, me di cuenta de que se oía una música procedente de la casa: una especie de *hip-hop*. Aparté la mirada de la cámara y la dirigí hacia la casa, fijándome por primera vez en ella.

Fue entonces cuando lo vi: había otro coche en el camino de entrada, un descapotable amarillo con la capota bajada. Vi también que salía humo de la chimenea y que se oían risas a través de una ventana abierta.

Debería haberme asustado, supongo, pero la idea de que alguien pudiera invadir el hermoso refugio de Ava y Swift debió de disipar cualquier asomo de temor. Solo sentí un feroz impulso de proteger aquel lugar.

Un extraño impulso se apoderó de mí. Levanté la cámara. Si, como pensaba, alguien había irrumpido en la casa, era importante fotografiar el número de matrícula del coche, y eso hice. Luego, demasiado asombrada para sentir miedo, me acerqué a la puerta y giré el pomo. No hizo falta que sacara las llaves. Estaba abierto.

Lo primero que vi fue una maleta, de piel y de aspecto lujoso. En el suelo, a su lado, había una mochila muy usada. No se veía a nadie, pero oí el crepitar de un fuego y noté un olor a humo procedente de lo que sin duda era el cuarto de estar. Como andando en sueños, recorrí el pasillo y entré en la habitación, con sus viejos sofás de terciopelo —mucho más agradables que los nuevos—, un par de butacas de piel, una mecedora de roble, una alfombra de estilo indio, y un lienzo que creí reconocer: parecía ser del mismo pintor marginal cuyo cuadro del perro había inspirado mi primera conversación con Ava.

Olía a comida. Alguien estaba friendo carne. De pronto oía también voces: una aguda y risueña y la otra más grave. Una risa que me resultaba familiar y que al mismo tiempo tenía algo de discordante. Para entonces ya había llegado a la conclusión de que, fuera quien fuese quien había entrado en la casa, no era un ladrón.

Estaba allí parada, intentando decidir qué debía hacer, cuando se abrió la puerta del otro lado del cuarto de estar. Era Cooper, el hijo de Swift, sosteniendo un Martini. Aunque nunca nos habíamos visto, lo reconocí al instante. Y a su lado, vestida únicamente con una camisa de hombre sin abrochar, estaba Carmen, la hija de Estela.

57

Nos quedamos allí, inmóviles, unos segundos. No dije nada, y Cooper, que sostenía en una mano un tenedor de barbacoa muy largo y ligeramente manchado de sangre y en la otra la copa, tampoco dijo nada.

Nos limitamos a mirarnos unos a otros. La última vez que yo había oído hablar de Cooper, sus padres estaban brindando por su compromiso matrimonial con la bella Virginia. La última vez que había visto a Carmen, estaba limpiando el cuarto de baño.

Observé sus caras. Ellos observaron la mía.

Entonces di media vuelta. Salí por la puerta, bajé los escalones y volví a mi coche. Dejé la cámara en el asiento delantero y, cuando estuve en medio del camino, donde ya no podían verme, hice una fotografía a la finca. Se lo había prometido a Ava y Swift. Le había dicho a Ollie que también haría una foto de la Donzi, pero ya no podría bajar al cobertizo de las embarcaciones.

El viaje de vuelta a Portola Valley fue muy largo. A eso de las ocho de la tarde sonó mi móvil. Era Ava.

—Déjame adivinar —dijo—. Estás tumbada en el sofá junto a la chimenea, con una copa de esa agua mineral que te empeñas en tomar, en vez de ese magnífico cabernet que podrías estar bebiendo —dijo—. Y seguramente has cometido la locura de no llevarte a tu novio, a pesar de que vas a dormir en el que es quizás el lugar más romántico de todo el lago. Lo que posiblemente evidencia las carencias de tu relación, aunque no sea mi intención abundar en ese tema.

—La verdad es que estoy volviendo a casa —le dije. Aunque nunca me había costado inventar historias, todavía no había decidido cómo iba a explicarle mi intempestivo regreso del lago.

Quiso saber qué había ocurrido, claro.

—Tengo náuseas —le dije—. Debe de ser algún virus.

—En ese caso, vente derecha aquí en cuanto llegues a la ciudad —me dijo—. Vamos a meterte en la cama con una bolsa de agua caliente y una taza de poleo. Te espero levantada.

—Estoy bien —le aseguré—. Solo necesito llegar a casa.

—Vente para aquí —insistió—. No discutas. Hay que cuidar de ti.

Eran casi las once cuando llegué a Folger Lane. Las luces estaban encendidas. Los perros me estaban esperando. Ava salió a recibirme a la puerta.

—Muy bien —dijo al hacerme entrar en el cuarto de estar—. ¿Qué es lo que pasa? Porque lo del virus no me lo creo. Tú nunca te pones enferma.

Tenía razón. En aquel momento, como en muchos otros, me acordé de lo bien que me conocía Ava, de lo unidas que estábamos.

—Déjame adivinar —dijo Swift, que había aparecido tras ella con una copa en la mano—. Por fin te llevaste al contable a Tahoe. Y os habéis peleado. A lo mejor estabais jugando al Scrabble, tú intentaste colarle una palabra no reglamentaria y él te exigió que te ciñeras a las normas. Tuviste que salir de allí.

Sacudí la cabeza. No podía permitir que creyeran que me había peleado con Elliot. ¿Cómo podía alguien pelearse con Elliot?

—Son solo… cosas de mujeres —dije. Deduje que con eso bastaría para que Swift saliera de la habitación, y así fue.

Había aprendido hacía tiempo que no hay forma más eficaz de ahuyentar a un hombre, si eso es lo que quieres, que aludir vagamente al ciclo menstrual.

—Muy bien —dijo Ava cuando se marchó su marido—. Ahora

vas a sentarte y a contarme lo que ha pasado de verdad. Estás hablando conmigo, ¿recuerdas? Eres mi mejor amiga. No tenemos secretos la una para la otra.

Nunca antes la había oído decir que yo fuera su mejor amiga y en ese momento, al oírlo, me derrumbé. Me dejé caer en el sofá. Ava se inclinó en su silla y me rodeó con los brazos.

—A mí puedes contármelo —dijo—. Seguro que todo se arregla.

—Es Cooper —dije—. Estaba en la casa y los pillé. Estaba con Carmen.

Casi imperceptiblemente –tan imperceptiblemente que cualquier otra persona no lo habría notado–, Ava se incorporó y se enderezó en su silla. Sus bellos y largos brazos volvieron a apoyarse sobre los reposabrazos. Fijó en mí aquella mirada suya, firme y despreocupada.

—¿Eso es todo? —preguntó en un tono a medio camino entre la exasperación y el sarcasmo—. ¿La gran catástrofe?

—Estaban cocinando —le dije como si fuera innecesario añadir nada más—. Ella llevaba puesta una camisa de él. *Solo* la camisa. Estaban *juntos.*

No supe interpretar la expresión de Ava. Asentía con la cabeza con una blanda sonrisa en los labios, muy distinta a la que habría puesto si uno de los perros hubiera apoyado la cabeza sobre su regazo, o si Swift se hubiera acercado a ella por la espalda para acercar la cara a su pelo.

—Escucha —dijo—. Lo que haya entre Cooper y esa chica —*esa chica*, dijo— no significa nada. Son cosas de críos.

—Pero está comprometido —repuse yo—. Pensaba que iba a casarse con Virginia.

Ava no se rio exactamente, pero estuvo a punto.

—Lo único que importa es lo que ha importado siempre —afirmó—. Cooper acabará sus estudios en junio y se marchará a Nueva York. Habrá una gran boda. Virginia y él van a tener una vida muy agradable.

«Agradable». La misma palabra que había cuestionado cuando yo la había empleado para describir a Elliot.

—Dudo que Virginia opinara lo mismo —dije.

—Ya opina lo mismo —me dijo Ava—. ¿Crees que no sabe que Cooper echa una canita al aire de vez en cuando? ¿Crees que es la primera vez en los ocho años que llevan juntos? Los hombres son así, Helen.

Podría haberle llevado la contraria, pero eso ya no me interesaba.

—Pero ¿y Carmen? —dije—. Seguramente ella cree que es otra cosa. Debe de estar enamorada de él. Y Estela… —No sabía cuál podía ser el final de aquella frase pero, fuera cual fuese, estaba segura de que Estela no aceptaría las excusas de Ava para justificar la conducta de Cooper.

—Tú obligación no es velar por Carmen —dijo—. Ni la mía tampoco. Ni la de Cooper, en realidad. Carmen ya es mayorcita. Puede decidir por su cuenta, y evidentemente eso es lo que está haciendo.

—¿Lo sabe Swift? —le pregunté.

Aún estaba aturdida por su reacción. Ava parecía vagamente impaciente.

—Puede que sí, puede que no. En todo caso, no le daría mucha importancia. Y tú tampoco deberías dársela. —Movió las ruedas de su silla de un modo que daba a entender que se disponía a salir de la habitación.

Evidentemente, la conversación había acabado.

—Te quedas a pasar la noche, ¿no? —preguntó—. Después de un viaje tan largo en coche. Te hemos preparado una habitación.

Le dije que prefería llegar cuanto antes a mi apartamento. No intentó convencerme de que cambiara de idea.

—Imagino que todo eso ocurrió antes de que tuvieras tiempo de resolver las cosas allá arriba —dijo cuando me dirigía hacia la puerta.

—¿De resolver las cosas?

—Entrevistar a los administradores de fincas. Y hacer las fotos para enseñárselas a nuestro arquitecto.

—Solo hice una del exterior —le dije—. Lo siento.

Había algunas otras: el atardecer, los colimbos, la matrícula del descapotable amarillo. Ninguna de ellas le serviría.

—No te preocupes —respondió—. No pasa nada. Por ahora nos concentraremos en la fiesta de cumpleaños, ¿de acuerdo? ¿Te imaginas la cara que pondrá Swift cuando entre y vea el jardín cubierto de nieve? Seguro que sabe que estoy preparando algo para su cumpleaños, pero nunca había organizado una fiesta como esta.

Esa noche, mientras iba hacia casa en el coche, no era la fiesta de cumpleaños de Swift en lo que pensaba. Ni en Swift. Iba pensando en la cara que había puesto Cooper esa tarde, al salir de la cocina de la casa del lago Tahoe.

Otra persona habría mostrado miedo o incluso horror al ser descubierta en una situación tan violenta, pero no era eso lo que yo había visto en la cara de Cooper. A pesar de que solo tenía veintidós años, aquel joven parecía estar absolutamente seguro de que tenía el mundo a sus pies. Si su comportamiento molestaba a otros (si, por ejemplo, la amiga de confianza de sus padres lo sorprendía en una situación comprometida con la hija de la asistenta poco después de anunciar su compromiso matrimonial con otra mujer), era problema suyo, no de él.

Evidentemente, Cooper sabía quién era yo. De hecho, había sonreído ligeramente al verme. Una sonrisa un poco torcida que sugería que ya había tomado un par de copas, aunque tal vez fuera solo su sonrisa infantil de siempre, esa con la que estaba acostumbrado a encandilar a los demás. Si había algo que podía molestarlo de mi súbita irrupción en la casa, era posiblemente que perturbara el ambiente. Porque la otra persona presente en la casa –Carmen– había puesto la cara que cabía esperar en aquella situación (la cara que habría puesto, por ejemplo, su madre años atrás, mientras cruzaba el desierto hacia Texas desde San Ysidro, al ver a una patrulla fronteriza).

Cara de estar arrinconada y aterrorizada.

58

Debería haberme ido derecha a la cama cuando llegué a casa, pero no lo hice. Ni siquiera fui directamente a casa, a decir verdad.

En el trayecto entre la casa de los Havilland y mi apartamento había una licorería. Debía de haber pasado mil veces por allí sin apenas reparar en ella. Pero esa noche paré. Compré una botella de cabernet y la puse en el asiento de al lado, junto a mi cámara. Cuando llegué al apartamento, la descorché y me serví una copa. Después de tanto tiempo acudiendo a reuniones y tachando en el calendario los días que llevaba sobria, me la ventilé en un abrir y cerrar de ojos.

Cuando estuvo vacía, me puse delante del espejo y estudié mi cara para ver si parecía distinta. Puede que sí, pero teniendo en cuenta la cantidad de alcohol que había consumido y el hecho de que no había comido nada en todo el día, me habría resultado difícil juzgar nada con claridad.

Entonces hice una cosa extraña, aunque en aquel momento me pareció que tenía sentido. Puede que quisiera dejar constancia de aquel momento para acordarme de que no debía repetirse. O puede que lo hiciera movida por la desesperante convicción de que no había logrado cambiar de vida, después de todo.

Coloqué la cámara sobre un montón de libros, como había hecho al hacerme la foto para Match.com, y puse el temporizador. Me puse delante del visor y esperé a oír el chasquido del disparador.

Luego levanté el teléfono. Podría haber llamado a mi padrino en Alcohólicos Anónimos, pero en aquellos momentos la persona a la que llamaba en caso de emergencia era Ava. De no haber estado borracha jamás la habría llamado a esas horas, pero estaba borracha. Como sucedía siempre —a pesar de la hora que era y de que indudablemente la había despertado—, su voz al otro lado de la línea sonó llena de empatía y preocupación.

—La he cagado —dije—. Me he emborrachado. Soy Helen —añadí en voz alta, como hacíamos en las reuniones—. Soy alcohólica.

A la mañana siguiente intenté olvidarme de todo aquello. El viaje a Tahoe. Lo que había visto allí. La reacción de Ava. Y, sobre todo, la borrachera, aunque tendría que hablar de ella en mi reunión del día siguiente, y así lo hice. Hasta ese momento, había pasado 1086 días sobria. Ahora, de pronto, volvía a estar a cero.

Sin embargo, antes de que pudiera quitarme todo aquello de la cabeza, tenía que hacer una cosa: imprimir el autorretrato que me había hecho estando borracha la noche anterior. Guardé la foto en el cajón de mi ropa interior para verla todos los días y acordarme de que no debía permitir que aquello volviera a suceder.

Cuando conseguí librarme del dolor de cabeza me fui a Folger Lane. Había decidido preguntarle sin rodeos a Swift si todavía pensaba ayudarme a contratar a un abogado para recuperar la custodia de mi hijo. En cuanto llamara a su abogado, como había prometido, me pondría manos a la obra para reunir el informe crediticio, los saldos bancarios y las cartas de referencia que necesitaba. Empezando por Swift y Ava, claro. Y quizá también por Evelyn Couture.

Entonces me asaltó una idea: no había prácticamente ninguna faceta de mi vida en esos momentos que no procediera directamente de los Havilland. Mis amigos, mi medio de vida, mi futuro abogado, incluso mi ropa. Se lo debía todo a los Havilland, a excepción del hijo al que había parido y el hombre con el que me acostaba (aunque ya rara vez lo hiciera). En cierto modo, también se habían adueñado de Elliot al mostrarme continuamente sus defectos, de modo que, pasado un tiempo, había dejado de ver sus virtudes.

Aquello resultaba desconcertante incluso para mí. Tras saber por boca de Ava que tanto ella misma como su hijastro, su marido y la novia de su hijastro desdeñaban la noción de fidelidad, podría haber sentido un renovado respeto hacia Elliot, que era leal como nadie. En cambio, solo veía que, al alinearme con Elliot, me estaba colocando en franca oposición a todo cuanto representaban Swift y Ava. Y Swift y Ava eran quienes habían hecho posible mi nueva vida, incluida la disposición de Oliver a abrirme por fin su corazón. Por turbador que hubiera sido mi descubrimiento en el lago Tahoe, si quería recuperar a mi hijo no había sitio en mi vida para aquel desasosiego.

59

Aún no le había dicho a nadie que iba a casarme con Elliot. No había mucha gente a quien pudiera contárselo, pero estaban Ava y Swift, claro, y también Ollie. Y no quería darle la noticia a mi hijo hasta que conociera mejor a Elliot.

Había, además, otro motivo para que mantuviera en secreto mi compromiso con Elliot: mi inminente solicitud judicial para recuperar la custodia de Ollie. Si Ollie sabía que iba a casarme con un hombre al que no tenía en mucha estima, tal vez no quisiera venir a vivir conmigo. Ya le había dicho a Elliot que era por eso por lo que no quería ponerme el anillo que me había regalado, aunque no le dije que Ollie tuviera mala opinión de él. Le dije simplemente que mi hijo todavía no lo conocía lo suficiente, y que antes de darle la noticia tendrían que pasar más tiempo juntos.

—Te querrá en cuanto te conozca mejor —le dije a Elliot, aunque en el fondo tenía mis dudas.

Por duro que fuera hablarle a Ollie de mi relación con Elliot, me asustaba aún más decírselo a los Havilland. No había ninguna otra persona a la que me sintiera obligada a contárselo: desde luego no a mi madre, Kay. Pero por algún motivo sentía que necesitaba conseguir la aprobación de los Havilland (si no su bendición) antes de comprometerme del todo a dar ese gran paso. Hasta ese punto eran importantes para mí.

Al pensar en hacer pública la noticia, me di cuenta de que,

habiendo perdido el contacto con Alice, no había nadie más a quien tuviera que contárselo: solo Ava y Swift. Consciente de que no podía demorarlo mucho más, me pareció importante que cenáramos los cuatro juntos, pero como los Havilland no habían vuelto a dar muestras de querer invitar a Elliot desde aquella desastrosa salida en el barco de Swift, decidí tomar la iniciativa por primera vez.

—Sé que a Swift no le gusta mucho salir, pero me encantaría que conocierais mejor a Elliot —le dije a Ava—. Así que he pensado que podía preparar yo la cena, para variar. Nada muy complicado. Solo pollo asado y mis patatas especiales. ¿Y una ensalada césar, quizá? Como se acerca la fiesta de cumpleaños, así podrías librarte de cocinar una noche.

—Intentaré convencerlo —dijo Ava—. Pero ya conoces a Swift.

Sorprendentemente, aceptaron venir a mi minúsculo apartamento. No pensaba hablarles aún de mi compromiso matrimonial pero confiaba en que, si las cosas iban bien –y quería creer que así sería–, habría otras cenas después de aquella durante las cuales mis amigos irían viendo las muchas virtudes de Elliot: lo divertido que podía ser –a su manera irónica– y, sobre todo, lo bien que se portaba conmigo.

Pasé casi todo el día haciendo los preparativos, aunque la comida en sí misma era bastante sencilla. Compré flores y velas, y reorganicé los muebles del cuarto de estar para dejar sitio a la silla de ruedas de Ava. Inspeccioné el cuarto de baño intentando dar con un modo de que pareciera menos cutre y, como no encontré ninguno, puse una orquídea sobre la cisterna y guardé mis cosméticos en el mueble del lavabo. Saqué una vela perfumada de las caras y unas toallas de mano bonitas, y enmarqué y colgué un grabado de un Boston terrier que me había regalado Ava.

—Son tus *amigos* —comentó Elliot, observando mis preparativos y el nerviosismo que los rodeaba—. No debería preocuparte todo esto. Van a venir a cenar con nosotros, no a criticar tu apartamento.

Ni a criticarlo a él, esperaba yo. Ni él a ellos. Porque, si Ava hablaba de Elliot con desdén, él, por su parte, mostraba una sorprendente capacidad para criticar despiadadamente a los Havilland. No le había contado con detalle mi visita al lago Tahoe, claro. De haberlo hecho, se habría negado rotundamente y para siempre a mantener relación con Ava y Swift. Yo sabía, sin embargo, que incluso sin estar al corriente de que Cooper engañaba a su novia y de que Ava no daba ninguna importancia a su traición, Elliot despreciaba a mis amigos. Y, además de todo cuanto parecía desagradarle en ellos, se había obsesionado con el funcionamiento financiero de la BARK, al que cualquier chiflado sin nada mejor que hacer que leer un montón de documentos aburridos tenía acceso, puesto que era de dominio público. Un chiflado como Elliot, por ejemplo.

Me ponía enferma pensar que el hombre con el que había prometido casarme sospechaba que mis amigos andaban metidos en negocios turbios, y la certeza de que Elliot no se habría embarcado en su incansable escrutinio de la fundación BARK de no haberme conocido y de no haber sido yo amiga de los Havilland hacía que me sintiera culpable y avergonzada.

Swift y Ava llegaron a las cinco y media en punto. Cuando sonó el timbre, le pedí a Elliot que abriera. Yo estaba en la cocina, a cinco pasos de la puerta, pero quería hacerles ver a los Havilland que éramos una pareja y ayudar a Elliot a que se sintiera más integrado. Cuando Swift le entregó la botella de vino –un tinto muy bueno–, le pedí a Elliot que la abriera y sirviera copas para todos. Para todos menos para mí, claro.

Ava –como yo esperaba– se fijó enseguida en el grabado que me había regalado. Swift le hizo un comentario a Elliot sobre los Giants, que evidentemente estaban haciendo muy buena temporada.

—Tengo que reconocer que no soy muy aficionado al béisbol —repuso Elliot—. Aunque sé todavía menos de baloncesto. Las eliminatorias siempre son en el periodo álgido de las declaraciones de impuestos.

—Para mí, eso sería razón suficiente para cambiar de profesión —comentó Swift—. Pero, claro, estás hablando con un vago que ya no va a trabajar nunca. Lo único que tengo que hacer ahora es sentarme a discurrir nuevas formas de llevar a mi mujer al orgasmo.

Yo estaba acostumbrada a oír hablar así a Swift, pero noté que a Elliot le costaba responder. Ava acudió en su auxilio, más o menos.

—Eso no es tan difícil —dijo.

—¿Puedo echar una mano en la cocina? —preguntó Elliot levantando la voz.

Yo sabía que confiaba en que respondiera que sí, pero no lo hice. Quería que conociera mejor a mis amigos. Y, sobre todo, quería que los Havilland lo conocieran mejor a él.

Había compartido tantas veladas felices con aquellas personas: con Swift y Ava, y también con Elliot… Nunca, sin embargo, los había tenido reunidos a los tres en torno a mi mesita como en aquel momento, con el pollo asado, como una ofrenda chamuscada, en el centro, mientras intentaba hacer ver a Swift y Ava lo encantador y generoso que era Elliot. Ansiaba, por otro lado, persuadir a Elliot de que el hecho de que uno de mis amigos –es decir, Swift– hiciera y dijera groserías mientras que la otra (Ava) hacía comentarios vagamente condescendientes, no significaba que fueran groseros ni condescendientes.

—Cuéntale a Swift lo de aquella vez que se escaparon todas las vacas de la granja cuando eras pequeño —le sugerí a Elliot, porque era una historia divertida y él la había contado muy bien unas semanas antes, y porque en ella aparecía tomando el mando de la situación de un modo que hasta Swift sería capaz de admirar, o eso pensaba yo.

—Conque te criaste en una granja, ¿eh? —dijo Swift—. ¿Le dabas al ñaca ñaca en el granero?

—Mi familia dejó la granja cuando yo tenía siete años —respondió Elliot—. La vendimos y nos mudamos a Milwaukee, donde mi padre encontró trabajo en una fábrica de cerveza.

Yo sabía que la historia era mucho más compleja, pero Elliot no quería entrar en ese tema. Esa noche, su objetivo parecía ser mantener una conversación lo más sosegada e inofensiva que fuera posible. Swift, sin embargo, bullicioso como siempre, no podía dejar las cosas así.

—Conque una fábrica de cerveza, ¿eh? —dijo. La cerveza era un tema del que podía hablar—. ¿Tú también te metiste en ese campo?

—La verdad —contestó Elliot— es que me enamoré del trabajo de contable siendo todavía muy niño. Me encanta la claridad de los números. Siempre me ha gustado eso de los libros de cuentas: que sean capaces de contar toda una historia. No siempre buena, ojo. En nuestro caso fue un desastre. Perdimos la granja.

—Vaya, lo lamento —dijo Swift mientras echaba mano del vino.

—Fue entonces cuando tomé conciencia de lo importante que era vigilar de cerca las cuentas —prosiguió Elliot—. Mi padre no lo hacía, y eso le costó las tierras que tanto amaba y que llevaban más de un siglo en nuestra familia.

—A cada cual lo suyo —comentó Swift—. Yo veo una calculadora o una hoja de cálculo y huyo despavorido. Eso se lo dejo a la gente que trabaja para mí.

—Espero que estén haciendo un buen trabajo —repuso Elliot.

Yo había hecho una tarta, pero tardó más en hacerse de lo que esperaba y los Havilland no se quedaron para probarla.

—Ya sabes cómo somos, cielo —me dijo Ava mientras se ponía la chaqueta—. Nos vamos pronto a la cama. Para Swift, eso es sagrado.

—¡A la cama! —le dijo Swift a Elliot guiñándole un ojo—. No necesariamente a dormir.

Después de que se marcharan, cuando la tarta se hubo enfriado, corté una porción para Elliot. Yo no estaba de humor para probarla.

—Sé que los quieres mucho y pienso respetarlo —dijo él—. Pero ¿no tienes la impresión de que cada vez que están cerca te sientes de pronto pequeñita? Es como si ese Swift acaparara todo el aire de la habitación.

—No sé qué quieres decir —respondí—. Swift y Ava siempre se interesan por todo lo que pasa en mi vida. Este verano, Swift dedicó mucho tiempo a enseñar a nadar a Ollie.

—Pero ¿qué saben *de ti* que no tenga que ver con ellos? —preguntó.

—Les intereso mucho —dije—. Siempre quieren que les cuente historias. Les parezco entretenida.

—Entretenida —repitió él—. ¿Como el bufón de la corte?

Nunca había oído a Elliot hablar así. Hasta ese momento, siempre me había parecido un hombre amable. En ese momento, sin embargo, vi desprecio en su cara. No era un desprecio dirigido contra mí, pero para el caso lo mismo daba.

—Te sientes amenazado por nuestra amistad, ¿verdad? —dije—. Quieres que elija entre ellos y tú.

Negó con la cabeza.

—Es solo que me gustaría verte elegir por ti misma, Helen —respondió—, en lugar de acudir corriendo cada vez que Ava chasquea los dedos para que vayas a hacer algún recado destinado a dar pábulo a su asombroso espectáculo ambulante. A la exhibición de sus muchos prodigios.

Nunca había oído tanta ira en la voz de Elliot. Ahora, al oírla, me sentí aturdida.

—Han hecho mucho por mí —afirmé—. Son prácticamente mi familia.

—Yo confiaba en ser tu familia —dijo Elliot—. Ollie y yo. La clase de familia que no se larga a las ocho en punto para ir a darse masajitos.

—Son gente apasionada, eso es todo —respondí—. Tienen una conexión muy íntima que la mayoría de la gente no es capaz de entender.

—Él es un narcisista —afirmó él—. A ella todavía no la he calado. Puede que sea su mascota parapléjica. La que siempre eleva la mirada hacia él, pase lo que pase, porque está condenada a permanecer sentada veinticuatro horas al día.

De todo lo que había dicho hasta entonces, aquello era lo peor. Sentí que se me enfriaba el cuerpo. Noté una náusea.

—¡Ava lleva doce años en una silla de ruedas, por amor de Dios! —exclamé—. ¿Crees que no ha sido duro? ¿Qué derecho tenemos nosotros a juzgarlos por su manera de vivir?

—El caso es —contestó con una calma inquietante— que ellos están juzgando la mía. No han parado de hacerlo desde el día en que me conocieron. Y a los diez minutos de conocerme llegaron a la conclusión de que no era merecedor de su tiempo.

—Ellos no te *conocen*. Por eso quería que vinieran. Para que te conozcan. Pero tú solo querías hablar de contabilidad —dije, prácticamente escupiendo la última palabra, pronunciándola como si fuera una obscenidad—. Números, columnas, balances presupuestarios... —añadí—. No me explico por qué no les parece tan *fascinante* como a ti.

—Lamento no ser tan divertido como te gustaría que fuera, Helen —respondió Elliot—. Pero las personas divertidas no son siempre las que están ahí para apoyarte.

—Ava y Swift me quieren —repliqué—. Swift va a pagar al abogado para ayudarme a recuperar la custodia. Ni siquiera sé cuánto va a costar, pero imagino que mucho.

—Pensaba que Swift iba a encargarse de eso hace siglos —dijo Elliot—. Dado que no parece hacer muchos avances, ¿por qué no dejas que me encargue yo?

—Swift está ocupado, eso es todo —le dije—. Ya se pondrá con ello. Ava y él son mis mejores amigos.

—Tú no reconoces a un buen amigo cuando lo tienes —comentó Elliot—. En cuanto al amor, si no confías en el mío a estas alturas, no sé qué más puedo hacer para convencerte.

Antes siempre había podido contar con la ternura de su voz cuando hablaba conmigo, incluso de temas difíciles. Ahora, en cambio, su tono tenía un filo cortante y en su semblante no había ni rastro de esa antigua ternura.

—Sé que los amigos, si son buenos, no husmean en las cuentas de uno como si estuvieran deseando encontrar algo sucio —contesté—. No van por ahí pensando que todo el mundo oculta algún terrible secreto y que es su deber sacarlo a la luz.

En los últimos minutos había ido alzando la voz poco a poco. Elliot había hecho lo contrario. Hablaba cada vez más bajo y su voz sonaba tensa y ahogada, como si le costara articular las palabras.

—Noto mucha emoción en lo que me estás diciendo, Helen —repuso—. Pero no me parece que haya mucho amor en tus palabras.

—Bueno, en estos momentos no me resulta fácil sentir amor por ti —dije—. Acabas de atacar a las dos personas que mejor se han portado conmigo en toda mi vida.

Su voz sonó tan suave que apenas pude oírla:

—El amor no viene y se va si es auténtico —me dijo—. Se supone que es constante.

Hasta ese momento habíamos estado el uno frente al otro, sentados a la mesa con la tarta casi intacta entre los dos. Las velas que había comprado esa tarde, ansiosa porque todo saliera bien, se habían consumido dejando pequeños charcos de cera derretida sobre el mantel. Elliot se levantó despacio y se quedó parado ante mí, con su pelo demasiado corto y sus pantalones anchos. Yo habría deseado que me agarrara por los hombros con firmeza y me apretara contra su pecho, que me dijera que estaba siendo injusta y que se merecía algo mejor. Podría haberme gritado incluso, haberme dicho que me estaba equivocando. Puede que, en parte, yo también fuera consciente de que así era.

Pero discutir no era el estilo de Elliot. Muy lentamente, como si le dolieran los músculos y las terminaciones nerviosas de todo el cuerpo, se puso la americana. Parecía un anciano centenario, aquejado de artritis y de dolores de espalda. Se dirigió hacia la puerta como si nunca hubiera recorrido un camino tan largo.

—Quería ser tu pareja, Helen —dijo—. Te habría sido siempre fiel. Me habría encantado conocer mejor a tu hijo, si me hubieras dejado. Quería ser su padrastro, sin importarme las apariencias.

—Siempre fiel —repetí con amargura—, siempre y cuando abandonara a mis amigos. ¿Qué has hecho por nosotros, aparte de despreciarlos? Y no solo eso. También tenías que hurgar en sus cuentas como si fueran delincuentes. Yo había tocado fondo cuando conocí a Ava y Swift. Ellos me salvaron.

—Lo crees de verdad, ¿no es cierto? —preguntó en un susurro—. Me estás rompiendo el corazón, Helen.

Me quedé parada en medio de la habitación, mirándolo. Sabía que, si decía una sola palabra que expresara arrepentimiento, daría media vuelta y volvería a mi lado, pero lo no hice. Lo dejé marchar.

60

Esa noche, después de que se marchara Elliot, fui a una reunión nocturna de Alcohólicos Anónimos. No era mi reunión habitual de los martes, así que no conocía las caras de la gente reunida en el salón esa noche: gente que al parecer no tenía que volver a casa temprano para acostar a sus hijos pequeños; gente que hasta hacía poco tiempo salía de copas y para la que aquellas reuniones habían pasado a ser su nueva vida nocturna. Eran todos tan jóvenes que no pude identificarme con las historias que contaron (ni siquiera habría podido identificarme con ellas en los tiempos en que todavía bebía) y, a los diez minutos de empezar la reunión, empecé a preguntarme qué pintaba yo allí.

La mayoría de los presentes tenía menos de treinta años. Parecían de esos alcohólicos que a los quince años falsifican su documentación, rondan delante de las licorerías a la espera de que alguien les compre una botella de ginebra barata o dan vueltas en sus coches provistos con paquetes de seis latas de cerveza. No vi a nadie que pareciera el tipo de persona que esperaría a que su hijo se fuera a la cama para sacar la botella de vino y bebérsela a solas en su apartamento, sabiendo que a la mañana siguiente, cuando sonara el despertador, tendría que preparar a su hijo para llevarlo de nuevo al colegio. Aquellas personas no sabían nada de batallas por la custodia de un hijo, de entrevistas con tutores nombrados por el juzgado o de horarios de visita impuestos por el juez.

Al acabar la reunión, sin embargo, cuando ya me dirigía a la puerta, se me acercó una chica de veintipocos años.

—Tú conoces a los Havilland —dijo.

Era una afirmación, más que una pregunta.

Me paré en seco al oír su nombre en aquel lugar. Nunca asociaba a Ava y Swift con mis reuniones. Aquel era el lado oscuro de mi vida: mi vida auténtica, probablemente, aunque no la que yo habría preferido. Con Ava y Swift, hacía como si nada de aquello existiera. Ni mi detención por conducir bajo los efectos del alcohol. Ni el informe del tutor nombrado por el juzgado. Ni las esposas.

—¿Cómo lo sabes? —pregunté.

—La amiga con la que he venido trabaja de camarera en el Vinnie's. Cuando has entrado, te ha reconocido. Ella también conoce a los Havilland.

No me sorprendió que Swift y Ava conocieran a una chica tan joven. Ava hacía amigos en todas partes, yo ya lo había comprobado. Aun así, pregunté cuál era su vínculo con los Havilland. ¿El arte, quizá? ¿Los perros? ¿O quizá –lo cual me parecía más probable– era una de las muchas personas que en un momento u otro se habían beneficiado de la generosidad de Ava?

La chica pareció inquieta.

—Conozco a su hijo. Lo *conocía.*

—A Cooper —dije—. Por lo visto todo el mundo lo quiere.

—Sí, bueno. Depende de con quién hables. Su padre, desde luego, cree que camina sobre las aguas y mea perfume.

Intuí que había algo malo en todo aquello. Había un sinfín de personas que podían dar testimonio de que Ava y Swift eran dos de los seres humanos más amables y generosos del mundo, pero aquella joven no era una de ellas. Yo no quería oír sus motivos, pero la chica seguía allí, delante de mí. Sentía su mirada clavada en mí.

—Soy Sally —dijo—. Puede que ellos no se acuerden de mi nombre. Aunque no te aconsejo que se lo preguntes.

Había en su tono un desaliento, una nota de amargura, que la hacía parecer mucho mayor de lo que era.

—Cooper y yo solíamos beber juntos. Cuando volvía de la universidad, en vacaciones, salíamos en pandilla. Nos llamaba «sus pueblerinas». Hasta fuimos un par de veces a esa chocita que tienen sus padres en el lago Tahoe y nos colamos juntos en la estación de esquí de Squaw. No era mi novio. Solo era un tío más con el que me iba de copas.

Luego, una vez, se fueron juntos a la playa en coche. Sally y dos amigas, Savannah y Casey, y Cooper y dos de sus amigos de la universidad.

—Estábamos en las dunas con una botella de whisky y otra de crema de menta —contó—. Debieron de darnos alguna droga. Cuando Casey, Savannah y yo nos despertamos, nuestros vaqueros y nuestra ropa interior habían desaparecido. Solo teníamos las camisetas. Ni teléfonos móviles, ni dinero para volver a casa.

—¿Cómo sabes que fueron Cooper y sus amigos? —le pregunté.

Tal vez se habían marchado y otra persona les había jugado esa mala pasada. Nunca se sabe.

—Había una foto mía. Estaba… —Bajó la mirada—. Bueno, ya sabes. Se la mandó a un montón de amigos suyos.

—Si de verdad pasó eso, podíais haberlo denunciado —dije—. Si eso es cierto, ¿por qué no acudisteis a la policía?

—Lo hicimos —contestó—. Pero entonces intervino el abogado de los Havilland. Un cabrón sin escrúpulos. Amenazaron con contar cosas sobre mí. Que me habían pillado robando en una tienda cuando estaba en el colegio. Les dije que no me importaba, que de eso hacía mucho tiempo. Pero entonces metieron a mi padre de por medio. Es constructor, y en aquella época había construido un montón de casas prefabricadas. Tenía muchas deudas. De repente, los bancos empezaron a exigirle que pagara.

Me quedé allí parada, intentando asimilar todo aquello. A nuestro alrededor, la gente retiraba las sillas plegables y apagaba las luces. No quería oír nada más. Quería irme a casa.

—Y entonces, ¡puf!, se acabaron los problemas. El papá de Cooper se encargó de que todo desapareciera.

Incluido Cooper, que regresó a Dartmouth a tiempo para el inicio de las clases.

—Esa gente siempre consigue lo que quiere —añadió la chica—. Debe de ser fantástico ser amiga suya. Pero más te vale no ser su enemiga.

61

Era miércoles. Solo faltaban cuatro días para la gran fiesta de cumpleaños. Como habíamos planeado, Oliver iba a pasar conmigo ese fin de semana. Ava me pidió que lo pusiera al corriente de nuestros planes. Él estaba entusiasmado.

—Es como si fuera un agente secreto —dijo.

Solo que el Hombre Mono no era uno de los malos, claro. El Hombre Mono era el héroe, como siempre.

Cuando Ava le propuso a Swift que fuera con Ollie al acuario de Monterrey, él no puso objeciones. Habíamos salido a cenar juntos cuando ella sacó el tema.

—¿Te acuerdas de que en verano le prometiste a Ollie que lo llevarías a algún sitio especial si ganaba la carrera? —preguntó—. Pues es hora de cumplir tu promesa, amiguito. Y como Tahoe está un poco lejos para llevarte a Ollie sin su mamá, hemos pensado que podéis hacer una excursión a Monterrey.

Yo ya había tenido una larga conversación con Ollie para advertirle que no contara nada sobre la fiesta sorpresa. No le dije expresamente que no se lo contara a Dwight, pero él parecía entender desde hacía tiempo que había ciertos aspectos de la vida en Folger Lane de los que era preferible que su padre y su madrastra no se enteraran. Además, él jamás echaría a perder la sorpresa de Swift.

La tarde previa a la gran fiesta, un viernes, fui a Walnut Creek a recoger a Ollie. Íbamos a pasar la noche en mi apartamento y al día siguiente, sábado, Ollie y Swift se irían de excursión a Monterrey, con orden estricta de estar en casa no más tarde de las siete.

Esa noche, en mi apartamento, le preparé un baño a Ollie. Mientras se quitaba la ropa, saqué el cubo de juguetes que guardaba para sus visitas: un *action man*, unos cuantos dinosaurios de plástico, su barco pirata.

Ollie era muy pudoroso y, como tenía edad suficiente, yo dejaba que se bañara solo, pero me sentaba al otro lado de la puerta del baño con una revista, escuchando los ruidos que hacía. Era algo que me encantaba, una de las cien mil cosas que echaba de menos desde que no vivía conmigo: oír a mi hijo dándose un baño.

Me encantaban las cosas que hacían los niños pequeños en la bañera cuando estaban solos, como hacer hablar a los dinosaurios entre sí. Uno (una hembra, evidentemente) le estaba echando una bronca a otro porque se había portado mal con su hermano pequeño.

—Yo no he sido —decía el dinosaurio-niño.

—Sí que has sido tú —respondía la dinosauria con voz aguda.

—Eres mala —decía el dinosaurio.

—Y tú me sacas de quicio —contestaba ella—. Si dices una cosa más, te doy una bofetada.

Luego oí un ruido de burbujas: Ollie se había sumergido un momento, como hacía siempre, y había salpicado al salir a tomar aire. Ahora estaba haciendo el ruido de un motor: el del barco, supuse. La dinosauria de la voz aguda gritaba pidiendo socorro. El *action man* acudió al rescate.

En aquel momento deseé que no se fuera con Swift al día siguiente. Quería quedarme con él en casa, allí, en aquel lugar seguro en el que podía leer en voz alta, jugar con él al *memory*, hacerle macarrones con queso y luego arroparlo en la cama y escuchar el sonido de su respiración. Quería que siguiera siendo un niño pequeño, y de pronto tenía la sensación de que el tiempo de su infancia casi se había agotado. Entonces me asaltó un pensamiento, tan nítido y visible como una valla publicitaria al lado de la carretera: «No dejes que vaya con Swift».

Si le decía a Ollie que no podía ir a Monterrey, jamás me lo perdonaría, del mismo modo que no había perdonado a Elliot que se hubiera empeñado en que se pusiera el chaleco salvavidas. (Elliot... Ahora, cuando pensaba en él, sentía una pequeña oquedad en el corazón. Desde la noche de la cena desastrosa, había procurado tener siempre cerca el móvil, con la batería cargada, por si acaso me llamaba. Resultaba irónico, supongo, teniendo en cuenta que durante semanas había evitado sus muchas llamadas. Había pensado en llamarlo, pero no me atrevía. Le había dicho cosas tan terribles... ¿Por qué iba a perdonarme? ¿Cómo podía hacerlo? Pero lo más irónico del caso era que Ollie me preguntaba dónde estaba Elliot. Aunque adoraba al Hombre Mono, mi hijo parecía entender que también había algo reconfortante en la estabilidad y la constancia de Elliot. Tal vez, igual que me había sucedido a mí, solo después de su marcha se había dado cuenta de lo bien que nos sentaba su compañía).

Ahora, no obstante, tenía a Ollie otra vez conmigo y, si él quería irse de excursión con su héroe, yo no iba a impedírselo. Se lo pasarían en grande viendo los delfines, los tiburones y las focas, y volverían a casa justo a tiempo para la fiesta sorpresa. La fiesta... A Ollie le encantaba desempeñar un papel tan importante en nuestros planes. Sacar a Swift de la ciudad para que pudiéramos prepararlo todo era esencial.

Swift debía llegar a las seis de la mañana del sábado. Preparé las cosas de Ollie la noche anterior: un cambio de ropa, unas cuantas barritas energéticas, una bolsa con galletitas saladas, algunos libros para que les echara un vistazo (aunque dudaba que lo hiciera). Me había pedido que cargara la cámara digital que le había regalado por su cumpleaños para hacer fotos de todas las cosas chulas que viera en el acuario.

A las cinco, Ollie estaba ya levantado y vestido. Se había puesto la chaqueta de los San Francisco Giants que le había regalado Swift, y debajo la camisa de los monos, bien remetida para que no le llegara por debajo de las rodillas. Estábamos en el umbral, a oscuras, cuando llegó el Land Rover y Swift bajó la ventanilla.

—¡Campeón! —le gritó Swift—. ¿Estás listo para pasarlo en grande como dos machotes este fin de semana? He traído un par de cuchillos de caza, por si acaso los malos nos asaltan por el camino.

Ató un pañuelo alrededor de la cabeza de Ollie, y él se puso otro.

—Ojo con nosotros —anunció con su risa de hiena—. Somos piratas.

Ollie me miró. Conocía a Swift lo suficiente para saber que estaba bromeando, pero no estaba del todo seguro y no quería equivocarse.

—Es broma, cariño —le dije—. No hay malos por ninguna parte.

—Solo yo —dijo Swift apretando su puro entre los dientes, y se inclinó para abrir la puerta del copiloto—. Arriba, muchacho.

—Somos dos piratas —dijo Ollie mientras se abrochaba el cinturón.

—No corras, ¿de acuerdo, Swift? —le dije mientras bajaba la capota del coche—. Llevas una carga muy valiosa.

—¿Crees que no lo sé? Pienso tratarlo como si fuera carne de mi carne.

62

Pasé toda la mañana resistiéndome al impulso de llamar al móvil de Swift y pedir hablar con mi hijo. Ollie quería estar a solas con él, no que su madre llamara continuamente para preguntar qué tal iban las cosas. Y de todos modos sabía que se estarían divirtiendo demasiado para que Oliver quisiera pasar un minuto hablando conmigo.

Después de tomar el café, me fui a Folger Lane, donde los preparativos de la fiesta se habían puesto en marcha nada más perderse de vista el coche de Swift. Había tres furgonetas aparcadas fuera cargadas con flores, mesas, manteles y cristalería. En la cocina, el equipo del servicio de *catering* estaba colocando las bandejas.

Ava me había llamado el día anterior para decirme que ya habían llegado los libros: mil ejemplares de *El hombre y sus perros* encargados especialmente para la ocasión.

—Estoy deseando ver cómo han quedado —me dijo—. Pero prefiero esperar a que vengas para abrir las cajas.

Me estaba esperando en el amplio cuarto de la lavadora, al lado de la cocina. Apiladas contra la pared del fondo había cerca de cien cajas de cartón corrugado. Ava se las había arreglado de algún modo para que metieran las cajas por la puerta trasera sin que Swift se diera cuenta y las apilaran allí, el único lugar de la casa en el que su marido jamás entraba. Aquel era territorio exclusivo de Estela, y de todos modos él no sabía cómo poner una lavadora.

Abrimos la primera caja. Saqué el primer volumen del montón, sentí su peso, pasé los dedos por las letras en relieve de la portada. Ava había elegido la encuadernación más cara: cuero rojo con estampado en oro. Tardé un momento en darme cuenta del error.

Había una errata. El subtítulo estaba bien: *La asombrosa vida de Swift Havilland*. Pero en lugar de *El hombre y sus perros* –el título que había elegido Ava–, decía *El dios y sus perros*.

Miré a Ava para ver cómo reaccionaba. Se estaba riendo.

—Bueno —dijo—, no van muy descaminados, ¿no? Mi marido *es* una especie de dios. Puede que no haya creado el mundo entero, pero él cree que sí.

Estela entró a ver qué estábamos haciendo. Tomó un ejemplar del libro y empezó a hojearlo observando detenidamente cada fotografía.

Cuando volvió a salir al jardín, Ava meneó la cabeza.

—Qué idiota soy —dijo—. Tantos meses planificando el libro con todas esas fotografías de fiestas y amigos, y he olvidado incluir una foto de Estela.

—No creo que vaya a ofenderse por eso —le dije.

De hecho, tampoco había ninguna fotografía mía en el libro. Me habría parecido extraño incluirla, y Ava no me lo había sugerido.

Había muchas cosas que hacer, pero quería tomarme unos minutos para inspeccionar el libro. Me llevé un ejemplar al jardín, junto con un vaso de limonada. Aunque había dedicado muchas horas a aquel proyecto y conocía cada fotografía, quería imaginar que era la primera vez que veía sus páginas. Que era un invitado a la fiesta (el mecánico que reparaba la moto de Swift, o su masajista, o Evelyn Couture, quizá) y que tomaba el libro por primera vez, preguntándome con curiosidad «¿Quién es este hombre?».

Página uno: la cara de un bebé, con los márgenes de la fotografía difuminados. Incluso con seis o siete meses, se reconocían perfectamente sus rasgos. Tenía la boca abierta de par en par y parecía aullar de risa.

La dedicatoria: *Para mi marido, amante y alma gemela eterna, con motivo de sus primeras seis décadas en el planeta Tierra. La Vía Láctea nunca será la misma.*

Después, seguían un par de páginas con imágenes de la infancia de Swift. Ava había decidido que aquella parte no debía ocupar mucho espacio, y las fotografías evidenciaban el motivo de tal decisión: Swift había sido un niño feo que, en sus primeras fotografías, aparecía siempre al fondo, como rezagado. En ellas aparecían también un hermano mayor y una hermana más pequeña. (Era curioso, había pensado yo mientras reunía las imágenes para el libro, que nunca hubiera oído hablar de ellos. Tampoco figuraban en la lista de invitados a la fiesta. De hecho, no estaba previsto que asistiera ningún pariente de Swift, aparte de su hijo. Ni tampoco de Ava, pensándolo bien. De cuya familia, pensé de repente, yo no sabía nada).

Había un retrato de familia de cuando Swift era pequeño. Su padre parecía un hombre duro: mandíbula cuadrada, ojos pequeños y oscuros y un porte que tenía algo de marcial. A su lado (pero sin tocar a su marido, ni rozarle siquiera la camisa) aparecía la madre de Swift. Era delgada, casi esquelética, tenía los ojos hundidos y parecía derrotada. En la fotografía tenía la boca abierta como si le costara respirar. Apoyaba una mano en el hombro de su hijo pequeño, no con ademán tierno, sino controlador. Intentaba que su hijo no se metiera en líos. No lo conseguiría por mucho tiempo.

Luego venía la adolescencia, sobre la que también se pasaba de puntillas. Swift era bajo y esmirriado, llevaba el pelo mal cortado y tenía acné. En una fotografía aparecía en una especie de acampada escolar: los alumnos aparecían en fila, con mochilas a la espalda, sobre un paisaje de fondo que parecía ser el parque Yosemite. Para entonces, Swift había adoptado ya la expresión del payaso de la clase, consciente quizá, de que los mejores papeles ya estaban cogidos. Pasaba el brazo por la espalda del chico que estaba a su lado: Bobby, su amigo de la infancia, el que todavía asistía a todas las fiestas de los Havilland. Levantaba la mano por encima de su cabeza (lo cual no era fácil porque Bobby le sacaba sus buenos quince centímetros), formando con los dedos unos cuernos.

Después venía la transformación. El equipo de lucha libre. Un mejor tratamiento del acné, quizá. Una cita para ir al baile de promoción. (No la chica más guapa, pero sí una con grandes pechos que él parecía mirarle incluso en su retrato oficial del baile).

En la siguiente fotografía aparecía el día de su marcha a la universidad, con un par de maletas Samsonite y un bajo eléctrico. (Había tocado en una banda de *rock* unos diez minutos. Una estratagema ideada seguramente para tener más éxito con las chicas, dado que el Swift que yo conocía mostraba muy poco interés por la música). Llevaba pantalones ceñidos, patillas largas y los tres botones de arriba de la camisa desabrochados. A su lado, envarados, se veía a su hermana pequeña y a sus padres, que parecían desconcertados por su parentesco con aquel personaje. El hermano mayor debía de haberse marchado ya de casa.

Aquella era la última imagen del libro en la que aparecía la familia de Swift. Hasta donde yo podía deducir, a partir de entonces sus padres y sus hermanos no habían tenido ninguna relevancia en su vida.

Lo que seguía a continuación era un ascenso sorprendentemente rápido. El ingreso en una fraternidad universitaria. Una chica guapa del brazo. Una aún más guapa. El Corvette. Una serie entera de fotografías mostrando diversas gamberradas típicas de una fraternidad masculina: Swift vestido de mujer, Swift enseñando el trasero por la ventanilla de un Mustang descapotable, Swift en un *jacuzzi* con tres mujeres. Todos borrachos, o eso parecía.

Había también, sin embargo, claros indicios de los comienzos de la carrera profesional que le había permitido comprar aquella casa, y la casa de su exmujer, y celebrar una fiesta como aquella, y todo lo demás. Ahora vestía traje. El primero parecía barato. El siguiente, no.

Luego venía su matrimonio con Valerie, la madre de Cooper. Ella aparecía únicamente en dos fotografías: en su retrato de boda, y en otra tomada años después, cuando ella había engordado claramente. En la segunda sostenía en brazos a un bebé (Cooper) y parecía profundamente infeliz. Un poco apartado se veía a Swift fumando un puro y haciendo el payaso para la cámara, como de costumbre.

El resto de la historia transcurría como cabía esperar. Una sucesión de coches y novias posteriores a su divorcio (y de las que había más fotografías que de su exmujer). Cooper cada vez más alto. (Yo, siguiendo instrucciones, había eliminado a su madre de las fotografías). El alquiler de su primer edificio en Redwood City. El anuncio de que su empresa, Theracor, salía a bolsa. Y luego Ava.

Había en el libro una fotografía en la que aparecían los dos poco después de conocerse: debía de hacer poco tiempo, porque ella aún no estaba en la silla de ruedas. Como yo había adivinado, Ava era más alta que él y tenía unas piernas preciosas. Su cuerpo era mucho más redondeado y voluptuoso que ahora. Yo me había fijado, tras ver esta fotografía y otras pertenecientes a los primeros tiempos de su relación, en lo mucho que tenía que haberla envejecido el accidente. A él, no tanto.

Había sido idea de Ava alternar las páginas que mostraban instantáneas de la vida de Swift con mis retratos de los perros acogidos en los refugios que Swift y ella patrocinaban en la zona de la Bahía: las fotos que había hecho en aquellos alegres viajes por carretera con Elliot. Cuando Ava me había propuesto combinar fotografías de Swift con otras de perros rescatados, su idea me había parecido un tanto extraña, pero había procurado darle a la composición cierta estructura temática. Así pues, los perros de esas primeras páginas eran enternecedores, pero tenían un aire melancólico. Frente a la página en la que aparecía Swift con sus padres, había puesto un *basset hound* y un perro mestizo y tuerto. Al lado de la página en la que Swift aparecía disfrazado de demonio anunciando la venta de su empresa a Oracle, había una fotografía de un perro que habíamos encontrado en un refugio de Sonoma y que parecía un cruce entre un *pit bull* y un león. Sin duda era un macho alfa aunque, de los dos sujetos que se miraban frente a frente desde páginas opuestas, el que se relamía los labios no era el perro, sino el hombre. Swift.

Mientras pasaba las páginas del libro, Ava se acercó a mí por detrás. Olí primero su perfume de gardenias, sentí que un brazo largo y esbelto rodeaba mi cuello y que la pulsera de plata me rozaba la piel. Me acarició el pelo y luego maniobró con la silla para ponerse a mi lado.

—Has hecho un trabajo maravilloso, cielo —dijo—. Has captado de verdad la esencia de Swift.

—Me he limitado a poner las fotografías juntas —respondí—. Ya estaban todas ahí. No es que yo haya hecho nada, es que él es así.

La miré. Casi nunca la veía sin maquillar, pero en ese momento llevaba la cara lavada. Me sorprendió lo mayor que parecía. Sus piernas, que normalmente llevaba cubiertas, quedaban expuestas justo hasta encima de las rodillas. Me impresionó lo consumidas que parecían, carentes por completo de tono muscular. Dos palillos apoyados sobre el reposapiés de la silla y decorados con unos zapatos inútiles pero carísimos.

—No podría arreglármelas sin ti, ¿sabes? —dijo. Su voz sonaba distinta. Más suave y vulnerable que nunca.

—Tú también eres fuerte —le dije, pero no pareció oírme.

—Ahora es como si las dos formáramos una sola persona —comentó, y por un momento casi me pareció que había un dejo de amargura en su voz—. Como gemelas siamesas que compartieran un solo corazón. Si una se muere, la otra también.

63

Era mediodía y estaba ayudando a los empleados del *catering* a llevar platos y cubiertos cuando llegó la máquina de hacer nieve. La idea era transformar Folger Lane en una réplica de su casa del lago Tahoe en invierno, incluyendo un enorme ventisquero delante de la casa. Mientras la máquina vomitaba nieve, Ava me explicó que, dado que todo aquello era en honor de Swift, no bastaría simplemente con crear una bonita estampa invernal. En cuanto el ventisquero estuviera listo, añadiríamos un gran chorro de colorante alimentario amarillo en un lugar bien visible para dar la impresión de que un perro acababa de mearse allí.

En cuanto a los perros de carne y hueso, Ava los había encerrado en su dormitorio con un surtido de golosinas, principalmente para que Rocco —siempre el más nervioso— no tuviera que enfrentarse a toda aquella gente y al ritmo frenético de los preparativos. Del alero del tejado de la casa colgaban enormes témpanos falsos, y a lo largo del camino de entrada había pingüinos hechos de nieve. (No era exactamente el entorno natural del lago Tahoe, pero Ava se estaba tomando algunas libertades). Había luces en los árboles, y un iglú que se iluminaba desde dentro con un resplandor misterioso y sobrenatural.

A Ollie iba a encantarle todo aquello. Ollie, que seguramente estaría en el acuario en esos momentos, contemplando una barracuda o una manta raya. Una diversión demasiado apacible para el gusto de Swift, pero yo sabía que, queriendo a Ollie como lo quería y sabiendo lo mucho que mi hijo iba a disfrutar, se entregaría de lleno. De pronto lamenté no haber sido yo quien llevara a Ollie al acuario. O Elliot y yo, juntos.

«Elliot...» Se acabó, basta ya de eso.

—Estoy deseando ver cómo queda el iglú en la oscuridad, con las luces encendidas —había dicho Ava cuando los operarios acabaron de construirlo con bloques de hielo de color azul pálido—. Me recuerda a mi pequeño portavelas de porcelana china.

Había encargado esculturas de hielo de los tres perros que irían en el cuarto de estar: una de Sammy y Lillian, acurrucados juntos en su colchoneta, y otra de Rocco solo. Con la boca abierta, como siempre. Ladrando.

Detrás de la casa, junto al arco de las rosas, dos hombres vestidos con sendos monos en cuya espalda se leía *recuerdos derretibles* estaban instalando otra escultura de hielo en la que había incrustadas varias fotografías de Cooper: casi como si hubiera muerto víctima de una avalancha y yaciera enterrado y congelado, sonriendo al mundo de los vivos desde su gélida eternidad. En un extremo de la piscina habían montado una pantalla de plasma que emitía continuamente el mismo vídeo: Swift haciendo *chi kung*, Swift corriendo, Swift nadando, Swift bailando. Swift en pose de guerrero, Swift lanzándoles el *frisbee* a los perros, Swift reclinado en una tumbona flotante, con un puro y una copa en la mano. La escultura de hielo más grande ocupaba el centro del jardín y representaba a Swift desnudo, a tamaño natural, con un tubo inserto en el pene del que brotaba champán. Otra idea absolutamente característica de Swift.

—Seguro que alguien va a decir que el pene parece desproporcionado respecto al resto de la figura —comentó Ava—. Y Swift seguramente se sentirá en la obligación de demostrarle que se equivoca.

—Hablando del rey de Roma —dije yo—. Estaba pensando que debería llamarlos. Dentro de poco será la hora de volver.

Me sentía orgullosa de mí misma por haber aguantado tanto antes de llamar para preguntar cómo estaba Ollie.

No hubo respuesta.

—Seguramente habrán perdido la noción del tiempo —dijo Ava—. Calculo que llegarán sobre las siete y media.

Intenté no preocuparme. Ava tenía razón: se estarían divirtiendo tanto que habrían perdido la noción del tiempo, pero aparecerían a la hora de la fiesta.

Siguieron los preparativos. Era asombroso ver transformarse el jardín. Entre las esculturas de hielo y las luces, Ava había pedido que instalaran –con cierta incongruencia por su parte– un hogar junto al que debía actuar el tragafuego. Habría también una bailarina de *pole dancing*. Se habían montado una docena de mesas con manteles individuales adornados con la cara sonriente de Swift mordisqueando un puro extremadamente largo. En el sitio reservado para cada invitado, envuelto en papel plateado y atado con un lazo azul claro, había una ejemplar del libro *El dios y sus perros*, junto con un sobre que contenía un impreso que los invitados podían rellenar para acompañar un donativo en forma de cheque, en honor del homenajeado y extendido a nombre de la fundación BARK. La contribución sugerida: dos mil dólares.

A las cuatro en punto, Ava llamó a Swift, pero no obtuvo respuesta.

—Seguro que se lo están pasando tan bien que querrán seguir haciendo el indio juntos hasta el último minuto —dijo—. Apuesto a que habrán parado en un sitio mexicano que a Swift le encanta, a comerse un burrito gigante.

—Todavía hay tiempo de sobra para que lleguen a la hora prevista —dije, aunque mientras decía esto notaba una leve pero insistente preocupación. De pronto deseaba que Ava no hubiera involucrado a mi hijo en sus planes para alejar a Swift de la ciudad.

Llegó Virginia, la novia de Cooper. Era muy bella, pero tenía, curiosamente, una cara fácil de olvidar. Había pasado el fin de semana con sus padres en Palo Alto, haciendo preparativos para la boda. Cooper se había quedado en Nueva York, nos dijo, trabajando en un proyecto importante, pero llegaba esa tarde en avión al aeropuerto de San Francisco. Alquilaría un coche en el aeropuerto y vendría directamente desde allí.

Virginia se marchó a hacerse la pedicura. Estela sacó a los perros a dar una vuelta. Ava apareció con la cara embadurnada con una de sus mascarillas especiales activadoras del colágeno.

—Swift sigue sin contestar al teléfono —me dijo, vagamente preocupada—. Seguramente no hay buena cobertura.

Yo me asusté. Intentaba no dejarme llevar por el pánico, quería ofrecerle a mi hijo el regalo de pasar un día completo con su ídolo. Pero ¿por qué no le había comprado a Ollie uno de esos móviles desechables que siempre me estaba pidiendo, para mantenernos en contacto?

A las siete empezaron a llegar los invitados. Saltaba a la vista que Ava estaba preocupada porque no conseguía localizar a Swift, igual que yo sabiendo que Ollie iba con él.

Virginia había vuelto hacía rato de la pedicura con su madre, y las dos parecían flotar por el jardín con sus vestidos azul y plata, exhibiendo su esmalte de uñas a juego con su atuendo. Cooper, sin embargo, no había llegado aún.

—Ya conoces a Cooper —dijo Ava—. Siempre llega tarde.

Bobby, el amigo de Swift, fue uno de los primeros invitados en presentarse, acompañado por su última conquista: una chica de edad inapropiada que respondía al nombre de Cascade. Ernesto también llegó temprano, junto con Geraldine, la que había sido secretaria personal de Swift en su empresa. Saludé a Ling y Ping —la herborista de Swift y su marido— y a otro grupo de personas a las que no conocía: antiguos socios, seguramente. Llegó Renata, esta vez sin Carol, que la había abandonado recientemente por otra mujer. Felicity, la nueva protegida de Ava, vino vestida de liebre ártica. Evelyn Couture lucía un vestido *vintage* que parecía propio de Nancy Reagan en sus tiempos en la Casa Blanca.

La banda de mariachis –también un poco incongruente, teniendo en cuenta la decoración invernal, pero a Swift le encantaba aquella música– había empezado a tocar *La bamba*. La bailarina de *pole dancing*, que tenía orden de dar comienzo a su número tan pronto llegara Swift, había instalado su barra junto a la piscina. Los camareros, asistidos por Estela, empezaban a circular entre los invitados ofreciendo los primeros canapés: salmón crudo sobre finas tostas de pan de centeno con *crème fraîche* y caviar. Lillian y Sammy llevaban collares especiales para la ocasión. Como a Rocco le asustaban las multitudes, Ava lo había dejado encerrado en su dormitorio con un hueso muy grande para que se entretuviera.

—No soportaría el estrés de tener tanta gente alrededor —me explicó Ava—. Pero necesita saber que estoy cerca.

Cooper seguía sin dar señales de vida.

—Esto es muy propio de él —comentó Ava echando un vistazo a su reloj—. Le gusta asegurarse de que todo el mundo ha llegado ya cuando aparece, para hacer una entrada triunfal.

Pero yo sabía que lo que de verdad le preocupaba era la ausencia de Swift. Y a mí la de Ollie, naturalmente.

A las ocho y media, Ava se acercó a la estatua de Swift desnudo y puso su copa bajo el pene dispensador de champán. Luego tocó el cristal (no el pene) con una cuchara.

—Como todo el mundo sabe —dijo mientras la luz se reflejaba en su largo vestido de lentejuelas plateado—, estamos aquí para celebrar el nacimiento de mi asombroso marido. Se supone que esto va a ser una sorpresa, aunque al ver vuestros coches en la puerta seguramente se olerá algo en cuanto llegue, lo que estoy segura de que sucederá en cualquier momento. Hasta entonces, os invito a echar un vistazo al libro que hemos hecho entre nuestra maravillosa amiga Helen y yo, conmemorando la extraordinaria labor de Swift en favor de los animales abandonados en toda la zona de la Bahía y, muy pronto, a lo largo y ancho del país. Bienvenidos a nuestro hogar.

Recorrí el jardín con la mirada. Los invitados parecían fascinados. Al parecer, nuestras semanas de planificación habían merecido la pena.

—Muchos de vosotros me habéis preguntado qué podíais regalarle a un hombre que tiene tantas cosas —prosiguió Ava—. La respuesta es esta: podéis prestar vuestro apoyo a BARK, nuestra fundación, cuya página web vamos a lanzar esta misma noche. Con vuestra ayuda, perros de toda California y de todo el país podrán ser sometidos a esterilización gratuita.

—¡Y fornicar a placer sin que haya consecuencias! —gritó Bobby, el amigo de Swift—. ¡Una causa muy querida para mi buen amigo Swift!

—Así pues, gracias a todos por acompañarnos. ¡Y a beber! —Ava levantó su copa hacia el pene de la escultura de hielo.

Yo eché mano de mi agua mineral.

Los mariachis siguieron tocando. La mayor parte de los invitados se habían congregado junto a la piscina para admirar los muchos talentos de la bailarina de *pole dancing*, a la que Ava había dado orden de empezar a bailar. Virginia, la novia de Cooper, estaba mirando su teléfono.

Estela salió de la cocina, pero no con una bandeja. Sostenía el móvil de Ava y tenía una expresión que yo no le había visto nunca. No sabía qué pasaba, pero era algo malo.

Supe en cuanto Ava agarró el teléfono que tenía que tratarse de Swift y, por tanto, también de Ollie. Corrí hacia ella.

Seguía sujetando el teléfono. Escuchaba, pero negaba con la cabeza. La música de los mariachis sonaba tan alta que costaba oír nada. Yo había empezado a gritar.

«Dímelo. Dímelo».

Había habido un accidente. No en Monterrey, sino en el lago Tahoe. Allí era donde habían ido Swift y mi hijo, evidentemente.

Alguien estaba diciendo algo sobre una lancha.

Se tardaban cuatro horas y veinte minutos en llegar desde Portola Valley al lago Tahoe. Tres horas y media si conducía Swift. Nosotros tardamos tres horas y cuarto en el coche de Bobby.

Los primeros datos que la policía le había dado a Ava por teléfono eran confusos. En algún momento de la tarde, la lancha motora de Swift había chocado con una moto acuática en el lago. En el accidente se habían visto implicadas cuatro personas: dos hombres, una mujer joven y un niño. Uno de ellos había resultado herido de extrema gravedad, pero el policía que había hablado con Ava no le había aclarado la identidad de esa persona.

—Su marido está en el hospital —le dijo a Ava—. Le aconsejamos que acuda lo antes posible.

—¡Ollie! —le dije yo. Le grité, más bien—. ¿Qué pasa con Ollie?

Ella no pareció oírme.

—Tenemos que irnos enseguida —dijo, sin dirigirse a mí ni a nadie en particular.

Ya había empezado a mover su silla de ruedas hacia la puerta, como si estuviera inmersa en un sueño. En una pesadilla.

Ernesto la subió en brazos al asiento del copiloto del coche de Bobby. Por una vez, no se resistió a que la ayudaran. Solo quería ponerse en marcha. Yo me senté detrás. Ernesto metió la silla de Ava en el maletero. Algunos de los invitados preguntaban qué había pasado, pero Ava no parecía oírlos o, si los oía, no tenía aliento para responder. Un instante antes de que se cerrara la puerta del coche, Estela me dio un abrazo.

—Rezo por su niño —me dijo, y añadió algo más en español.

—Arranca —le ordenó Ava a Bobby.

Él arrancó tan deprisa que chirriaron las ruedas. Detrás de nosotros, las luces blancas rielaban sobre la nieve falsa. Pero no miramos atrás.

Lo único que recuerdo de aquellas tres horas y cuarto de viaje es esto: Ava marcando números en su teléfono móvil, como ida, y yo echando mano del mío, solo que ¿a quién iba a llamar? A Swift no. Marqué el número de la comisaría de Truckee, California, pero cuando conseguí que me atendieran me di cuenta de que el llanto de Ava me impedía oír nada.

—Llamo para preguntar por un niño —dije—. De ocho años. Es posible que se haya visto implicado en un accidente.

—¿Es usted la madre? —preguntó al otro lado de la línea una voz de mujer, apenas audible entre los gemidos de Ava—. Lo han trasladado al hospital. Conviene que se persone allí lo antes posible.

Luego, más llamadas. Ninguna noticia clara. Bobby circulaba a más de ciento cuarenta, pero me parecía que no iba lo bastante deprisa.

No hablamos durante el trayecto. Sentado al volante, Bobby intentó decir algo al principio, pero Ava le pidió que se callara, y después de aquello nadie volvió a hablar. Yo era consciente, mientras permanecíamos sentadas a oscuras, circulando a toda velocidad, de que cada de una de nosotras iba rezando para que fuera el ser querido de la otra, y no el propio, el que hubiera resultado herido.

65

Bobby llevó el coche hasta la entrada de urgencias. Yo me apeé de un salto antes de que se detuviera por completo. No lo pensé entonces (no pensé en nada, salvo en cerciorarme de que mi hijo estaba bien), pero después se me ocurrió que aquel debió de ser uno de los momentos de la vida de Ava en que su incapacidad para usar las piernas se manifestó de manera más brutal. Yo al fin pude correr al hospital para hablar con alguien. Ella tuvo que esperar a que Bobby sacara su silla del maletero, la desplegara y la sentara sobre ella, aunque creo que, si hubiera tardado cinco segundos más, Ava se habría arrojado al suelo y se habría arrastrado por la rampa hasta cruzar las puertas correderas.

No había ingresado ningún niño que respondiera al nombre de Oliver McCabe. Tampoco figuraba ningún Swift Havilland.

—El accidente —dije—. La lancha motora.

—Tendrán que hablar con otra persona —me dijo la mujer—. Yo no sé nada de un accidente con una lancha motora. Acabo de llegar.

Alguien me indicó que subiera a la tercera planta. Fue entonces cuando al fin los encontré: a mi hijo y a Swift, junto a un agente de policía. Cooper, extrañamente, también estaba allí.

Swift y Cooper estaban sentados el uno al lado del otro a la mesa mientras el policía, sentado a un lado, tomaba notas. Swift tenía una tirita en la frente, nada más. Cooper llevaba el brazo derecho en cabestrillo.

Corrí hacia Ollie, claro: estaba encorvado en un sofá, al otro lado de la sala. No tenía heridas visibles, pero un solo vistazo me bastó para adivinar que estaba profundamente conmocionado. Tenía la vista fija al frente. Estaba envuelto en una manta, pero le temblaba todo el cuerpo.

—Odio esa lancha —dijo—. Nunca más me voy a subir a un barco.

—Ya pasó —le dije—. Solo quiero abrazarte un ratito.

Ahora que lo había visto, y que estaba vivo, los pormenores de lo ocurrido no me parecían tan importantes, aunque después lo serían.

Oliver no paraba de temblar. Miré a Swift, que seguía hablando con el policía. Su expresión, a diferencia de la de Ollie, parecía la misma de siempre –serena, razonable, sobria–, pero su característica sonrisa estaba ausente. Parecía escuchar atentamente lo que decía el policía, aunque era él, sobre todo, quien hablaba, interrumpido de vez en cuando por Cooper.

¿Qué hacía Cooper en el lago Tahoe? (¿Qué hacían todos allí?). Que yo supiera, Cooper debía llegar al aeropuerto de San Francisco desde Nueva York. (Alquilar un coche. Presentarse en la fiesta para reunirse con su novia y pronunciar el brindis en honor de su padre). Estaba un poco recostado en la silla de plástico, con las piernas abiertas de esa manera en la que se sientan algunos hombres y que, a mi modo de ver, siempre parece anunciar la presencia de su virilidad. «Aquí está mi polla. Aquí están mis pelotas. ¿Alguna pregunta?».

Tenía una Coca-Cola en una mano y un teléfono móvil en la otra. Llevaba puesto un polo de color rosa con el pequeño cocodrilo en el lado izquierdo del pecho, y unas Ray Ban colgaban de su cuello, sujetas con un cordón de goma. Su barba de dos días no empañaba en absoluto su guapura. Su aspecto me recordó a una de las fotografías que había incluido en el libro, hecha cuando Cooper tenía dieciséis o diecisiete años y le nombraron rey del baile de promoción, año 2000.

Habría creído lo más lógico hablar con Swift al llegar a la sala de espera –o que él se dirigiera a mí–, pero, curiosamente, teniendo en cuenta nuestros muchos meses de amistad presuntamente íntima, no pareció darse cuenta de mi llegada ni –lo que era aún más curioso– tener conciencia de que mi hijo estaba allí. Seguimos en lados separados de la habitación: él con su hijo, yo con el mío. El mensaje tácito estaba claro: así sería a partir de entonces. Si hubiera podido recoger a Ollie allí mismo y huir con él, lo habría hecho. A través de la manta sentía cómo temblaba aún todo su cuerpo, aunque después de aquellas pocas sílabas pronunciadas cuando lo tomé en mis brazos, no había vuelto a decir una palabra.

Miré a Swift. Pensé fugazmente en Elliot y en cómo, cuando estaba ansioso o preocupado se pasaba las manos por el pelo, alborotándoselo. Elliot, que normalmente era tan tranquilo, se alteraba cuando estaba disgustado. Swift, normalmente tan bullicioso y vocinglero, parecía en cambio investido de una calma glacial en un momento en el que cabía esperar que estuviera alterado.

Eché de menos a Elliot. Deseé que estuviera allí.

Abrazando con fuerza a mi hijo, observé a Swift hablando con el policía. Hacía gestos con las manos, pero sin asomo de angustia, como si le estuviera diciendo al jardinero dónde debía plantar los bulbos de los tulipanes, o explicándole a un amigo una jugada que habían hecho los Fortyniners en el partido del domingo. A su lado, en la mesa, Cooper parecía muy serio, pensativo, preocupado. De vez en cuando, mientras su padre hablaba, asentía o negaba con la cabeza, no para contradecir lo que decía el otro, sino para expresar lo lamentable que era todo aquello.

—No es más que un crío —estaba diciendo Cooper con voz firme y razonable, sin rastro alguno de aquella actitud de niño mimado tan suya—. No es culpa suya.

Cooper y Swift cambiaron una mirada. Hasta entonces no me había fijado en cuánto se parecían. De pronto me di cuenta de que estaban hablando de mi hijo.

—¿Tienes hijos, Norman? —preguntó Swift. En algún momento debía de haber captado el nombre de pila del agente—. Ya sabes cómo son a esa edad.

El policía miró a Ollie. No oí lo que dijo Swift a continuación. Estaba concentrada en Ollie.

Justo entonces llegó Ava en su silla de ruedas. Se fue derecha hacia Swift, sin fijarse en mí y en Ollie.

—¡Por fin! —exclamó—. Nadie sabía decirme en qué planta estabas. —Estiró su largo y fino brazo, enfundado todavía en el vestido de lentejuelas plateado, y acarició el pecho y el pelo de su marido. Su modo de tocarlo me recordó a cómo acariciaba a sus perros.

—Estás bien —le decía una y otra vez a Swift—. Lo único que importa es que estás bien.

Otro policía entró en la sala.

—Por favor, señora —dijo—. Sé que es difícil, pero necesitamos que su marido se concentre. Estamos intentando conseguir una declaración.

Entró un médico vestido con bata de quirófano.

—Ha superado la operación —dijo—. Pero el cerebro ha sufrido mucha presión. El traumatismo era muy severo. Tardaremos algún tiempo en conocer el alcance de las lesiones.

—¿De quién habla? —le pregunté al otro policía, el que acababa de entrar.

—De la señorita Hernández —dijo—. Tengo entendido que trabajaba para la familia. ¿O es su madre? Salió despedida de la moto acuática. Esa joven tiene suerte de estar viva.

«Carmen».

Pasó la noche. Yo había perdido la noción del tiempo, pero era primera hora de la mañana y estábamos en la comisaría de policía. Mi hijo dormía al fin en el catre que le habían dejado, tapado con dos mantas a causa de sus temblores, que nada tenían que ver con la temperatura. Uno de los agentes me había ofrecido otro catre a mí, pero no podía dormir, así que me senté en el suelo junto a Ollie, abrazada todavía a él.

En torno al amanecer, el policía entró para decirme que había finalizado su informe —«solo los hallazgos preliminares»— y que ya estaba en disposición de explicarme lo que parecía que había sucedido según las declaraciones de Swift y Cooper, ninguno de los cuales había hablado conmigo directamente.

—Tendremos que hablar también con su hijo, naturalmente —dijo—. Pero de momento no está en situación de hacerlo. Quizá convenga que lo vea un psicólogo del departamento de protección al menor para que valore si está preparado para responder a nuestra preguntas.

Yo no quería dejar a Ollie, pero, como por fin parecía dormir profundamente, seguí al agente a la otra sala y me senté frente a su mesa.

Reynolds, decía su placa.

—Bueno —dije—, ¿qué puede decirme?

—Tengo entendido que el señor Havilland trajo a su hijo al lago para dar una vuelta en su lancha motora —respondió el agente Reynolds.

—No era eso en lo que habíamos quedado —dije—. Se suponía que iban a pasar el día en Monterrey.

—Según el señor Havilland —repuso el agente Reynolds—, quería darle una sorpresa a su hijo. Por lo que deduzco, era algo de lo que llevaban hablando mucho tiempo.

—Se suponía que iban a ir al acuario —insistí. Valiera para lo que valiera. Que no era mucho, evidentemente.

—Sin saberlo el señor Havilland, su hijo Cooper decidió hacer una visita a la casa el día anterior, y trajo consigo a su amiga, la señorita Hernández —prosiguió el agente.

Descrito así —conforme a la declaración de Cooper, supuse—, todo sonaba maravillosamente sencillo. Una barbacoa en el jardín. Un chapuzón en el lago. Una partidita de cartas. (Un poco de ligoteo también, sin duda. Pero eso no era asunto de la policía). Luego, el sábado por la tarde, sacaron la moto acuática. Al señor Havilland hijo se le ocurrió dar a su amiga una vuelta por el lago.

En algún momento, a última hora de esa tarde, el señor Havilland padre apareció con Ollie.

¿A última hora de la tarde? Habían salido a las seis de la mañana. ¿Por qué habían tardado tanto en llegar si el viaje duraba cuatro horas? ¿Y cómo se le había ocurrido a Swift llegar al lago Tahoe a última hora de la tarde, sabiendo que tenía que estar en casa a tiempo para la cena?

Para eso no había respuesta. El policía solo pudo decirme que, según había declarado él mismo, el señor Havilland llegó en torno a las cuatro o las cinco de la tarde. No le preocupó ver otro coche frente a la casa, porque reconoció el Dodge Viper amarillo que a su hijo Cooper le gustaba alquilar cuando volvía de visita a San Francisco. Dedujo que Cooper había viajado desde el este para darle una sorpresa por su cumpleaños y se había tomado un par de días de asueto para disfrutar de la casa del lago. Tenía su propia llave, y no era tan raro —explicó el señor Havilland— que utilizara la casa para esos fines, como válvula de escape.

—Dado que no encontró al señor Havilland hijo en la casa, el señor Havilland padre dio por sentado que habría salido a disfrutar del lago, como pensaban hacer él y su hijo de usted —prosiguió el agente Reynolds—. Constató que era así al ver que faltaba una de las dos motos acuáticas que guardan en el garaje para embarcaciones. Así pues, llevó el coche hasta el embarcadero con intención de sacar su lancha motora… —Consultó sus notas—. Su Donzi… al lago.

Yo le escuchaba, pero solo en parte. Me costaba concentrarme sabiendo que Ollie estaba en la otra sala. No quería dejarlo solo. Si se despertaba asustado o tenía una pesadilla, quería que supiera que estaba a su lado. Sin embargo, el relato que hacía el agente de lo sucedido la tarde anterior me parecía ilógico. Tampoco entendía cómo se les había ocurrido a Cooper y a Swift irse al lago a montar en la lancha o en la moto acuática sabiendo que esa tarde, a las siete y media, debían estar en Folger Lane. Al menos uno de ellos —Cooper— sabía que iba a celebrarse una gran fiesta en la que se requería su presencia, eso por no hablar de la de su padre. Hasta Swift tenía que haberse dado cuenta de que había gato encerrado, dada la insistencia de su esposa en que regresaran no más tarde de las ocho. Las dos sabíamos, cuando Swift emprendió aquella excursión, que le estaba siguiendo la corriente a su mujer al actuar como si el empeño de Ava en que se fuera a pasar el día con Ollie no tuviera nada de extraordinario.

—Por lo visto su hijo y el señor Havilland no llevaban más de quince o veinte minutos en la lancha cuando sucedió el accidente —añadió el agente—. Según ha explicado el señor Havilland, ese modelo de lancha en concreto puede alcanzar una velocidad de ciento treinta kilómetros por hora. Pero le dejó claro a Oliver que no irían tan deprisa. Iba a ser un paseo relajado para entretener al niño, nada más.

Asentí con la cabeza, no porque estuviera de acuerdo sino más bien porque me sentía abotargada. El Swift al que yo conocía no habría dudado en llevar a un niño a hacer carreras por el lago.

—El señor Havilland nos ha dejado muy claro que se toma muy en serio las medidas de seguridad cuando sale a navegar —prosiguió Reynolds—. Al principio solo pensaba llevar a Oliver a dar una vuelta en una barca neumática con motor fueraborda, más pequeña, que tienen, o en el kayak, pero su hijo insistía tanto en que sacaran la lancha que al final accedió.

Habían ido hasta allí para montar en la Donzi. Ese era el único propósito del viaje. No habrían hecho un trayecto de cuatro horas para montar en una barca neumática. No lo dije. Pero lo pensé.

—Por desgracia, su hijo se negó rotundamente, al parecer, a ponerse el chaleco salvavidas —siguió explicando el agente Reynolds—. Por lo que he podido deducir, se había mostrado muy rebelde y contestatario durante todo el día, pero el señor Havilland lo achacó a que estaba cansado en exceso.

—Puede que estuviera cansado, sí —contesté.

Todo lo demás, sin embargo, carecía de sentido. Si Ollie no había querido ponerse el chaleco salvavidas, me costaba imaginarme a Swift empeñándose en que se lo pusiera. Y aún más me costaba imaginarme a Ollie mostrándose rebelde –o «contestatario»– con Swift. Siempre que los veía juntos, mi hijo se comportaba con él como un cachorrito obediente y leal.

—Como era de esperar, el señor Havilland se puso firme. Le explicó a su hijo que no montarían en la lancha si no aceptaba ponerse el chaleco salvavidas. Entonces Ollie aceptó de mala gana.

El accidente, pensé. Hábleme del accidente.

—Pero, al parecer, su hijo siguió dando la lata al señor Havilland a cuenta del chaleco —prosiguió el agente—. Ya sabe lo malhablados que pueden ser los niños.

Puede que lo supiera. Pero sabía también que Ollie jamás le hablaba mal a Swift.

Según me explicó el policía, Ollie siguió «despotricando» sobre el chaleco salvavidas. Incluso empleó cierto epíteto para describir a quienes usaban chaleco salvavidas.

—No quiero repetir la palabra que dijo, señora McCabe —alegó—. Digamos simplemente que empieza por eme. Luego Ollie comenzó a preguntar si podía pilotar la lancha. El señor Havilland le dijo que no. Que de ningún modo. Estaban dando la vuelta al cabo que hay justo al sur de Rubicon Bay, no sé si conoce usted la zona.

Negué con la cabeza.

—Solo he estado en el lago una vez con anterioridad —le dije.

—Fue entonces cuando el señor Havilland reparó en una moto acuática que se acercaba por el lado de estribor. Iba a velocidad razonable, pero estaba lo bastante cerca como para que conviniera tener precauciones. Cuando la moto se acercó, el señor Havilland vio con sorpresa que la pilotaba su hijo, Cooper. Como es lógico, quisieron acercar sus embarcaciones. Estaban ya muy cerca —prosiguió Reynolds—, tan cerca que podían hablar. El señor Havilland padre le gritó a su hijo si tenía protector solar.

El policía interrumpió su relato para añadir un dato extraído de la declaración de Swift.

—El señor Havilland padre quería protector factor 50 —dijo—. Le explicó a su hijo que tenía uno de factor veinticinco, pero que no le parecía suficiente estando allí, en el agua.

En aquel preciso momento, ¿Swift se ponía a hablar de protectores solares? ¿De qué iba todo aquello? Recordé entonces a Ollie jugando a las cartas junto a la piscina, y a Swift dándole instrucciones sobre el arte de jugar al póquer.

«¿Quieres que una mentira parezca verdad?», le había dicho a mi hijo. «Pues envuélvela en minúsculos detalles que sean ciertos».

Yo sabía que así era, por las historias que solía inventar. Era cierto que Audrey Hepburn trabajaba para UNICEF. Era cierto que había hecho una película con Gregory Peck. Pero no era cierto que fuera mi abuela.

—Por lo visto estaban tan cerca que el señor Havilland padre estiró el brazo para agarrar el tubo de crema solar que le tendía su hijo. Fue en ese momento, al apartar la mirada, cuando su hijo Ollie le arrancó el timón de la mano y revolucionó el motor.

Contuve la respiración. Miré con dureza al policía. No conocía a aquel hombre, pero conocía a mi hijo. Ollie no haría una cosa así. También creía conocer a Swift, pero me había equivocado. Estaba mintiendo.

Swift nunca usaba protector solar. Le había dicho a Ollie que el protector solar era para maricas.

—Cuando Ollie aceleró —continuó el agente Reynolds—, la lancha salió despedida hacia delante, a toda velocidad. Chocó con la moto acuática. El señor Havilland cayó de su asiento, con el resultado de un esguince de muñeca leve. Por desgracia, las heridas que sufrió la señorita Hernández fueron mucho más graves. Al parecer, cuando salió despedida de la moto acuática, se dio un fuerte golpe en la cabeza. Perdió el conocimiento. No hay duda de que, gracias a que el señor Havilland padre se lanzó al agua para rescatarla, la joven logró sobrevivir. Teniendo en cuenta a lo que se enfrentaba —concluyó Reynolds—, yo diría que ese hombre es un héroe.

Le pregunté si sabía algo más sobre el estado de Carmen.

—¿Alguien se ha puesto en contacto con su madre? —pregunté.

—Los médicos dicen que es demasiado pronto para hacer cualquier valoración —contestó—. Su madre viene de camino. Naturalmente, sabemos que Oliver es demasiado pequeño para que se le considere responsable de lo sucedido —prosiguió—. Él no podía prever las consecuencias de sus actos.

—Mi hijo jamás haría nada parecido —afirmé—. Besa el suelo por donde pisa Swift. No me lo imagino agarrando el timón de una lancha e intentando pilotarla él solo. No tiene suficiente seguridad en sí mismo. Es más bien el tipo de cosa que haría Swift. O Cooper.

—Con el debido respeto, señora McCabe —dijo el agente Reynolds—, las madres nunca ven a sus hijos con completa objetividad. Mi mujer reaccionaría igual si se tratara de nuestro hijo.

—No es así —repuse yo.

—Naturalmente, hablaremos con su hijo de todo esto cuando esté preparado —repitió—. Mientras tanto, dada su edad, no se van a presentar cargos contra él. Lo que hizo, según el señor Havilland, fue una chiquillada. Una travesura estúpida, con terribles consecuencias para la joven involucrada, aunque podemos dar gracias a Dios porque no hubiera más heridos de consideración. Y nadie está sugiriendo que Oliver hiriera a propósito a la señorita Hernández.

—No fue él, en absoluto —afirmé.

—Sabemos que Oliver ha pasado por numerosas experiencias traumáticas —continuó—. Anoche conseguimos ponernos en contacto con su padre. Estaba profundamente preocupado, claro, pero nos confirmó que Oliver estaba muy irascible desde hacía un tiempo y que se mostraba especialmente rebelde.

Habían hablado con Dwight. Las paredes empezaron a cerrarse a mi alrededor, como en la sala del juzgado tres años antes. Solo que peor.

—Los hijos de padres divorciados se portan mal a menudo

—afirmó Reynolds—. Es probable que su arresto por conducir bajo los efectos del alcohol resultara muy desconcertante para él. Ver detenida a una de sus figuras de autoridad.

—¿Quién le ha dicho eso?

—El señor Havilland nos ha explicado que ya no bebe. Tengo entendido que está en Alcohólicos Anónimos.

Aquello no estaba sucediendo. Pero sí: *era real*.

Quizás hubiera contestado algo, pero en ese momento oí a Ollie llamándome y volví a la otra habitación.

Quisieron tomar declaración a Ollie, claro. No estaba en condiciones de hacerlo, pero parecía importante que hablara con la policía. Sobre todo, después del relato que había escuchado yo –el relato de Swift– sobre lo sucedido en el lago.

Primero le llevaron una Coca-Cola. Los agentes le hicieron sentarse en una silla cómoda. Había entre ellos una mujer, y un funcionario que supuse pertenecía al departamento de protección al menor. No se me permitió entrar en la sala.

—Lo lamento —me dijo el agente Reynolds—. Es el protocolo habitual.

Tardaron poco: cinco minutos, como mucho. Cuando Ollie salió de la sala (la cara pálida, los ojos hundidos en las cuencas), la agente de policía me llevó a un aparte mientras mi hijo estaba en el aseo.

—No responde a nuestras preguntas —dijo—. Lo único que ha hecho mientras repasábamos la declaración del señor Havilland sobre lo sucedido ha sido mirar por la ventana y asentir con la cabeza. Repetía una y otra vez «lo siento».

—Ollie tiene ocho años —le dije.

—Como es lógico, se siente culpable y responsable de lo sucedido. Ha preguntado si iba a ir a la cárcel. Le he asegurado que tenemos la certeza de que no era consciente de las consecuencias de sus actos. No podemos acusar de un delito a una persona de su edad.

—¿Ollie ha reconocido que fue él quien aceleró el motor? —le pregunté—. ¿Ha dicho que fue *él* quien hizo chocar la lancha contra la moto acuática?

—No ha querido hablar sobre ese particular. Pero ha asentido a todo lo que han declarado el señor Havilland y su hijo.

—Está agotado —dije yo—. Y confuso.

—Su hijo ha sufrido un trauma muy fuerte —repuso la agente—. No me cabe duda de que querrá usted consultar con un psicólogo, no solo respecto a los conflictos de más calado que enmascara su ira, sino respecto al sentimiento de culpabilidad y vergüenza que sin duda se derivará de estos hechos. Lo que hay que recordar es que es solo un niño. De eso, somos conscientes todos.

Más tarde habría más preguntas, pero de momento no había motivo para que siguiéramos allí. Oí decir que Estela iba hacia el hospital con una amiga suya que tenía coche, pero no había gran cosa que pudiera hacer por ella. Estaría rodeada de su familia y, aunque hubiera hablado español, ¿qué podía haberle dicho? Los médicos estaban aguardando los resultados de la batería de pruebas que le habían hecho a Carmen, que seguía en la unidad de cuidados intensivos, todavía inconsciente.

Hasta ese momento, yo no había tenido tiempo ni espacio para pensar en ello, pero de pronto me di cuenta de una cosa: en todo el tiempo transcurrido desde nuestra llegada al hospital –ocho horas, como mínimo–, ni Swift, ni Cooper, ni Ava nos habían dirigido la palabra ni a mí, ni a mi hijo. No sabía dónde estaban (en su casa del lago, dándose una ducha y poniéndose ropa limpia, o en el coche de vuelta a Folger Lane), habían desaparecido sin preocuparse por Ollie ni por mí.

¿Y ahora qué? No tenía ni idea de cómo volver a casa, aunque esa era la menor de mis preocupaciones en esos momentos.

Cuando intenté pensar a quién podía llamar –una persona que estuviera dispuesta a conducir más de cuatro horas para ir al lago Tahoe a recoger a una mujer desesperada y a su hijo traumatizado, un sábado por la tarde–, me asombró comprobar que, quitando a Swift y a Ava, no tenía a nadie.

—Piensa en mí como la persona a la que llamarías en caso de

emergencia —me había dicho Ava aquel día, y había escrito su nombre en la tarjeta que yo guardaba en mi cartera.

Pero aquello ya no tenía validez.

En otro tiempo habría llamado a Alice, pero había quemado ese puente al abandonar nuestra amistad en favor de mis otros dos amigos, mucho más cosmopolitas que Alice.

Luego estaba Elliot.

Contestó al teléfono al primer pitido. Estaba en casa, claro, como solía, incluso los días soleados. Oí de fondo el sonido de una película. Me lo imaginé sentado en su viejo sofá de pana, con sus pantalones anchos y las contraventanas cerradas para impedir que entrara la luz, viendo por enésima vez *Alarma en el expreso* o *Solo ante el peligro*.

Me embargó una oleada de cariño. De cariño y de pesadumbre.

—No te lo reprocharía si me colgaras ahora mismo —le dije cuando contestó al teléfono. No hacía falta decir quién era. Él ya lo sabía.

—Yo jamás te colgaría, Helen —contestó.

—Estoy en un aprieto —dije—. Los dos, Ollie y yo. Quería saber si podías venir a buscarnos.

66

Llegó un poco antes de que atardeciera, con una manzana para mí y una bolsa de cacahuetes para Ollie.

—Seguramente tendréis ganas de comer algo caliente —dijo mientras levantaba a Ollie en brazos. Me sorprendió que mi hijo no mostrara resistencia—. Pero he pensado que con esto aguantaríais un rato.

No hacía frío, pero había traído una manta y una almohada para Ollie.

—Puedes contármelo si te sientes con ánimos —me dijo después de que instaláramos a Ollie en el asiento de atrás del coche—. O no.

Pero Ollie estaba allí. Y, además, ¿por dónde empezar? La verdad era que ni siquiera sabía qué había pasado: solo sabía que era terrible y que el mundo parecía haber cambiado de repente.

—Tenías razón —dije.

—¿Razón? ¿En qué?

—Sobre mis amigos. Esos que creía que eran mis amigos.

—Si crees que me alegra oírte decir eso, te equivocas —repuso Elliot—. Solo siento que te hayan hecho daño.

Después de aquello, emprendimos el viaje en silencio. Pasado un rato, Ollie se quedó dormido en el asiento de atrás. Aun así, no quise arriesgarme a que oyera algo y procuré hablar de cosas que no le afectaran.

—Me alegro de verte —le dije a Elliot—. ¿Qué tal te va?

—Ah, Helen —dijo—. ¿Qué se supone que tengo que contestar a eso?

Era de noche cuando se despertó Ollie. Llevábamos una o dos horas de viaje y Elliot le preguntó si tenía hambre. Él negó con la cabeza.

—Creo que de todos modos voy a parar en una cafetería que conozco —dijo Elliot—. Tú también puedes comer algo si luego cambias de idea.

Resultó que Ollie estaba hambriento. Se comió dos tacos de pollo y un pudin de chocolate y, al acabar, preguntó a Elliot si podía pedir otro taco. Me di cuenta entonces de que seguramente hacía mucho tiempo que nadie le daba nada de comer. Se bebió un vaso de leche, y luego otro.

—Imagino que la última vez que comiste fue ayer, a la hora de la comida, con Swift —le dije.

Hizo un gesto negativo.

—Íbamos a comer después de montar en la lancha. Solo que entonces pasó todo eso.

—Entonces, ¿salisteis en la lancha por la mañana? —le pregunté—. ¿Antes de la hora de comer?

—Yo tenía muchas ganas —explicó Ollie—. En cuanto llegamos al lago, sacamos la Donzi.

—Pero todavía era de noche cuando salisteis de casa. Debisteis de llegar al lago Tahoe muy temprano —comenté, haciendo la cuenta de cabeza. A las diez, quizá. A las once, como mucho, si habían parado a desayunar.

—No paramos a desayunar. El Hombre Mono y yo nos comimos un plátano en el coche cuando íbamos hacia el lago.

—No entiendo —dije—. ¿Quieres decir que pasasteis toda la mañana conduciendo la lancha por el lago? ¿Y la tarde también?

Estaba atónita. Eran casi las seis de la tarde cuando el servicio de emergencias había recibido la primera llamada avisando del accidente.

Oliver parecía de pronto incómodo. Se puso a jugar con el salero, vertiendo montoncitos de sal en la mesa y deslizando el pimentero por ellos. Era una de esas cosas que solía hacer cuando tenía cuatro o cinco años –el tipo de cosas que hacía durante sus entrevistas con el tutor nombrado por el juzgado–, y el hecho de que lo estuviera haciendo en ese momento indicaba que había alcanzado su límite: la conversación, de momento, se había terminado.

De vuelta en la carretera, yo no dejaba de darle vueltas a lo que había dicho Ollie: que Swift y él habían sacado la lancha antes de la hora de la comida. No tenía sentido. Sabía que mi hijo no quería seguir hablando de ese tema, pero yo todavía trataba de entenderlo. Así que insistí.

—No lo entiendo, Ollie —dije—. Todavía era por la mañana cuando llegaste al lago con Swift. Pero la gente del servicio de emergencias dice que eran las seis de la tarde cuando los avisaron del accidente. ¿Qué estuvisteis haciendo todo el día Swift y tú? Tuvisteis que estar pilotando la lancha horas y horas.

Hasta ese momento, Ollie no me había contado nada sobre su día con Swift, ni sobre el tiempo que habían pasado juntos en el lago. De repente, sin embargo, las palabras le salieron a borbotones.

—Solo pilotamos la lancha un par de minutos —dijo—. Luego chocamos, y después ya no la pilotamos más.

—Pero estaba empezando a oscurecer cuando llegaron los servicios de emergencias.

Elliot y yo cambiamos una mirada. Desde donde estaba sentada, vi a Ollie en el asiento de atrás, mirándose la suela de las zapatillas.

—Odio esa lancha —dijo gritando—. No quiero volver a montar en un barco nunca más.

Se tapó los oídos con las manos. Empezó a cantar. A cantar, no. A gritar notas. *Bla, bla, bla, bla, bla, bla, bla.*

—Sé que no quieres hablar de eso, Ollie —dije—. Pero necesito saberlo. ¿Qué pasó en todo ese tiempo, entre que salisteis con la lancha y llegaron los servicios de emergencias?

Había estado observando a mi hijo por el espejo retrovisor, pero en ese momento me giré para mirarlo cara a cara. Estaba sentado en un rincón del asiento trasero del coche de Elliot, con el cinturón de seguridad puesto, acurrucado bajo la manta.

—¿Qué estuvisteis haciendo todo ese tiempo? —insistí.

Se tapó otra vez los oídos con las manos.

—Ojalá no hubiera montado en esa estúpida barca —dijo—. Fue entonces cuando se armó todo ese lío.

—A mí puedes contarme lo que pasó. Sea lo que sea, no pasa nada.

—Ella estaba allí tendida —dijo en voz tan baja que apenas le oía—. Tenía los ojos abiertos y le salía mucha sangre.

Luego, por fin, empezó a llorar.

Elliot paró en el arcén. Salí del coche y monté detrás para abrazar a mi hijo.

Oliver tardó un momento en tranquilizarse lo suficiente para volver a hablar y, cuando lo hizo, su voz sonó distinta. Habló en susurros, casi como si temiera que alguien más, aparte de nosotros dos, pudiera escucharle.

—El Hombre Mono dijo que necesitábamos descansar —comenzó a decir—. Cooper estaba vomitando y hacía un montón de cosas raras. Se puso a cantar *Noventa y nueve botellas de cerveza en la pared*, pero se equivocaba con los números. Decía veintisiete botellas. Y luego cuarenta y dos. Y luego otra vez noventa y nueve. Parecía que estaba loco.

—¿Y Swift? —le pregunté—. ¿Qué hacía él?

—Le hizo beber un montón de agua a Cooper. No paraba de decirle que bebiera más agua y descansara.

—¿Quieres decir que os parasteis a descansar antes del accidente? ¿Cooper estaba bebiendo toda esa agua y tú estabas descansando, y entonces sucedió el accidente?

Negó con la cabeza.

—El accidente pasó primero. Lo de descansar fue después. Descansamos mucho tiempo. El Hombre Mono no paraba de decir que teníamos que esperar a que se despertara la chica, pero no se despertaba. Tenía una cara muy rara y no se movía, y el Hombre Mono le decía todo el rato a Cooper que bebiera más agua, pero él se portaba como un idiota.

Miré a Elliot. Él aún no sabía qué había pasado —yo tampoco, en realidad—, pero ya había llegado a la conclusión de que la versión de Swift no se parecía en nada a la de Ollie.

—Yo tenía muchísima hambre. Me quedé dormido. Pasó mucho rato, y Cooper ya no se portaba como si estuviera loco, y el Hombre Mono dijo que podíamos llamar a alguien para que fueran a buscarnos.

Miré otra vez a Elliot. No era de los que apartaban los ojos de la carretera, pero su cara lo decía todo.

—La chica seguía sin despertarse. Todavía tenía esa cara tan rara.

—¿Todo eso se lo has contado a la policía? —le pregunté a Ollie—. ¿Eso de que parasteis a descansar, y lo de la chica? ¿Y lo del agua que bebió Cooper?

Ollie hizo un gesto negativo con la cabeza. Estaba observando un hilo de la manta, retorciéndolo entre los dedos.

—El Hombre Mono dijo que no lo contara —contestó—. Dijo que, si lo contaba, se armaría un lío muy gordo.

Sentado a mi lado, Elliot estiró el brazo y me tomó de la mano.

—Todo se va a arreglar —dijo—. Gracias a Dios que te lo ha contado.

Yo sabía que al día siguiente tendría que llamar al agente Reynolds para decirle que había cosas que aún no sabía. Por duro que fuera, tendría que volver con mi hijo al lago Tahoe para que hablara de nuevo con la policía. Y esta vez Swift no estaría en la habitación contigua. Ni entonces, ni nunca más. Eso ya lo tenía claro.

67

Cuando llegamos a mi apartamento, le pregunté a Elliot si le apetecía subir con nosotros, pero dijo que no.

—Tienes que cuidar de Ollie —dijo, y tenía razón, claro.

Hablaríamos más adelante.

Aunque Ollie había pasado durmiendo casi todo el camino de vuelta, lo primero que quiso hacer cuando entramos en casa fue tumbarse en mi cama. Cinco minutos después estaba dormido.

Paseé la mirada por el apartamento. Durante mucho tiempo, me había limitado a dormir en aquella casa. No había comida en la nevera, ni nada en los armarios de la cocina, salvo un par de bolsas de maíz para hacer palomitas y una botella de aceite de colza. Toda mi vida, desde hacía casi un año, había girado en torno a Folger Lane. Pero eso se había acabado.

Llamé al hospital del lago Tahoe para preguntar por Carmen. Como no era de la familia, no pudieron decirme nada. Lamenté no tener el número de Estela. Pero, aunque lo hubiera tenido, ¿qué podía haberle dicho? Me acordé de aquel día en el vestidor de Ava, cuando me había contado, mientras doblaba la ropa, los sueños que tenía para su hija. «Mi corazón».

Pensé en mi cámara. La había dejado en la fiesta al salir corriendo hacia el coche de Bobby, tras enterarme del accidente. En algún momento tendría que ir a recogerla.

Desde el otro cuarto me llegaba el sonido de la respiración de

Ollie: era más constante que en la comisaría. Fueran cuales fuesen las imágenes macabras y perturbadoras que se agitaban en su cerebro, por fin parecía haberse calmado.

Por más que me resistiese a hacerlo, sabía que tenía que llamar a Dwight. Le había prometido llevar a Ollie a Walnut Creek antes de la hora de acostarse, pero eso ya era imposible. Necesitaba quedarme con mi hijo un poco más. Evidentemente, la policía ya se había puesto en contacto con él y le había contado lo suficiente para que se sintiera obligado a explicarles lo de mi detención por conducir bebida. Pero en esos momentos no podía permitirme el lujo de enfurecerme con él. Teníamos que hablar de lo que había pasado, aunque aún no había decidido qué iba a decirle a él, ni a nuestro hijo.

«A veces la gente te decepciona. Incluso los adultos. Sobre todo los adultos, quizá. Puede que haya una persona a la que quieras un montón y en la que creas que puedes confiar, y que aun así esa persona te decepcione. Eso no significa que no tengas que querer nunca a nadie. Solo tienes que tener cuidado con a quién le entregas tu cariño».

Habría querido no tener que decirle todo esto a mi hijo de ocho años. Pero debía hacerlo.

Sonó el timbre. Pensé que sería Elliot y, por mal que pintaran las cosas, me animé un poco al pensar que había vuelto. Pero cuando abrí la puerta vi a Marty Matthias vestido con ropa de golf: camisa amarilla clara y pantalones verdes. Llevaba, sin embargo, un maletín. ¿Cómo sabía dónde vivía?

Entró.

—Bonito sitio —dijo, aunque los dos sabíamos que no era cierto. Dejó su maletín sobre la mesa—. Muy mono. Esta mañana recibí una llamada de nuestro amigo Swift —añadió—. Me ha dicho que adelante, que presentemos la solicitud para intentar recuperar la custodia de tu hijo.

«La custodia de mi hijo. ¿Ahora?».

El detective privado al que había contratado Swift hacía un tiempo para que hiciera averiguaciones sobre mi marido (primera noticia que yo tenía), había dado con información comprometedora.

—Parece que tu exmarido se ha quedado sin trabajo. Lleva un tiempo sin pagar las cuotas de su hipoteca —afirmó Marty—. Está al borde del embargo.

«Al borde del embargo». Yo estaba teniendo dificultades para concentrarme.

—Pero eso no es todo —prosiguió Marty. (Marty, el abogado del que Swift había dicho una vez que sería capaz de arrancarle una oreja a alguien de un mordisco si esa persona se atrevía a amenazar a su cliente. O sea, a él)—. Por lo visto ese tío tiene problemas para controlar su mal genio. Hace un tiempo, su mujer llamó a las autoridades de Walnut Creek por un caso de violencia doméstica. No llegó a denunciarlo, pero la llamada consta en los registros.

Que Dwight podía ponerse violento no era ninguna sorpresa para mí, claro está. Pero me extrañó que Cheri hubiera pedido ayuda.

—Intenta bajar la voz, Marty —dije—. Mi hijo está durmiendo en la otra habitación.

—Entendido —dijo—. ¿Qué maravilla, verdad, cuando por fin consigue uno que se duerman y puede vivir un poquito?

Me limité a mirarlo.

—Así que las cosas pintan muy bien para ti, Helen —continuó—. Si presentamos esto ante el juez, estoy seguro de que podrás recuperar a tu hijo, aunque imagino que ni siquiera hará falta que recurramos al juzgado. En cuanto tu ex sepa lo que tienes contra él, seguramente nos dará lo que queremos en un abrir y cerrar de ojos. Sobre todo habida cuenta de que no tiene dinero para meterse en abogados. No como tú.

Fue una cosa muy extraña. Desde hacía casi tres años, lo único que me había importado era recuperar a mi hijo, tener de nuevo una vida con él. Y ahora allí estaba aquel abogado, afirmando que eso iba a suceder. Y muy pronto, probablemente. Yo, sin embargo, solo me sentía embotada.

—Swift ya se ha encargado del detective privado —prosiguió Marty—. Como sabes, los Havilland son personas muy generosas.

Estábamos aún en el recibidor de mi apartamento. No había invitado a Marty a sentarse. A pesar de que a duras penas entendía lo que estaba pasando, sabía que aquello no era simplemente una visita de cortesía.

—Naturalmente, habrá que adelantar una provisión de fondos importante para las acciones legales que sea necesario emprender.

Una provisión de fondos.

—Creo que podemos encargarnos de este asunto por menos de treinta mil dólares —dijo—. No lo digo porque tú tengas que preocuparte por eso, claro. Swift cubrirá encantado toda la minuta. Solo tenemos que asegurarnos, antes de seguir adelante, de que estamos todos de acuerdo en cuanto a lo sucedido en el lago Tahoe este fin de semana. Con tu hijo.

No dije nada. Sabía que Marty iba a decirme exactamente lo que quería.

—Sería muy desafortunado que surgiera cualquier discrepancia en cuanto a los pormenores del accidente —añadió—. No es que creamos que vaya a ser así, claro. Pero teniendo en cuenta lo confusas que pueden ser las cosas para un niño pequeño, quería aclarártelo. Entiendes que para nuestro amigo no sería posible hacerte una oferta tan generosa si hubiera alguna duda de que tu hijo o tú vais a ofrecer una versión de lo sucedido que difiera sustancialmente de la de Swift y su hijo. Y, por descontado, eran ellos los que estaban presentes.

—También estaba allí Ollie —dije—. Está muy disgustado.

—A los niños se les meten toda clase de ideas absurdas en la cabeza, ¿no es cierto? —dijo—. Es fantástica la imaginación que tienen. Aunque no haya ninguna prueba que respalde lo que cuentan. Y, por cierto, tengo entendido que tú también eres una gran cuentacuentos. Precisamente hace un rato Swift me estaba contando algunas trolas que te has inventado a veces.

—Yo jamás mentiría bajo juramento, si es eso lo que estás sugiriendo —le dije.

—Claro que no.

Marty pareció dirigirse hacia la puerta, pero se dio la vuelta. Había agarrado uno de los peluches de Ollie y se detuvo tranquilamente a observarlo.

—Ava me ha dicho que últimamente tuviste un pequeño desliz con la bebida —dijo—. Pero no veo razón para preocuparse por eso. Solo lo saben los Havilland. Y desde luego no queremos que se haga público.

—¿Ava te ha dicho eso? —pregunté.

—Una cosa que debes saber de los Havilland y de mí —respondió— es que me lo cuentan todo.

68

No llamé al agente Reynolds a la mañana siguiente, pero sí llamé a mi exmarido, al que la policía había avisado del accidente en el que se había visto involucrado nuestro hijo. Quizá por los motivos que me había revelado Marty Matthias, Dwight no se opuso cuando le dije que creía conveniente que Oliver se quedara conmigo un día o dos más, en vez de llevarlo de vuelta a Walnut Creek esa misma noche. Si de veras corría peligro de perder su casa, eso explicaba que pareciera tan distraído cuando traté de contarle lo que sabía sobre el accidente.

—Quédatelo toda la semana si crees que le va a venir bien —dijo, casi aliviado.

Al día siguiente, lunes, llamé a Elliot. Confiaba en que lo ocurrido el día anterior hubiera cambiado las cosas entre nosotros, pero al oír su voz al otro lado de la línea me quedó claro que, si se había mostrado tan tierno conmigo y con Ollie después del accidente, había sido únicamente por su sentido de la amistad y la compasión. Nada sugería que estuviera considerando la posibilidad de que volviéramos a ser pareja. Era leal como nadie en el mundo, pero no podía olvidar mi profunda traición. Yo me había dado cuenta de lo equivocada que estaba al atacarlo por desconfiar de los Havilland, pero mi arrepentimiento llegaba demasiado tarde.

Él, sin embargo, se ofreció a llevarnos a Ollie y a mí a casa de los Havilland a recoger mi coche y mi cámara.

Cuando llegamos a Folger Lane, se bajó del coche el tiempo justo para abrirme la puerta. Se quedó junto a la puerta del copiloto y, con una determinación inconfundible, le tendió la mano a Ollie.

—Eres un jovencito estupendo —le dijo—. Pasara lo que pasara allá arriba, no permitas que eso te haga cambiar de opinión respecto a la clase de persona que eres.

Era una de esas cosas que una persona le dice a otra cuando no espera volver a verla.

—Cuídate, Helen —me dijo.

Me abrazó un momento, rígidamente, volvió a subir al coche y se marchó.

Mi hijo y yo nos quedamos en el camino de entrada, viéndolo alejarse. Luego me giré para mirar la casa: las camelias y los jazmines, los carillones tintineando movidos por la brisa, y el letrero: *Aquí todos los perros son bienvenidos. Y algunas personas también.* Antes, aquella vista solía levantarme el ánimo cada vez que paraba en la entrada. En ese momento, sin embargo, me alegré de que los Havilland no parecieran estar en casa. Sus coches no estaban a la vista, aunque reconocí la furgoneta de una empresa de limpiezas y otra perteneciente a una empresa de alquiler de equipamiento que sin duda había ido a llevarse las sillas y las mesas, y todo lo que quedara de la malograda fiesta de cumpleaños.

—No quiero entrar —dijo Ollie.

—No pasa nada —contesté—. Puedes esperar fuera. Solo será un minuto.

Abrió la puerta de mi coche y se sentó en el asiento de atrás. Subí por el camino, hacia la puerta delantera. A ambos lados se veían los charcos dejados por el ventisquero derretido y los pingüinos de hielo que menos de cuarenta y ocho horas antes habían bordeado el camino.

Estela estaría en el hospital con su hija, naturalmente, esperando a que Carmen recuperara la conciencia. Cooper debía de haberse marchado con su prometida, de vuelta a su escuela de negocios y a todo lo que conformaba su vida. Supuse que Ava y Swift se habrían quedado unos días más en la casa del lago Tahoe, deseosos de evitar Folger Lane hasta que desaparecieran por completo los últimos vestigios de la fiesta. Pero eso a mí me traía sin cuidado: ¿qué tenía que decirles, ni en ese momento ni nunca? Nada: lo mismo que ellos pensaban decirnos a mi hijo y a mí, evidentemente.

Siempre que iba a la casa, los perros salían a saludarme. (Lillian y Sammy, al menos. Rocco solía quedarse atrás, gruñendo). Ese día, en cambio, no había ni rastro de ellos. Cuando abrí la puerta —no estaba cerrada con llave—, me recibió un sonido desacostumbrado. El silencio.

Fuera, en los alrededores de la piscina, debía de haber operarios recogiendo las cosas de la fiesta, pero la casa parecía desierta. Había charcos de agua por todas partes, dejados por las esculturas derretidas, y un par de manteles individuales tirados por el suelo, con la cara de Swift estampada. Los regalos sin abrir estaban amontonados en la mesa del cuarto de estar, junto con una cesta llena de sobres que debían contener los donativos que los invitados a la fiesta habían hecho a la fundación de los Havilland. Había también varios montones de ejemplares sobrantes del libro que habíamos hecho, *El dios y sus perros*.

Tomé uno y le eché un vistazo. A pesar de que conocía cada una de las fotografías que contenían sus páginas —del mismo modo que conocía a sus protagonistas—, sentía curiosidad por ver si, al observarlas ahora, distinguía en sus semblantes algo que antes había sido incapaz de captar. Tal vez hubiera estado allí, en las fotografías, desde el principio: la verdad esencial acerca del hombre con el que había pasado tantas horas en el curso de muchos meses y cuyo verdadero carácter se me había revelado apenas veinticuatro horas antes. Tal vez había estado allí, en aquellas páginas, todo el tiempo sin que yo me diera cuenta.

Estaba dejando el libro otra vez cuando oí una voz detrás de mí.

—Son una gente asombrosa, ¿verdad?

Me di la vuelta. Era la nueva amiga de Ava, Felicity.

—Sí, son increíbles —contesté—. Nunca he conocido a nadie como esos dos.

No dije, sin embargo, que confiaba en no volver a conocer a nadie como ellos.

—Qué tragedia, lo que ha pasado —añadió—. Conmigo han sido muy buenos. Conocer a Ava ha cambiado mi vida entera.

—Así es Ava —dije—. ¿Se sabe algo de Carmen?

—¿Carmen? —preguntó Felicity—. ¿Quién es Carmen? Yo me refería al perro de los Havilland.

—¿Su perro? ¿Qué perro?

¿De qué estaba hablando?

—Rocco —contestó—. Creía que lo sabías. Es increíble que, después de todo lo que pasó, esas dos personas maravillosas hayan tenido que sufrir esa desgracia. Como si no fuera suficiente con que se estropeara toda la fiesta. No sé si Ava lo superará alguna vez.

Rocco… Me acordé de sus dientecillos afilados, que siempre enseñaba al verme. Unos dientes que más de una vez habían hecho sangre. Seguí mirando a Felicity, desconcertada.

—Cuando se armó el caos y Ava y tú os marchasteis, Rocco salió del dormitorio donde lo habían encerrado para la fiesta. Ya conoces a Rocco, siempre metiéndose en líos. Bajó aquí y se comió toda la tarta de cumpleaños. De chocolate. Debía de tener sed, porque luego se puso a beber champán de esa absurda escultura de hielo. Lo encontramos ayer por la tarde, muerto en el suelo del cuarto de la lavadora. ¿Quién iba a imaginar que el chocolate y el champán son veneno para los perros?

Siguió explicándome que Ava y Swift estaban en el crematorio, disponiendo lo que debía hacerse con las cenizas de Rocco. Lillian y Sammy estaban con ellos, «para ayudarlos a entender lo sucedido y a despedirse».

Solo conseguí sacudir la cabeza.

Oí el teléfono sonando en la cocina.

—Seguro que es Ava —dijo Felicity mientras corría a contestar—. Es un momento muy duro para ella.

Mi cámara estaba donde la había dejado, en la silla, junto a la puerta, pero por una vez no sentí el impulso de documentar gráficamente aquella escena. No me hacía falta una fotografía. Me acordaría de todo, aunque deseara no hacerlo.

Me quedé sola en medio de la habitación, observándolo todo: aquel lugar en el que, durante casi un año, creía haber encontrado por fin mi hogar. Me asomé al jardín —los farolillos de papel, las sartas de luces en forma de copos de nieve parpadeando aún porque nadie se había acordado de apagarlas, los últimos restos de nieve y hielo— y aspiré el perfume de las velas de eucalipto. Vi, colgando de una silla, el jersey de cachemira que me había regalado Ava. Y lo dejé allí.

Me dirigía hacia la puerta cuando reparé en las figurillas chinas de hueso labrado que representaban a un hombre y una mujer: el talismán de la buena suerte, los alegres fornicadores, tendidos dichosamente en su minúscula cama labrada. Me los guardé en el bolsillo y regresé a mi coche, de vuelta con mi hijo.

69

Esa noche le hice a Ollie la cena más reconfortante que conocía: macarrones con queso. Después le preparé un baño y lo dejé solo en la bañera, como él prefería, aunque me senté al otro lado de la puerta, aguzando el oído para asegurarme de que estaba bien.

Al principio solo oí el agua corriendo, y luego los sonidos que hacía Ollie imitando el ruido de un motor. A menudo, a la hora del baño, sacaba sus coches en miniatura y los hacía rodar por el borde de la bañera.

—¡Más rápido, más rápido! —le oí gritar—. ¡Yuju!

Luego su voz cambió y de pronto sonó como la de un hombre, o al menos como la de un niño imitando a un hombre. Uno de sus muñecos de plástico debía de haber entrado en escena.

—Echa el freno, colega —dijo la voz.

Luego otra voz distinta, también masculina pero más grave y ruda que la anterior, añadió:

—¿Quieres ver lo rápido que va esta preciosidad?

—Quiero irme a casa —dijo una tercera voz. Más aguda, más débil. La voz de Ollie—. No me gusta estar aquí.

La voz grave no respondió.

—¿Qué eres, un mariquita?

Después se oyó una risa que me resultaba extrañamente familiar.

—Tengo miedo —dijo la voz más aguda—. Voy a vomitar.

La risa se hizo más fuerte y sonó distorsionada.

—¿Es que eres un bebé? —preguntó la voz grave—. Creía que eras un niño grande.

Entonces se oyó otro sonido. Vocales y consonantes, todas mezcladas. La jabonera chocó estrepitosamente contra el borde de la bañera. Oí un estruendo metálico –la alcachofa de la ducha golpeando contra el grifo, quizá– y luego un chapoteo seguido por una voz aguda. Mi hijo imitando a una chica.

—¡Socorro, socorro! ¡Me ahogo!

Después, un débil grito seguido por el bramido de la voz masculina.

—Noventa y nueve botellas de cerveza en la pared.

—Te dije que descansaras.

—Quiero a mi mamá. Creo que deberíamos llamar a la policía.

—Cállate.

—¿Estás bien, Ollie? —pregunté a través de la puerta cerrada del cuarto de baño.

—Sí, estoy bien —contestó con su voz normal. Volvía a ser mi hijo otra vez. Mi pequeño, pálido y angustiado hijo.

Después de secar a Ollie, puse un DVD. Elegí uno que nos había regalado Elliot y que a Ollie le encantaba: Laurel y Hardy empujando un piano por una colina y a través de un puente. Lo había visto una docena de veces, pero seguía riéndose cada vez que veía a Hardy colgando de un lado del puente. Ese día, sin embargo, se quedó extrañamente callado.

Cuando acabó la película y después de que se lavara los dientes, lo metí en la cama.

—No hace falta que hables sobre lo que pasó en el lago si no quieres. Pero puede que, si hablas de ello, te sientas mejor.

—Si te lo dijera te enfadarías.

—No me enfadaré, te lo prometo.

—No quiero que el Hombre Mono se meta en un lío —dijo—. Me hizo prometer que no se lo contaría a nadie.

—No pasa nada —le dije—. A mí puedes contármelo. Un niño debería poder contárselo todo a su mamá.

Así que me lo contó. La historia completa esta vez, incluyendo todo lo que había omitido en el coche, mientras volvíamos del lago Tahoe. Y, a diferencia de su madre, mi hijo nunca inventa mentiras. Dice siempre la verdad pura y dura.

70

Llegaron a la casa del lago pasadas las diez de la mañana del sábado. Ollie lo sabía porque llevaba el reloj que le había regalado el Hombre Mono y que nunca se quitaba: su reloj especial de buceo, el que soportaba hasta cien metros de profundidad.

En cuanto llegaron a la casa se dieron cuenta de que estaba allí Cooper. Aquel deportivo amarillo chillón.

—Esa monada es un Viper —le dijo Swift a Ollie—. Tienes que prometerme que nunca permitirás que te pillen conduciendo un coche aburrido, campeón.

Ollie se lo prometió. Cuando fuera mayor él también conduciría un Viper, igual que Cooper.

Pensaron que estaría en la casa, pero no estaba, aunque saltaba a la vista que había pasado por allí.

—Era como en Ricitos de Oro y los tres osos —me dijo Ollie—. Cuando dicen: «Alguien se ha sentado en mi silla».

El Hombre Mono se ofreció a prepararle el desayuno –en Tahoe era tradición que lo preparara él–, pero Ollie le dijo que no.

—No, gracias —me contó que le dijo.

Se habían comido un plátano en el coche y lo que de verdad le apetecía era salir en la lancha. Llevaba mucho tiempo esperando aquel día.

Así pues, bajaron al cobertizo donde guardaban las embarcaciones. Faltaba una de las motos acuáticas, y así fue como el Hombre Mono dedujo que Cooper debía de estar en el agua. Pero la Donzi seguía allí.

—Era como un cohete —me contó Ollie.

Incluso en ese momento, después de todo lo que había pasado, hablaba de la lancha embelesado. Con una mezcla de asombro y horror.

El Hombre Mono dijo que primero irían a dar una vuelta rápida por si veían a Cooper y luego volverían a la casa y prepararían un buen desayuno.

—Íbamos a comer beicon y tortitas —dijo Ollie—, y luego a salir otra vez con la lancha.

Como el otoño estaba ya muy entrado, apenas había embarcaciones en el agua esa mañana.

—Qué bien —le dijo el Hombre Mono—. Así podremos poner a tope esta maravilla.

—Seguramente debería ponerme mi chaleco salvavidas —le dijo Ollie—. Se lo prometí a mamá.

—Buena idea, chaval —dijo el Hombre Mono—. Yo nunca hacía lo que me decía mi madre, pero si tú eres de esos me alegro por ti.

Ollie había llevado su cámara. El Hombre Mono llevaba una nevera en la lancha. Abrió una cerveza.

—¿Quieres probarla? —le preguntó.

—Soy muy pequeño para beber cerveza —le dijo Ollie.

El Hombre Mono arrancó la Donzi y echaron a volar por el agua, tan deprisa, dijo Ollie, que notaba que las mejillas iban a desprendérsele de la cara y se las sujetó con las manos. Se le voló la gorra de los Giants y el Hombre Mono le dijo que no se preocupara, que ya le compraría otra.

Estuvieron dando vueltas así unos minutos. El Hombre Mono se reía y agitaba la mano en el aire. Ollie también quería gritar algo, pero la verdad era que estaba mareado. Le preocupaba vomitar en la lancha.

En realidad, no le gustó nada ir montado en la lancha. Cerró los ojos con fuerza y se agarró a la barandilla, deseando que aquello se acabara.

—No quería que el Hombre Mono pensara que soy un bebé —dijo—. Él gritaba todo el rato «¡Yija!» y cosas así, como si fuéramos vaqueros o paracaidistas o algo así, y yo también intentaba gritar, pero no podía porque me quedaba sin aire —me contó—. Solo quería que se terminara de una vez.

Fue entonces cuando vieron la moto acuática. Aunque estaban lejos, el Hombre Mono se dio cuenta de que era su hijo, Cooper. Seguramente por cómo empezó a hacer eses con la moto al ver la Donzi.

Venía hacia ellos desde atrás, y había alguien montado detrás de Cooper, aunque el Hombre Mono no sabía quién era. Ollie, que intentaba no vomitar, tenía la cabeza agachada.

Cuando la moto estuvo cerca de la Donzi, Cooper se puso a hacer locuras, dijo Ollie.

—Se puso a moverla de un lado a otro para pasar por encima de las olas que hacía la Donzi. Cuando cogía una ola, la moto se levantaba por encima del agua un momento como si volara. Luego caía haciendo mucho ruido, y él se ponía otra vez a hacer eses y volvía a hacer lo mismo. Cooper movía la cabeza y se reía, igual que hacía el Hombre Mono, pero todavía más.

Soltó el manillar de la moto. Estaba ya tan cerca que Ollie vio que detrás de él iba una chica. La chica le gritaba que volviera a agarrar el manillar.

El Hombre Mono también se puso a hacer eses con la lancha, dijo Ollie. Como si los dos —la lancha y la moto acuática— bailaran juntos o jugaran al pilla pilla.

Entonces la moto viró bruscamente hacia ellos y fue como si Cooper la acelerara de pronto, porque se lanzó derecha hacia la Donzi, más deprisa que nunca. Iba tan deprisa y estaba tan cerca que el Hombre Mono no pudo esquivarla.

Entonces se oyó un ruido muy fuerte. Ollie se cayó al suelo de la lancha. La moto volcó y su motor barboteó un momento y se apagó. Cooper cayó al agua, pero apareció un segundo después. Parecía que no le había pasado nada grave, aunque se frotaba la mano. Ya no se reía, pero seguía sonriendo.

La chica también se había caído al agua, pero no salió. Dio un grito, pero luego se metió debajo de la lancha y ya no la vieron más.

—Creo que se ha dado un golpe en la cabeza —dijo Cooper. Hablaba con una voz muy rara, como si tuviera canicas en la boca.

—No llevaba puesto el chaleco salvavidas —me contó Ollie—. Yo esperé a que sacara la cabeza, pero no la sacó.

Entonces el Hombre Mono apagó el motor de la Donzi. Se lanzó al agua de cabeza. Hubo muchos chapoteos y unos segundos después el Hombre Mono volvió a salir sujetando a la chica. Le sostenía la cabeza por encima del agua, pero no le resultaba fácil porque ella estaba como muerta.

Cooper seguía allí tumbado, apoyado contra un lado de la moto acuática, como si estuviera viendo la tele. Cantaba aquella canción sobre las botellas de cerveza en el estante. Se suponía que tenía que ir contando hacia atrás, pero se equivocaba todo el tiempo.

—Era como si no lo entendiera, mamá —dijo Ollie—. Como si todavía le pareciera gracioso. Yo soy un niño y sabía que no tenía ninguna gracia.

El Hombre Mono sacó a la chica del agua y la subió a la lancha. Cooper seguía sin hacer nada aparte de mirar.

La chica no se movía. Estaba allí tendida, como una muerta. El Hombre Mono se inclinó y al principio Ollie pensó que iba a darle un beso, pero resultó que solo quería saber si todavía respiraba.

—Seguramente va a despertarse enseguida —le dijo el Hombre Mono a Cooper—. Mientras tanto, tú tienes que espabilarte, jovencito. Parece que esta mañana has empezado temprano.

Entonces Cooper le dijo a su padre que se había tomado cuatro *bloody* no sé qués. Era absurdo, pero aquello parecía hacerle gracia. Todo le parecía divertido.

Amarraron la moto acuática a la lancha. Fue entonces cuando el Hombre Mono empezó a hacer beber agua a Cooper a montones.

Se quedaron allí mucho tiempo, sentados. Ollie dijo que a lo mejor deberían llamar a alguien. A su madre, quizá.

—Aquí no tengo cobertura —le dijo el Hombre Mono.

Para entonces Ollie había empezado a sentir hambre. Antes había estado demasiado emocionado para desayunar. No habían vuelto a casa a comerse las tortitas, y seguramente ya había pasado la hora de la comida. Pero la chica seguía sin despertarse. Tampoco dormía como una persona normal. Respiraba, pero no de manera regular, y seguía sin moverse.

—Es como aquella vez que me golpearon con un palo de *lacrosse*, en primer curso —comentó Cooper—. Estuve un rato inconsciente. Dicen que ves las estrellas y es verdad. Luego me puse bien.

Ya no se reía. Ollie pensó que parecía un poco preocupado. Pero seguía diciendo tonterías, y el Hombre Mono seguía diciéndole que bebiera más agua. Tenía una caja vieja de galletas saladas en la lancha. Le dijo a Cooper que se las comiera. Cooper dijo que estaban húmedas y asquerosas.

—Me importa una mierda que te gusten o no —le dijo el Hombro Mono—. Quiero que te las comas todas.

Ollie tenía tanta hambre que de buena gana se habría comido una de aquellas galletas, pero el Hombre Mono no se la ofreció. Hacía mucho calor en la lancha y a Ollie se le había volado la gorra y, como yo había insistido tanto en que recordara no quitársela, le preocupaba quemarse y que me enfadara. Habían tapado a la chica con la chaqueta del Hombre Mono. Ollie tenía sed, así que el Hombre Mono le pasó el agua.

—No bebas mucha —le dijo—. Mi chico necesita beber toda la que pueda. Si tienes sed puedes beber un trago de esto. —Le pasó una lata de cerveza.

Ollie sabía que los niños no debían beber cerveza, pero como tenía tanta sed bebió un sorbo.

Luego se quedaron allí flotando un rato más, los tres. Los cuatro, en realidad, contando a la chica. Ollie no sabía cuánto tiempo estuvieron allí, pero le entraron tantas ganas de hacer pis que pensó que iba a estallar.

—Mea por encima de la borda de la lancha —le dijo el Hombre Mono.

Pero había una chica a bordo.

—No se va a enterar —le dijo el Hombro Mono.

Ollie le dijo otra vez que quería llamar a su mamá.

—¿Recuerdas lo que te he dicho? —le preguntó el Hombro Mono—. No hay cobertura en el lago. Y de todos modos, ¿para qué quieres llamar a tu mamá? No eres un bebé, ¿verdad que no?

Para que se le pasara antes el tiempo, Ollie se imaginó que estaba viendo *Toy Story 2*, empezando desde el principio y procurando no saltar a toda prisa hasta sus partes favoritas. Pero no le sirvió de mucho. Entonces intentó acordarse de los poemas de Shel Silverstein que solíamos leer.

«Dos cajas se encontraron en el camino», recitó. No en voz alta, solo para sus adentros. Había olvidado qué venía después, así que empezó otro poema. «Si eres un pájaro, sé un pájaro tempranero».

—Tenía el cerebro hecho un lío —dijo—. No me acordaba de nada.

Por fin consiguió recitar para sus adentros *Buenas noches, luna*. Un libro para bebés, pero por alguna razón todavía se acordaba de las palabras. «En el verde salón, había un teléfono y un rojo balón…» Se sintió mejor, dijo, pensando en cuando, hacía mucho tiempo, yo le sentaba sobre mis rodillas y leíamos juntos aquel libro.

Empezaba a hacerse tarde. Lo sabía porque el sol estaba mucho más bajo que antes: era la hora del día –recordó que le había contado yo– a la que los fotógrafos suelen hacer sus mejores fotos. Además, ya no hacía tanto calor. Se había quedado dormido un rato, pero luego se despertó. El Hombre Mono y Cooper seguían sentados en la parte de atrás de la lancha, hablando.

—Creo que ya podemos llamar a alguien —dijo el Hombre Mono.

Fue raro, porque llevaba todo el día diciéndole que el teléfono móvil no funcionaba en el lago.

Durante todo aquel tiempo –menos cuando Ollie le hacía una pregunta–, el Hombre Mono parecía haberse olvidado de él. De pronto, sin embargo, se acordó de que estaba allí.

—Tenemos que hablar de una cosa, amiguito —le dijo—. Tú y yo. De hombre a hombre.

Muy pronto iban a venir unos hombres en un barco para ayudar a la chica a despertarse. Seguramente necesitaba ir al médico. En el hospital le darían una medicina para que se pusiera bien.

—Puede que después te hagan algunas preguntas —le dijo el Hombre Mono a Ollie—. Cómo se golpeó la cabeza y cómo la lancha chocó con la moto.

Lo estaba diciendo al revés. Era la moto la que había chocado con la lancha. Ollie intentó recordárselo.

—Algunas cosas que han pasado hoy… No sería buena idea contarlas —le dijo el Hombre Mono—. La policía podría enfadarse con Cooper si pensaran que estaba haciendo un poco el loco con la moto.

Cooper ya no hablaba de aquella forma tan rara. Ni siquiera sonreía como antes. Estaba bastante serio, como si hubiera perdido su dinero o se hubiera muerto su perro.

—No vamos a decirles que Cooper estuvo haciendo tonterías con la moto —dijo el Hombre Mono—. Puede que los hombres que vengan a ayudarnos no entiendan esa parte. Y si no la entienden, no dejarán que Cooper vuelva a conducir la moto, y tú no podrás montar con él la próxima vez.

En realidad, Ollie no tenía ganas de montar en la moto acuática. Lo único que quería era volver a tierra firme y no volver nunca al lago Tahoe.

—Otra cosa —le dijo el Hombre Mono—. Seguramente tampoco vamos a decirles que nos hemos tomado un descansito. Les diremos solo que salimos a dar una vueltecita y que tuvimos el accidente, y que hay que llevar a nuestra amiga al hospital.

Ollie no entendía qué importaba que hubieran descansado o no. Quizá su madre se enfadaría si se enteraba de que el Hombre Mono le había permitido estar en la lancha todo ese tiempo sin la gorra puesta, quemándose al sol.

—Hay varias cosas —añadió el Hombre Mono— que tienen que quedar entre nosotros. Esa cerveza que te has bebido, por ejemplo. No quiero que te metas en líos por eso. Si tuvieras que ir a la cárcel, por ejemplo. No podrías volver a ver a tu mamá.

Entonces el Hombre Mono sacó su móvil y llamó a alguien, y lo sorprendente fue que el móvil funcionaba perfectamente. Unos minutos después llegó otro barco. Era una especie de policía acuática. Había dos hombres con uniforme, y también una mujer con traje de médico.

Lo primero que hicieron al saltar a la lancha fue mirar a la chica, que había estado en el suelo, exactamente en la misma postura, todo ese tiempo. Le pusieron una especie de brazalete y escucharon su corazón. Le levantaron los párpados y le miraron los ojos con una linterna.

Dijeron que había que llevarla enseguida al hospital. Primero la pusieron en una camilla y luego la llevaron a su barco y se marcharon.

Uno de los policías se quedó en la Donzi con el Hombre Mono, Cooper y Ollie. El policía volvió al muelle con ellos, remolcando la moto.

Ollie confiaba en que le dieran algo de comer en cuanto volvieran a tierra. Sabía que seguramente ya no comería tortitas, pero se habría conformado con unas patatas fritas o un sándwich de mantequilla de cacahuete. El policía, sin embargo, les dijo que ellos también tenían que ir al hospital. Había que hacerles un chequeo, y quería que le contaran con detalle lo que había pasado.

Cuando el policía dijo esto, el Hombre Mono miró a Ollie. No dijo nada, pero Ollie entendió. Quería recordarle su secreto. La parte de la historia de la que el policía no debía enterarse.

Ollie asintió con la cabeza. Intentaría con todas sus fuerzas hacer lo que quería el Hombre Mono.

Después de que el médico le echara un vistazo, le dijeron que podía sentarse en el sofá de la sala de espera. Cuando llegó, el Hombre Mono y Cooper ya estaban en la mesa. Fue allí donde les encontré al llegar al hospital.

El Hombre Mono no volvió a hablarle. Ni entonces, ni nunca más.

Mi hijo y yo habíamos estado tendidos en la cama mientras me contaba esta historia. Cuando acabó, sentí que algo cambiaba. Todo su cuerpo, hasta entonces rígido y tenso, pareció ablandarse como si alguien acabara de aflojar las cuerdas de una guitarra. Al contarme lo sucedido había hablado con voz firme. Baja y un poco monótona, sí, pero con claridad y precisión sorprendentes. Ahora se dejó caer contra mi pecho, llorando y temblando.

—No te lo tenía que contar —dijo—. El Hombre Mono me dijo que no te lo contara.

—No has hecho nada malo —le aseguré—. Los que hicieron mal fueron Swift y Cooper. No debí dejar que fueras con él. Lo siento muchísimo.

—No quiero volver a montar en barco —me dijo.

Lo abracé con fuerza y le canté una canción (*Eres mi sol*) que solía cantarle cuando era bebé. Pasados unos minutos dejó de llorar y comenzó a respirar pausadamente.

—Mamá —me dijo justo antes de quedarse dormido—, una cosa más. No se lo dije al Hombre Mono, pero hice unas fotografías.

71

Cuando se quedó dormido, abrí su mochila y saqué la cámara.

Las primeras fotos eran las que cabía esperar de un niño de ocho años en un largo viaje en coche. Una foto de Swift con las manos en el volante y un puro en la boca. Fotos de las señales de la carretera tomadas desde la ventanilla. Un McDonald's. Un campo de minigolf en el que Ollie seguramente esperaba que pudieran parar en el viaje de regreso, con un gigantesco *Tyrannosaurus rex* delante y una estatua de Paul Bunyan.

Había también una foto de la pierna de Swift y un primer plano del lóbulo de su oreja, y una del propio Ollie en la que solo se veía uno de sus ojos, parte de su nariz, y su boca haciendo una mueca bobalicona.

Luego había varias de la casa del lago, que reconocí por mi viaje de un par de semanas antes. El Viper descapotable amarillo. El sendero que bajaba al lago. La Donzi, junto al muelle. De color rojo y cromo y aerodinámica como una bala: el sueño de cualquier niño. O de cualquier hombre adulto, por lo visto.

Las siguientes fotografías habían sido tomadas claramente mientras la lancha estaba en marcha. Estaban borrosas, desenfocadas. Mostraban sobre todo el agua y un poco de cielo, aunque de vez en cuando aparecía parte de la cara de Swift en el encuadre, siempre riéndose. Por el ángulo del sol, era fácil adivinar que todavía era por la mañana cuando las había hecho Ollie.

Luego había una fotografía de un punto en el horizonte que debía de ser la moto acuática.

Más o menos en ese punto Oliver parecía haber descubierto cómo cambiar a la función vídeo. Había una peliculita de unos siete segundos en la que la moto avanzaba hacia la lancha en zigzag, y se oía de fondo la voz de Swift gritando «¡Yija!».

Luego todo se descontrolaba. Cielo, agua, el suelo de la lancha, el cielo otra vez. Una voz gritando «¡Mierda!». Y otra voz: «¡Socorro!».

Después de aquello, Ollie había hecho una veintena de fotografías. Eran casi idénticas, obra de un niño encerrado en una lancha demasiadas horas, hambriento, sediento, cansado y asustado, sin nada que hacer más que apuntar con la cámara a cada objeto al alcance del visor: el suelo de la lancha, el motor, el depósito de gasolina, el salvavidas que Swift había preferido no ponerse. El propio Swift, inclinado sobre la nevera portátil, sacando otra botella de su escasa –según le había dicho a Ollie– provisión de agua.

Había una foto de Cooper arrellanado en el asiento de la lancha, con aspecto de no tener ni idea de dónde estaba. Detrás de él —visible, aunque ignorada— yacía Carmen, la hija de Estela. Alguien (Swift, seguramente) le había puesto un chaleco salvavidas debajo de la cabeza y la había tapado con una chaqueta a modo de manta, como si estuviera dormitando tranquilamente. Pero hasta en la foto borrosa de mi hijo saltaba a la vista que Carmen no estaba durmiendo. Algo terrible le había pasado.

Había un botón en la cámara de Ollie que informaba de la hora a la que se había tomado cada fotografía. Lo pulsé y revisé las imágenes.

Eran poco más de las diez de la mañana cuando mi hijo y Swift salieron con la Donzi. La imagen en la que aparecía la moto acuática acercándose a la lancha había sido tomada a las 10:27.

La foto de Carmen –tendida muy quieta, aunque no durmiendo, con el pelo mojado como si hubiera estado hacía poco en el agua– se había hecho a las once y cuarto de esa mañana.

Dudo que, en medio del revuelo, Swift se hubiera fijado en que Ollie estaba haciendo fotos. En todas esas horas en la lancha, apenas se había fijado en la presencia de mi hijo.

Yo sabía, sin embargo, a quién podían interesarle aquellas fotografías. Al agente Reynolds.

72

Cooper fue conducido a comisaría para ser interrogado. El relato de mi hijo acerca de su comportamiento, unido a la prueba irrefutable de que Swift y él habían tardado más de seis horas en pedir ayuda con intención de reducir el índice de alcohol en sangre de Cooper al límite permitido, bastaron para que fuera acusado de manejo imprudente de vehículo a motor (la moto acuática), de conducir bajo los efectos del alcohol, de imprudencia temeraria y de posponer con intención dolosa su petición de auxilio. La acusación más grave, de la que también se imputó a Swift, era la relativa al acuerdo al que parecían haber llegado padre e hijo para no pedir ayuda durante un lapso de tiempo que podía haber contribuido a agravar severamente las lesiones cerebrales que sufría Carmen Hernández.

Swift tenía los mejores abogados, claro. No solo Marty Matthias, sino un equipo completo de letrados. Para ciertos cínicos (y cabe la posibilidad de que me esté convirtiendo poco a poco en uno de ellos), al final importa más quién sea tu abogado y cuánto dinero estés dispuesto a gastar en tu defensa que si de verdad cometiste o no el delito que se te imputa. En el caso de Cooper y Swift, al menos, ni el padre ni el hijo fueron declarados culpables de ningún delito, salvo del de imprudencia temeraria —en el caso de Cooper—, por el que lo condenaron a un año de suspensión del permiso de navegación y a hacer un curso de conducción responsable de embarcaciones a motor. A Swift le impusieron una multa por tener una moto acuática sin registrar.

Teniendo en cuenta el alcance de las lesiones de su hija, Estela podría haber presentado una demanda civil, pero no lo hizo. Puedo conjeturar cuáles fueron sus motivos. Unos meses después del accidente, en una de mis raras visitas al carísimo mercado en el que Ava y Swift compraban los comestibles, vi a Estela en el aparcamiento. Iba al volante de un todoterreno Mercedes que era, evidentemente, suyo: llevaba una pegatina de la bandera de Guatemala en el parachoques y una figurilla de la Virgen de Guadalupe en el salpicadero.

En todo ese tiempo yo no había vuelto a tener noticia de los Havilland. Naturalmente, en cuanto decidí refutar la declaración de Swift respecto a lo sucedido en aguas del lago Tahoe –respaldada por las pruebas gráficas y por el testimonio de mi hijo–, renuncié a cualquier posibilidad de que me ayudara a recuperar la custodia de Oliver. Pero al final resultó que, en medio de tantas desgracias y tribulaciones, no me hizo falta el dinero de Swift para pagar a un abogado.

Nunca llegué a mencionarle a mi exmarido lo que me contó Marty Matthias aquella tarde en mi apartamento. Evidentemente, la vida en Walnut Creek se había vuelto tan difícil que fue el propio Dwight quien me propuso que Oliver volviera a vivir conmigo.

—Si tú estás dispuesta —añadió.

Lo estaba, desde luego. Todavía tenía en el cajón la foto de aquella noche aciaga en la que volví a ahogar mis penas en alcohol. No quería dar nada por sentado, pero no permitiría que eso volviera a ocurrir.

Y no ha ocurrido.

No me alegro de que aquel invierno, después de que Ollie volviera a vivir conmigo, Dwight y Cheri perdieran su casa. Se mudaron a casa de los padres de él en Sacramento, adonde Ollie ha seguido yendo regularmente, conduciendo él mismo desde que cumplió los dieciséis años y pudo comprarse un Toyota viejo con los ahorros de los muchos veranos que había pasado trabajando de jardinero y de paseador de perros.

Seguramente iría con más frecuencia a Sacramento si no fuera por la natación. Entre entrenamientos y competiciones, tiene ocupados casi todos los fines de semana. Tiene el récord absoluto de su equipo en los quinientos metros libres. Eso, al menos, se lo debemos a Swift Havilland.

También han sucedido otras cosas buenas. Ahora, a Ollie le encanta ser el hermano mayor de Jared. Curiosamente –o puede que no tanto–, los malos tiempos han hecho de Dwight una persona más amable y tolerante. Oliver y él parecen estar forjando una relación más saludable. Tal vez algún día incluso lleguen a ser amigos.

Amigos... He ahí una palabra cargada de implicaciones. Conozco a algunas personas que, cuando hablan de una relación concreta, dicen «solo somos amigos», como si la amistad fuera en cierto modo inferior al vínculo que une a los amantes o a las presuntas «almas gemelas». Para mí, sin embargo, puede que no haya un lazo que, a fin de cuentas, importe más que la amistad. La amistad auténtica y duradera.

Alice era ese tipo de amiga. «Leal como un perro», solía decir ella. Ojalá pudiera decir lo mismo de mí.

La llamé una vez. Fue el verano después del accidente. Acababan de estrenar una película de los hermanos Coen. Hacía tanto tiempo que no la llamaba que me costó encontrar su número.

—Fui una idiota —le dije—. Peor aún. Fui una mala amiga.

Silencio al otro lado de la línea. ¿Cómo iba a negarlo?

—He pensado que a lo mejor podríamos quedar y charlar un rato —dije—. Becca ya debe de haberse licenciado. Y no te creerías lo alto que está Ollie.

Más silencio al otro lado de la línea. Cosa rara en Alice, que siempre tenía algo que decir.

Por fin dijo:

—Ojalá pudiera decirte que las cosas pueden volver a ser como antes, Helen.

Tenía planes esa noche, me dijo. Esa noche y todas las siguientes.

73

Aparte de aquella vez que la vi de pasada en el aparcamiento del mercado de Bianchini, no había vuelto a tener contacto con Estela, ni sabía qué tal estaba Carmen. No tenía su número de teléfono, y las únicas personas que podían decirme qué tal les iba a Estela y su hija eran Ava y Swift, para los que yo había dejado prácticamente de existir.

Así que un día, cuando hacía más de un año del accidente, aparqué el coche a un par de manzanas de la casa de los Havilland, acordándome de que Estela solía sacar a los perros a esa hora. Y, efectivamente, allí estaba.

Salí del coche de un salto y corrí hacia ella. A excepción de aquella vez en que me había hablado de los estudios de Estela y de su ilusión de estudiar Medicina, y del día en que me sorprendió probándome la ropa de Ava, apenas nos habíamos comunicado durante el tiempo que pasé en Folger Lane. Aun así, yo siempre había sentido que emanaba de ella una especie de calor y de bondad. Me había reconfortado aquel día, cuando temí por la vida de Ollie, y me había dicho que rezaría por mi hijo. Así que la abracé. Lo único que tuve que hacer fue decir el nombre de su hija.

Sacudió la cabeza. No me hizo falta saber español para entender el lenguaje universal de la pena.

En su inglés entrecortado, Estela me explicó la situación tal y como era. Carmen había sido trasladada a una residencia, dijo. Un

sitio precioso. (Adiviné quién la estaba pagando). Recibía tratamiento de fisioterapia, pero de momento no parecía reconocer a
nadie.

—Voy todos los días a darle de comer —me contó Estela—.
No come mucho. Comida para bebés. Ve la tele. Vídeos musicales.
Baila muy bien la salsa, *mija*. La bailaba.

Me quedé allí, en la acera. A veces no hay nada que decir. Una
solo puede escuchar.

—Me siento junto a su cama —continuó Estela—. Le canto.
Rezo. Es como si fuera un ángel. Un día abre los ojos. Gracias a
Dios, me mira. Pero no los tiene como antes, esos ojos brillantes.
Los médicos no pueden hacer nada. Solo Dios, algún día.

Pregunté por Ava y Swift. Entonces, ¿la estaban ayudando?

Asintió con la cabeza.

—Tengo una prima en Oakland. Justo después del accidente,
me dijo que podía buscarme un abogado. Obligarlos a pagarme
mucho dinero. —Sacudió la cabeza otra vez—. Le dije que no a mi
prima. ¿El juez iba a escucharme a mí? En cuanto me viera, me
mandaría de vuelta a Guatemala. ¿Y qué habría sido de mi hija entonces? El señor Havilland cuida de nosotras. Dice que no tenemos
que preocuparnos. Que ellos se ocupan de que Carmen esté bien
atendida.

Los perros tiraban de sus correas, impacientes por moverse. Ya
solo quedaban Lillian y Sammy.

—Ya no viene usted por la casa —me dijo Estela. No parecía
sorprendida. Deduje que no era la primera vez que una amiga de
Ava desaparecía de pronto de Folger Lane—. No está muy bien últimamente, la señora Havilland.

—¿Ava está enferma? —pregunté.

—Se puso enferma después de que muriera Rocco. No lo su-
peró. Cree que ella tuvo la culpa.

Ava se sentía culpable por la muerte de su perro. Del estado ve-
getativo de Carmen, no tanto. No hacía falta evidenciar la ironía.
Estela se daba cuenta perfectamente.

—Este fin de semana es la boda de Cooper —añadió—. Yo me ocupo de los perros. La familia está en México.

En Cabo San Lucas. Como estaba previsto antes del accidente. Yo ignoraba lo que había averiguado Virginia sobre Cooper –lo que hizo aquel día, o todos los demás–, pero por lo visto no estaba dispuesta a permitir que eso interfiriera en sus planes de boda. Estela y yo nos quedamos en la acera, reflexionando sobre todo aquello.

—Mi hija quería a ese chico —comentó Estela—. Él le regaló su anillo una vez. El de su equipo. Ganaron el campeonato.

El anillo de rugby. Ava me había hablado de aquello. Creía que Carmen había robado el anillo. Esa era su versión de los hechos. La idea de que Cooper pudiera habérselo regalado a Carmen –de que tal vez en algún momento se hubiera interesado de verdad por aquella chiquilla– le resultaba inconcebible.

—Espero que haya recuperado usted a su niño —me dijo Estela—. Es lo único que cuenta. Nuestros niños.

—Sí —le dije—. Oliver vive otra vez conmigo.

Por triste que estuviera, a Estela se le iluminó el semblante.

—La familia —dijo— es lo único que importa.

Tiempo atrás, yo me había considerado parte de la familia Havilland. Tiempo atrás, los Havilland decían que Estela era como de la familia.

Estela se había alejado unos metros cuando la llamé. Me acerqué a ella corriendo. Había una cosa más que tenía que preguntarle, le dije.

—Sé que llevas mucho tiempo trabajando para los Havilland. Desde antes de que Swift conociera a Ava, ¿verdad?

—Conozco a Cooper desde que era un bebé —contestó—. Carmen y él… Empecé en la otra casa, con la mamá de Cooper.

—El accidente de Ava —dije—. ¿Qué ocurrió?

Estela negó con la cabeza. Por un momento pensé que no iba a decírmelo.

—Fue una época muy mala —dijo—. Muy mala. Nadie habla

de eso. —Creí que iba a dejarlo ahí, pero añadió—: Estaban de viaje. En la carretera a Los Ángeles. No en la autopista grande. Querían ver el océano.

—Yendo hacia Big Sur, seguramente —dije—. Les encanta ese sitio.

—Él tenía un coche nuevo. Sin techo. Al señor Havilland le gusta conducir deprisa.

—Lo sé —dije.

¿Cómo se me había ocurrido dejar que Ollie subiera al coche con él? ¿Tan desesperada estaba por recuperar a mi hijo que había estado dispuesta a arriesgar su seguridad?

Sí.

—Dijeron que había un coche delante que iba muy despacio. Tenían que llegar al hotel. Un sitio muy lujoso. Tenían reserva para cenar. Celebraban algo, una gran noticia. Al señor Havilland se le ocurrió adelantar al otro coche. Al lento. Venía un camión. No había sitio para girar.

El coche había volcado. El coche de Swift, el caro. Swift salió ileso. Pero Ava quedó atrapada.

—Cuando llegaron los hombres de la ambulancia, dijeron que había que tener mucho cuidado al moverla. Un mal paso y moriría. Era la columna. La médula espinal. Después, ya no pudo mover las piernas. Al principio, cuando los médicos les dieron la noticia, no se lo creyeron. El señor Havilland la llevó a una clínica muy importante. A dos. Estuvieron mucho tiempo en el hospital. Y luego en rehabilitación. Allí fue donde le dieron la silla.

Lillian se había puesto a ladrar. Había visto otro perro más adelante y quería seguir avanzando. Estela también parecía cansada de la conversación.

—¿Qué se le va a hacer? —dijo—. Algunas personas tienen suerte. Y otras no tanta. Ese señor Havilland siempre ha tenido buena suerte. Además —añadió—, ella perdió el bebé aquel día. Cinco años, estuvieron intentándolo, pero no se quedaba embarazada. Y luego se quedó. Por eso se fueron de viaje. Estaban muy contentos. Después de aquello, ¿sabe usted lo que me dijo? Me dijo: «Que haga lo que quiera, yo no vuelvo a acostarme con ese hombre».

—¿Qué quieres decir? —pregunté—. Siempre estaban hablando de su increíble vida sexual.

Estela me miró. Éramos de la misma edad, pero en ese momento ella parecía tener cien años y yo haber nacido ayer. Meneó la cabeza.

—La gente cuenta historias —dijo—. ¿No lo sabía? ¿Quiere saber la verdad sobre esa gente, sus amigos Ava y Swift? Ella le odia. Le necesita, pero le odia.

74

Habían pasado más de nueve años desde la última vez que crucé la puerta de Folger Lane. Desde la última vez que salí de aquella casa. Con el tiempo, dejé de hacer retratos en colegios y encontré un trabajo mejor. Una fotógrafa de Piedmont, que había visto algunos de mis trabajos en una pequeña galería de arte, me propuso que me asociara con ella. Decía que tenía verdadero ojo para captar la personalidad de mis modelos. Que siempre advertía lo que sucedía por debajo de la superficie, detrás de los ojos.

Elsie y yo llevamos juntas el estudio. Hacemos retratos. De familias, casi siempre. También alguna que otra boda. Como el trabajo que hacemos no es barato, nuestros clientes suelen ser personas con dinero de sobra. No tanto como los Havilland en la mayoría de los casos, pero aun así se nota por la ropa que llevan los niños y por la piel tersa y los cuerpos tonificados de las madres que no son personas que conduzcan un Honda Civic de veinte años como el mío o que tengan un sofá cama en el cuarto de estar para que duerma su hijo (una mejora respecto al colchón inflable).

Entre nuestra clientela son raros —casi inexistentes— los padres solteros. Las madres solteras, más bien. A juzgar por las fotografías que les hago a nuestros clientes, cualquiera pensaría que su mayor desgracia es tener un mal día en la pista de tenis. Pero naturalmente yo sé muy bien —mucho mejor que antes— que una imagen, por atrayente que sea, no tiene por qué contar la verdad de la historia.

Oliver, en cambio, es exactamente como aparenta. Sigue siendo un poco callado. No es un niño que tenga un millón de amigos. Solo dos o tres, pero muy buenos. Es leal a su padre y cariñoso con su abuela, adora a su hermano pequeño y es tímido con las chicas, aunque ahora hay una, Edie, que está loca por él, y a Oliver le basta con una.

A mediados de su segundo curso de bachillerato, comenzó a recibir ofertas para ingresar en escuelas de alto rendimiento deportivo. Nunca le han gustado mucho los deportes de pelota, pero en cambio es un nadador nato, y las medallas y los trofeos que ha ganado ocupan casi por completo una pared de nuestro cuarto de estar. Sin embargo, y a pesar de lo mucho que le gusta el agua, detesta los barcos: ha sido siempre así, desde aquel día en el lago. Ni siquiera quiere montar en el ferry a San Francisco.

75

En los años transcurridos desde nuestra despedida frente a la casa de Folger Lane, pensé a menudo en Elliot, desde luego.

Una noche, me descubrí otra vez en Match.com. No es que pensara colgar mi perfil, me dije. Solo tenía curiosidad: quería saber si la gente todavía creía en la posibilidad de que esas cosas funcionaran. Yo ya no lo creía.

Seleccioné un rango de posibles candidatos para mi hipotética búsqueda: varones de entre cuarenta y cinco y cincuenta y cinco años que vivieran en un radio de cincuenta kilómetros, con las palabras clave *cine*, *fotografía*, *naturaleza* y *sentido del humor*. No había ningún casillero que pudiera marcarse indicando la preferencia por la constancia, la bondad o la integridad moral. Como yo sabía muy bien, a nadie se le da mejor fingir que dice la verdad, o convencer a otra persona de sus virtudes, que a un mentiroso y un estafador brillante.

Esa noche eché un vistazo a más de una docena de perfiles, casi aliviada al ver que no había nadie con quien me imaginara quedando para cenar. Y luego apareció él: no sonreía exactamente, porque Elliot nunca sonríe a la cámara, pero me miraba desde la pantalla del portátil con una expresión de perplejidad. Con una especie de ironía remolona. «¿Qué hago aquí otra vez?» Su apodo, como antes, era *UnObsesodelosNúmeros*.

Para ser sincero, había escrito, *y no puedo ser otra cosa, por desgracia, seguramente no soy muy buen partido. Soy un tipo bastante* chapado a la antigua. *Me gustan las películas viejas y la seda dental nueva. Me estudio los balances anuales de las empresas, a veces para ganarme la vida pero también, lo creas o no, porque así me lo paso pipa. Es como una misión detectivesca: los números pueden parecer áridos, pero las historias que cuentan pueden estar llenas de intriga y dramatismo, incluso de desfalcos.*

En mi juventud trabajé en la administración: era el temible inspector de Hacienda. Más recientemente, y tras darme cuenta de que cada vez tenía menos posibilidades de que me llamaran para batear en los Giants o para ser el nuevo James Bond, fundé una asesoría privada comprometida con la insoslayable sinceridad de las cifras. Considéralo una franca advertencia de que, incluso si me enamorara de ti, si descubro alguna triquiñuela en tu declaración de la Renta, lo nuestro se acabó.

No había añadido ningún simbolito detrás de la última frase. Si una mujer necesitaba que le aclarara que estaba bromeando, no era su tipo, definitivamente.

Hacía falta ser un tipo concreto de persona para valorar a Elliot. Yo era esa persona. Había tardado un tiempo. Demasiado. Pero lo bueno era que Elliot no tenía novia. Todavía teníamos una oportunidad.

Puede que te no lo parezca, continuaba, *pero soy un romántico empedernido. Un hombre de una sola mujer. Creí que la había encontrado una vez, y resultó que estaba equivocado. Así que tengo mucho cuidado con mi corazón. Puede que te resulte más fácil entrar en la cámara acorazada de Fort Knox. O puede que lo consigas. En todo caso, nunca encontrarás un hombre más leal y cariñoso que yo.*

Estuve largo rato contemplando las palabras de Elliot en la pantalla de mi ordenador. Sospecho que no hace falta decir cómo me impresionó aquello. Una cosa es perder algo. Y otra cosa aún peor es lamentar una pérdida que podría no haber ocurrido si uno hubiera sido más precavido.

Podrías probar conmigo, añadía. *Considéralo un servicio a tus conciudadanos, esos que intentan dar gato por liebre a Hacienda. Cuanto*

337

más tiempo siga así, quedándome en casa todos los fines de semana y escudriñando números, más pillos habrá en la calle (seguramente mucho más divertidos que yo) que se metan en líos. Y todo porque no tengo nada mejor que hacer que revisar sus balances anuales.

Estuve pensando toda la noche en hacer clic en el botón de respuesta al perfil de *UnObsesodelosNúmeros*. A la mañana siguiente pensé otra vez en contactar con Elliot. Pero rechacé la idea.

Esa noche —influida por tres tazas de té verde, mi bebida favorita últimamente—, entré en Internet resuelta a escribirle. Pinché las coordenadas del perfil de Elliot. Lo habían retirado.

Me lo tomé como una señal. Había conocido a alguien. Las cosas iban bien. Recordé, de hecho, la velocidad con la que había retirado su perfil después de una sola cita conmigo.

—No me gusta el ligoteo, en realidad —me había dicho—. En cuanto encuentre una mujer que me interese, dejaré de buscar.

Justo antes de que mi hijo empezara su último año en el instituto, dejamos nuestro apartamento en Redwood City para instalarnos en un auténtico piso de dos habitaciones en East Bay. Quedaba un año para que mi hijo se marchara de casa, por fin podía permitirme una casa más grande y quería que Ollie tuviera de una vez su propio cuarto. Antes de que se fuera.

El día de la mudanza me asaltó una idea extraña. Solía imaginar que una noche, cuando menos me lo esperaba, oía llamar a la puerta y Elliot aparecía en el umbral. Dispuesto a intentarlo otra vez.

Si venía ahora, yo ya no estaría allí. Aunque de todos modos era muy improbable que viniera, me dije. Él jamás haría una cosa así. Era solo algo que yo deseaba, pero que nunca sucedería.

Llevábamos un mes y medio viviendo en la nueva casa, y ya no iba nunca por Portola Valley. Ollie cumplía dieciocho años ese invierno. Acabaría el instituto en junio y pronto se iría de casa, pero no como cuando tenía cinco años. Esta vez se iría a la universidad, a un lugar elegido por él, y, por triste que fuera para mí verlo marchar, sabía que también me alegraría.

En cuanto a mí, pronto cumpliría cuarenta y nueve años. Iba de cabeza hacia los cincuenta, como habría dicho Swift.

Acabábamos de recoger la cocina después de cenar y estaba sentada tomándome mi té. Oía a mi hijo en la habitación de al lago, charlando por teléfono con su novia. Seguramente tenía a su lado un bol de palomitas. Oía sonar un tema de *hip-hop* en su equipo de música, y una risa espontánea y feliz.

—Que no, en serio —le decía Ollie—. Tenemos que comprobarlo. Puedo recogerte el sábado por la mañana. Aunque te parezca increíble, no tengo ni una sola competición este fin de semana. Seguro que mi madre hasta nos hace una *pizza* si se lo pido.

No era nada arrebatador, pero era lo que más me gustaba: la vida corriente. Noches tranquilas pasadas con la persona a la que amas, con la frecuencia y la proximidad necesarias.

Éramos una familia de dos. Con dos era suficiente.

Me quité los zapatos y apoyé los pies en el escabel. Desenvolví el bombón que constituía mi único capricho nocturno. Cogí el *San*

Francisco Chronicle, que había dejado a un lado esa mañana. Me fijé en un titular:

UNA FUNDACIÓN ANIMALISTA INVESTIGADA POR FRAUDE

Debajo del titular había una fotografía de Swift Havilland, director ejecutivo de BARK. Sonriendo, cómo no.

No era una noticia de las que solía leer, y los pormenores del fraude se me escapaban, pero el artículo venía a decir que el empresario de Portola Valley que había hecho su fortuna gracias a una empresa tecnológica parecía haber desfalcado diez millones de dólares de la fundación que dirigía su familia (cuyo patronato estaba formado por él mismo, su esposa y su hijo) tras sufrir grandes pérdidas en su cartera de acciones. Como resultado de una minuciosa investigación que había salido recientemente a la luz, Swift había sido imputado por fraude bursátil, estafa electrónica, asociación delictiva, blanqueo de capitales y una larga lista de delitos más.

Swift Havilland se entregó en el despacho de su abogado el lunes para afrontar los cargos que se le imputan, añadía el artículo. Dado que se consideraba que había un riesgo elevado de fuga, la fianza se había fijado en diez millones de dólares. Incapaz de pagarla –decía el periódico–, el señor Havilland se hallaba internado en el penal de Mendota, California. Se esperaba que próximamente se imputara también a su hijo, Cooper Havilland –corredor de bolsa en DYC Capital Partners, Greenwich, Connecticut–, así como a su esposa, Ava Havilland.

El artículo era largo. Eché mano de mi té.

Al parecer, los problemas financieros de Swift se habían ido acumulando poco a poco. Aunque tenía muchos activos bursátiles, gastaba mucho. Para financiar su tren de vida, había hipotecado hasta dos veces las casas de la familia y entregado en garantía parte de sus acciones en Theracor, su antigua empresa en Silicon Valley, a fin de conseguir más préstamos.

Pero sus verdaderos aprietos económicos habían empezado con el desplome de la bolsa en 2008. Fue entonces cuando, al parecer, comenzó a sustraer dinero de la fundación BARK, que su esposa y él habían fundado siete años antes.

Lo había hecho con mucha astucia, explicaba el artículo, organizándolo todo para transferir millones de dólares de BARK a una empresa controlada por él, con sede en un paraíso fiscal. Tras una compleja sucesión de fusiones y cambios de nombre, había liquidado la compañía y se había quedado, presuntamente, con el dinero.

En aquel punto del relato me asaltó un nombre que conocía bien: «Evelyn Couture, conocida filántropa de San Francisco». Según el artículo, la señora Couture parecía haber caído víctima de los poderes de persuasión de Swift Havilland y había donado millones de dólares a la fundación. Pero no se había detenido ahí.

A su muerte en 2006 –contaba el *Chronicle*–, había dejado su casa en Pacific Heights, valorada en veinte millones de dólares, a BARK. En 2009, la fundación vendió el inmueble a una empresa de las Islas Caimán por dos millones en efectivo y dieciocho millones en acciones. Aquella empresa de las Caimán era propiedad, a través de una red de empresas subsidiarias, de un trust con sede en Liechtenstein controlado por (otro nombre familiar) Cooper Havilland.

Las acciones que recibió BARK a cambio de la casa de Evelyn carecían prácticamente de valor. El trust vendió entonces la mansión de Evelyn Couture a una promotora inmobiliaria que la estaba reconvirtiendo en pisos, y a continuación transfirió de nuevo el dinero a los Havilland, padre e hijo, que acabaron por embolsarse más de treinta millones de dólares.

¿Me sorprendió aquello? ¿Me escandalizó? En cierto modo, lo que más me extrañó de todo aquello fue que hubieran atrapado a Swift. Según decía él mismo con orgullo, se las sabía todas y sabía cómo sacar tajada al sistema. Todavía oía su voz –y aquella risotada suya– al desdeñar a los «contadores de habichuelas» del mundo, carentes de imaginación y estrechos de miras. Jamás habría creído que algún burócrata sepultado entre papeles pudiera desentrañar el complejo mecanismo que había ocultado tras la fachada de su fundación en defensa de los derechos de los animales. Pero por lo visto así había sido.

En un breve artículo que apareció en el periódico unos días después, descubrí cómo había salido a la luz aquel fraude que habían dado en llamar «La estafa del perrito». No se daban nombres, y la única fuente era «un funcionario de alto rango de la oficina del Fiscal General de los Estados Unidos».

Al parecer, había sido una persona que no tenía vinculación alguna con la Fiscalía del Estado la que había sacado a la luz los presuntos delitos de Swift Havilland. Esa persona era un ciudadano de a pie que no había recibido ninguna remuneración por sus servicios de las autoridades federales o estatales.

En una época en la que abundan las historias acerca de personas corrientes que buscan sus quince minutos de fama, por no hablar del todopoderoso dinero, afirmaba el editorial del *Chronicle* de ese mismo día, *ese ciudadano discreto e ignorado, preocupado por los indicios de fraude, pasó años revolviendo entre decenas de miles de oscuros documentos y registros públicos para ensamblar los pormenores de la presunta estafa. Dicho ciudadano presentó sus pruebas ante la oficina del Fiscal General de los Estados Unidos. Y cuando ignoraron las evidencias, insistió hasta que al fin le prestaron atención.*

Ahora, como resultado del duro trabajo de ese héroe solitario, el presunto culpable había sido imputado por un fraude que ascendía a cuarenta millones de dólares.

El artículo afirmaba que dicha persona había preferido permanecer en el anonimato, pero yo conocía su nombre, desde luego.

Pasé largo rato sentada allí, con el periódico entre las manos. Observaba la fotografía de Swift, pero estaba pensando en Elliot.

Muchas veces a lo largo de los años —especialmente de noche, cuando mi hijo dormía en la habitación de al lado y solo se oía el chirrido ocasional de la rueda del hámster—, había pensado en ponerme en contacto con él. Si aún hubiera bebido, en momentos como aquel habría sacado el vino y, después de una copa o dos, escribir a Elliot me habría parecido una buena idea.

Pero ya no bebía. Tampoco inventaba historias. Ni fantaseaba con cosas irreales. Había sido antaño una mujer que ansiaba, más que ninguna otra cosa, formar parte de una familia y durante once meses había creído que los Havilland me habían acogido en la suya. Traicioné el amor de un hombre bueno que habría permanecido a mi lado para siempre, por dos personas para las que solo era una escultura de hielo. Hoy aquí, mañana no.

¿Cómo podía pedirle a Elliot que volviera a confiar en mí, o que creyera lo que le dijera?

Aquel día en el hospital, sin embargo, mientras estaba sentada en la sala de espera con mi hijo dormido envuelto en una manta, a mi lado, había llegado a creer que aún podíamos encontrar la manera de volver a estar juntos. Durante unas pocas horas, esa noche, me di cuenta de quién había sido el bueno de la película desde el principio, y me aferré a la esperanza de tener una vida con él.

Después de tanto tiempo, no había olvidado ni un solo instante de aquella noche: la más larga de mi vida.

Fue posiblemente en algún momento de la mañana siguiente, a primera hora, después de que los agentes de policía y el funcionario del servicio de protección al menor hubieran acabado de interrogar a mi hijo. Swift y Ava se habían marchado hacía largo rato y sin duda estarían de vuelta en su preciosa casa a orillas del precioso lago, donde el hijo de Swift montaría en su deportivo amarillo para regresar con su bella prometida. Carmen también se había ido, pero a un lugar distinto del que nunca regresaría, con su madre a su lado, hundida por la pena.

Esa mañana, temprano, había llamado a Elliot para preguntarle si podía ir a recogernos. Él había contestado al primer pitido. Me había dicho que llegaría lo antes posible. Respetando, eso sí, el límite de velocidad.

En algún momento durante las cuatro horas que tardó en llegar a la comisaría, yo había sacado mi cartera. Dentro estaba aquella tarjeta en la que Ava había escrito su nombre y su teléfono, como contacto en caso de emergencia.

Esa noche, yo había tachado el nombre de Ava y escrito el de Elliot.

Todavía tenía la tarjeta y, en ella, su número.

Dejé el periódico. Y levanté el teléfono.

AGRADECIMIENTOS

Me embarqué en la narración de esta historia –aunque aún no sabía qué historia iba a ser esa– en la primavera de 2014. Me había mudado a la casa del que era desde hacía poco tiempo mi marido, Jim Barringer, pero había un problema (o lo que pasaba por serlo en aquellos tiempos): no tenía sitio para trabajar.

Mi amiga Karen Mulvaney y su marido, Tom, me hicieron una oferta muy generosa: prestarme una casita maravillosa que tenían y que en ese momento estaba vacía, durante el tiempo que la necesitara. La llamaban «la casa de Bud», y así la llamo yo también desde entonces.

Una cosa que he aprendido a lo largo mis muchas décadas de encierro en diversas cabañas, habitaciones de hotel y desvanes –y una vez en un aparcamiento subterráneo– con el propósito de escribir es esta: la habitación no tiene por qué ser grande ni lujosa (y posiblemente no debe serlo). Pero tiene que reunir ciertas condiciones que permitan despegar a la imaginación. La casa de Bud –con su ventanal soleado frente al escritorio, su nevera roja, su ancho porche delantero donde me sentaba con mi café a leer el trabajo del día anterior mientras una familia de ciervos pastaba bajo los árboles frutales, y su pequeño cobertizo en la parte de atrás donde se guardaba el tractor que solía conducir Bud– reunía esas condiciones en gran cantidad.

Justo después del amanecer, todas las mañanas, durante toda esa primavera y ese verano, subía por la colina hasta el municipio

346

de Lafayette, California, para sentarme ante el escritorio de aquella casita roja y escribir esta historia. El primer borrador lo completé allí.

Debería añadir que en el momento en que giré por primera vez la llave en la cerradura de la casa de Bud y preparé mi primera cafetera, no tenía ni idea de lo que iba a escribir. La idea para esta novela surgió directamente de mis meditaciones acerca de ese gran don que es la amistad —como atestiguaba el ofrecimiento de Karen— y del recuerdo de las veces a lo largo de mi vida en que había depositado mi confianza en una amistad que me había defraudado —como sin duda yo he defraudado a otras personas como amiga en el transcurso de mi vida—. Años después de ese desengaño, todavía me estremezco al pensarlo. No hay muchas pérdidas tan terribles como esa.

Dos jóvenes muy distintas —ambas muy queridas para mí— me sirvieron también de inspiración para esta historia. Melissa Vincel ha formado parte de mi vida desde que tenía diecisiete años, cuando subió al escenario del Kennedy Center para que le hiciera entrega de uno de los veinte Premios Nacionales de Redacción Académica. Años después volvimos a encontrarnos en mi taller de escritura en Guatemala, y desde hace más de diez años Melissa me ayuda a organizar ese taller y muchas otras cosas gracias a su talento como escritora, su intuición, su suprema habilidad para la planificación y su incomparable sentido común, así como a su infinito entusiasmo por la vida.

De un modo parecido al de mi narradora, Helen (quitando sus problemas con el alcoholismo y con la custodia de su hijo), Jenny Rein ha trabajado para mí, a veces con paga y a veces sin ella, ocupándose de los pormenores menos glamurosos de mi vida de escritora. Cuando nadie se encarga de esos detalles, puede que el autor o la autora en cuestión jamás llegue a terminar su libro. Enviar contratos por correo o pagar facturas es una de las facetas del trabajo de Jenny, pero también desalojó a una familia de mapaches de mi casa, me ayudó a organizar el transporte desde la otra punta del país de una caravana gitana, me llevó un par de botas de montaña a un aparcamiento y, una vez que intuyó que necesitaba desahogarme un poco, me llevó a su jaula de bateo preferida y me prestó su casco de béisbol para que pudiera lanzar unas cuantas bolas rápidas. Jenny creó un pequeño archivo de mis viajes, cuyos pormenores conoce mucho mejor que yo en muchos aspectos. El suyo es uno de los números de teléfono que marco en caso de emergencia. Siempre responde.

Mi hermana, Rona Maynard, leyó con suma atención e inteligencia —como ha hecho a lo largo de toda mi vida— este manuscrito. Y lo mismo puede decirse de mi hijo pequeño, Wilson Bethel. Es un gran día en la vida de una madre (y yo ahora tengo muchos de esos días) el momento en que uno de sus hijos le enseña o le señala algo que ella no había visto. Wilson ha logrado eso muchas veces con sus sugerencias editoriales.

Cuando tuve que dar vida al personaje de un novio profundamente adorable pero algo patoso para mi narradora, Elliot —un hombre íntegro que se ha propuesto sacar a la luz fraudes financieros que despojan a ciudadanos honrados del dinero que tanto les cuesta ganar—, encontré mi modelo (quitando ciertos detalles que he alterado notablemente) en David Shiff, mi viejo amigo, un hombre del que me fío más que de mí misma en cuestiones de dinero y leal hasta la médula. Los detalles de la estafa de Swift Havilland los ideó David, que se dedica a destapar fraudes con el mismo celo que otros emplean en perpetrarlos.

Landon Vincel, con sus casi-cinco-años, me brindó su selección de poemas favoritos de Shel Silverstein, que casualmente son los mismos que prefiere el niño de la novela, Ollie. Rebecca Tuttle Schultze y la banda de Mousam Lake, Maine —donde monté por primera vez en una Donzi— me instruyeron en el arte de saltar olas en una moto acuática. Margaret Tumas me brindó un consejo veterinario relevante para la novela, relativo a cierta comida que jamás hay que darle a un perro. Las mujeres de la Lafayette Library me acogieron en su cálido abrazo, al igual que Joe Loya, ladrón de bancos retirado, escritor y coanfitrión de las Lafayette Library Writers' Series. Un paladín fiero y leal donde los haya.

Para cerciorarme de que estaba retratando con precisión la vida de una mujer hemipléjica autónoma, recabé la inapreciable ayuda de Molly Hale, artista marcial tetrapléjica así como cofundadora y codirectora ejecutiva de Ability Production, una asociación destinada a proporcionar información y recursos a quienes utilizan sillas de ruedas. Jamás diría de Molly que está «confinada» o «condenada» a una silla de ruedas, porque Molly no ve límites, solo oportunidades.

Gracias, como siempre, a David Kuhn, de Kuhn Projects, a su homóloga en la Costa Oeste, mi asesora de confianza Judi Farkas, y al equipo de William Morrow: Kelly Rudolph, Kelly O'Connor, Tavia Kowalchuk y Liate Stehlik. Desde el otro lado del océano siento el apoyo incansable y el entusiasmo del extraordinario equipo de mi editorial en Francia, Philippe Rey. También deseo destacar, entre los muchos editores extranjeros que han apoyado mi trabajo, a mi encantadora editora húngara, Eszter Gyuricza. Las mayores alabanzas y mi más honda gratitud a mi agente, Nicole Tourtelot, de DeFiore Agency, que leyó y releyó el manuscrito ofreciéndome valiosísimas sugerencias que me ayudaron a hacer de él una novela más profunda y rica de lo que era en un principio, y que además, cuando dimos por terminado el trabajo, sacó un ukelele y se puso a cantar.

Como siempre, dejo para el final a mi queridísima editora y querida amiga Jennifer Brehl, que me dijo que creía en mí como escritora de ficción en 2008, y que me ha ayudado infatigablemente a crecer como escritora con cada nueva novela (y que, en el caso de esta, me recordó, con el paso de los meses, que ningún plazo editorial importa más que la salud de la persona a la que amas).

Este es el cuarto libro en el que hemos trabajado juntas. Jennifer pertenece a esa exigua y menguante raza de editores que de verdad corrige cada página: línea a línea, palabra por palabra, pensando la colocación de cada coma. Escribir es un acto profundamente solitario, pero trabajando con Jennifer siento a mi lado, en todo momento, la presencia de una colaboradora enormemente sensible y generosa.

Finalmente, doy las gracias a mi marido, James Barringer, que desde hace diez meses –y contando– se enfrenta al peor de los adversarios, el cáncer de páncreas, y nunca ha dejado de animarme a volver al trabajo, en esa habitación propia que él hizo posible, al fin, para mí. En los cuatro años que llevamos juntos, Jim me ha enseñado lo que es tener (y ser) un verdadero compañero.

Todavía estoy escribiendo tu libro en mi cabeza, Jim. Llevo tu nombre en mi corazón.